P9-CEX-469

LE NEVEU DE RAMEAU

Œuvres de Diderot parues dans la collection GF :

Entretien entre d'Alembert et Diderot — Le Rêve de d'Alembert — Suite de l'Entretien.
Entretiens sur le Fils naturel — Paradoxe sur le Comédien.
La Religieuse, suivie des extraits de la Correspondance littéraire de Grimm.
Les Bijoux indiscrets.
Jacques le Fataliste.
Supplément au voyage de Bougainville. Pensées philosophiques. Lettre sur les Aveugles.
Contes et Entretiens.

DIDEROT

LE NEVEU DE RAMEAU

Introduction, notes, chronologie, dossier, bibliographie
par

Jean-Claude BONNET
Chargé de recherche au C.N.R.S.

GF
FLAMMARION

DIDEROT L'OISEUR

« … Je vis d'une vie imitative qui n'est pas la mienne… »

« Je suis un hors-d'œuvre. »

« Méfiez-vous de l'homme singe. Il est sans caractère, il a toutes sortes de cris. »

A la différence de Voltaire et de Rousseau qui ont mis beaucoup de soin à la publication de leurs œuvres, Diderot entretient un rapport très particulier avec ses propres écrits, avec lesquels il ne fait pas véritablement corps et qu'il ne signe pas toujours. Après avoir été responsable pendant vingt ans de la rédaction et de la fabrication de ce livre majeur qu'est l'*Encyclopédie,* il semble avoir été rebuté par l'aspect matériel de l'entreprise littéraire et n'a pas souhaité que ses textes prennent la forme de livres. A sa mort, l'œuvre est très dispersée et fondue dans des ensembles collectifs imprimés comme l'*Encyclopédie* ou *L'Histoire des deux Indes,* ou manuscrits comme la *Correspondance littéraire,* si bien que le temps est encore loin en 1784 où l'on pourra prétendre ranger sur les rayons de la bibliothèque ses œuvres complètes. Aujourd'hui, on n'en finit pas de reconnaître sa voix, perdue çà et là, dans un concert anonyme. Dans le labyrinthe de cet ensemble si complexe, *Le Neveu de Rameau* est l'ouvrage le plus énigmatique, avec des marges concertées de silence. Cinq manuscrits ont été retrouvés dont un seul autographe. L'histoire de leurs diverses éditions s'étale sur cent cinquante ans et offre de multiples rebondissements, comme par une malice et une mystification posthumes. Cette œuvre qui brouille l'ordre du temps et débat de la postérité, nous est échue presque par hasard et dans un retard calculé. Cela fait de Diderot notre contemporain encore plus vif et qui ne cesse de grandir. En mettant au net le manuscrit à la fin de sa vie, il était certain que l'heure viendrait pour cette fusée patiente et sûre de son effet. C'était le pari du génie, et surtout une façon d'aménager la force et le mystère de l'œuvre. Puzzle truqué à plusieurs figures, inapte à renvoyer une image simple de l'auteur, ce texte est un organisme secret, mobile traversé d'air, composé bizarre et sublime.

La première édition est une traduction de Goethe en mai 1805. Malgré ce détour que le XIXe siècle, par nationalisme, lui a si bêtement reproché, Diderot ne pouvait souhaiter parrainage plus éblouissant. La copie utilisée par Goethe venait de Saint-Pétersbourg et avait été reproduite à partir du lot de manuscrits envoyés à Catherine II par Mme de Vandeul à la mort de Diderot. L'officier allemand Klinger, qui avait pu se la procurer, s'était évertué à la monnayer âprement. Ainsi, le destin de ce chef-d'œuvre « immoralement moral » (comme dit Goethe) a dépendu un moment des tribulations mercantiles d'un jeune homme désargenté. En 1798, celui-ci donne le manuscrit à l'éditeur Knoch de Riga qui ne trouve pas d'acquéreur, et en 1801 au frère de Schiller. Le poète qui aura les papiers en main, saisit aussitôt l'importance particulière du texte et convainc Goethe en 1804 de faire la traduction à Leipzig. Celui-ci se passionne pour ce travail qu'il publie sous le titre : *Rameaus Neffe, ein Dialog von Diderot*. L'édition française de l'original se fera attendre longtemps. Tout commence par un faux en 1821, qui est la retraduction du texte de Goethe par De Saur et Saint-Geniès. En 1823, Brière publie le livre, en le corrigeant, à partir d'un manuscrit de Mme de Vandeul. En 1875, Assézat et Tourneux utilisent un manuscrit inconnu. Puis ce sera, à partir de la copie remise à la tzarine en 1785, l'édition Isambert de 1883 et l'édition Tourneux de 1884. C'est alors que, par un hasard qui s'ajoute à la série des surprises bibliographiques, en 1891, un érudit (Georges Monval) découvre sur les quais, dans une collection de tragédies et d'œuvres diverses ayant appartenu au duc de La Rochefoucauld-Liancourt, le seul manuscrit autographe, qu'il publie l'année même. Il s'agit sans doute du texte confié à Grimm, que celui-ci emporta en 1792 et qui fut conservé à Gotha après sa mort. Entre les copies et le manuscrit autographe, il n'y a pas de véritables variantes, mais plutôt quelques fautes et des partis pris différents de lectures. Nous disposons aujourd'hui d'excellentes éditions, alors que ce texte inépuisable continue de mettre en question la notion même d'édition scientifique et toute entreprise de commentaire exhaustif.

Il ne suffisait pas que le texte soit disponible pour qu'il soit lu. L'histoire de la réception du *Neveu de Rameau* manifeste la résistance de l'œuvre qui déroute indéfiniment la lecture, bien qu'elle ait d'abord été commentée par deux prestigieux lecteurs. Fasciné par l'aspect spirituel du livre, tout comme Milan Kundera aujourd'hui par *Jacques le Fataliste*, Goethe reconnaît certains débats qui lui sont chers, et voit dans la réflexion sur les arts, le thème dominant du livre. Par son autorité, il rend le texte immédiatement lisible et le met à la portée de ses contemporains. En 1807, dans *La Phénoménologie de l'esprit*, Hegel donne une grande interprétation philosophique comme peu d'ouvrages en ont suscité. Le texte lui sert à illustrer un moment négatif de l'esprit, celui de « la pure intellection » et de la perversion, incarné selon lui par la France à la veille de la Révolution. Dans *L'Histoire de la folie à l'âge classique*, Michel Foucault propose aujourd'hui un autre profond commentaire philosophique du *Neveu de Rameau*, qu'il présente comme une œuvre de rupture entre le monde de la déraison et celui de la folie. La postérité la plus riche du texte est cependant du côté des arts. Goethe avait perçu la modernité esthétique de cette œuvre qui n'a cessé de séduire surtout les écrivains et les artistes. De multiples échos et réécritures témoignent de l'énergie intacte de ce texte, classique encore tout neuf, et dont la descendance est loin d'être interrompue. Hoffmann est le premier à s'en inspirer dans *Le Chevalier Gluck* de 1809 et dans *Relation des récentes aventures du chien Berganza*, un dialogue de 1813. Dans le prologue de *La Maison Nucingen*, Balzac fait une longue allusion au *Neveu de Rameau*, dont son court roman est une transposition et une adaptation à l'univers de la *Comédie humaine*. Baudelaire se souvient très souvent de Diderot et particulièrement de son esthétique musicale de la ligne courbe, qu'il reprend à son compte dans ses écrits sur Wagner et qu'il met en œuvre dans *Le Thyrse*. L'écrivain raté de *La Fanfarlo* rappelle l'échec de Jean-François Rameau. Plus récemment, le théâtre et le cinéma se sont emparés de l'œuvre, et le Neveu a eu pour nous le visage de Pierre Fresnay, de Michel Bouquet ou de Philippe Clévenot. Plutôt que de banales adaptations répétitives, *Le Neveu de Rameau* a suscité de véritables expériences qui ont à chaque fois révélé la nouveauté de sa forme et son capital de virtualités esthétiques. En installant spectateurs et acteurs dans le cadre d'un café du XVIIIe siècle, Jean-Marie Simon a dévoilé la picturalité de l'œuvre et pris au sérieux cet aspect fou qui la rapproche du romantisme allemand. Aux États-Unis, le metteur en scène Michael Snow a tourné un film expérimental de quatre heures trente intitulé *Rameau's Nephew by Diderot (thanx to Dennis Young by Wilma Schoen)*, preuve de l'intérêt que manifestent pour Diderot les recherches artistiques les plus nouvelles. Autant le texte stimule les créateurs, autant, semble-t-il, il embarrasse les commentateurs.

Goethe qui a affronté le premier le problème de la chronologie et s'est passionné pour la rédaction des notes, s'est vite lassé en indiquant qu'une curiosité exacte était vaine à propos de cette œuvre dont Diderot n'a pas souhaité préciser le contexte. A peine Jean-François Rameau est-il cité une fois dans la correspondance et les autres allusions sont confuses et incertaines. Le commentateur est voué à la lecture interne. Pourtant, peu d'ouvrages de Diderot sont à ce point saturés d'allusions précises. D'après les repérages de l'ensemble chronologique auquel le texte se réfère, les faits mentionnés (anecdotes, œuvres) s'échelonnent de 1752 à 1776. Les plus nombreux se rapportent aux années 1761-1762, et 1767-1768. En ce qui concerne la genèse, il est admis maintenant qu'une première ébauche du texte a été écrite en 1761-1762, qu'une révision a été opérée en 1773-1774, et que les dernières corrections ont été faites en 1778 et 1782, au moment probable de la mise au net du manuscrit autographe. Quant à la façon dont le texte organise et fait jouer la temporalité, elle a intrigué plus d'un lecteur trop zélé à chercher le fil. Cette « chaîne d'acier qu'une guirlande dérobe à nos yeux », selon l'expression de Goethe, et qui fait la cohérence de l'œuvre, n'obéit pas à la contrainte d'une banale ligne chronologique, mais tient à une forte conception. Diderot amalgame des éléments répandus sur vingt ans, et condense ce matériau dans un parti pris d'achronie. Cette sédimentation produit un temps plus vraisemblable que vrai. Quiconque cherche à ordonner les repères s'égare aussitôt. Par exemple, le grand Rameau dont on parle comme d'un vivant au tout début, est évoqué au passé quelques pages plus loin (il est mort en 1764). Les mentions temporelles ne visent pas à constituer une trame linéaire, et quand le Neveu demande à Moi l'âge de sa fille, celui-ci refuse d'abord de répondre (« Cela ne fait rien à l'affaire »), et finit par lâcher : « Supposez-lui huit ans. » Cela convient effectivement du point de vue de la genèse, car Angélique a huit ans en 1761, mais l'auteur signale surtout que cette information n'a pas de véritable pertinence et n'intéresse pas la lisibilité de l'œuvre. De même, les personnages évoqués n'ont pas tous à être identifiés. Nous ne savons pas très bien qui sont Foubert et Mayot nommés au début, ni pourquoi Diderot en veut au père Noël qu'il traite de polichinelle de bois. Là encore, le système du texte ne nécessite pas une dénotation complète, car Diderot tient à préserver de l'indéchiffrable, par ce fantasme de totalité qu'il a peut-être conçu dans l'expérience de l'*Encyclopédie* et qui ne cessera de s'affirmer dans les grandes sommes romanesques du XIXᵉ et du XXᵉ siècle. Le texte n'est pas enfermé dans le cercle d'une certaine platitude référentielle. Un reste irréductible est ménagé, gage de profondeur et de mystère. Plus qu'un effet anecdotique de réel et de tableau, Diderot recherche un certain mode de présence sans commencement ni fin, une sorte de journal sans date, approprié au temps éternel de la matière ainsi qu'à l'éternité de l'œuvre écrite dans son rapport à la postérité. C'est le temps de la mémoire qui capitalise dans le désordre et sans rature. Diderot est passé maître dans l'aménagement du temps par l'écriture. *La Religieuse* déjà mêle le temps de l'histoire et celui du récit, bouleverse la chronologie et joue des effets les plus subtils d'accéléré et de ralenti. Dans *Le Neveu de Rameau*, l'aspect primordial est le présent ou bien parfois cet imparfait, ce « pseudo-itératif » dont Gérard Genette a indiqué (*Figures* III, p. 152) qu'il était dominant chez Marcel Proust. Il s'agit du temps de la lecture et du discours. C'est le temps du génie, comme si Diderot dialoguait directement avec la postérité, sur un mode inhabituel et sacré, dans une sorte d'adresse intemporelle.

La phrase de Goethe à Schiller (« Ce dialogue éclate comme une bombe au beau milieu de la littérature française, et il faut une extrême attention pour être bien sûr de discerner au juste ce qu'atteignent les éclats et comment ils portent », 21 décembre 1804), est proche de la formule de Francis Ponge au sujet d'Isidore Ducasse (« Ouvrez Lautréamont, et toute la littérature est retournée comme un parapluie »). *Le Neveu de Rameau* est un dispositif qui contrecarre nos habitudes de lecture et les procédures de l'histoire littéraire, trop souvent soucieuse de faire coïncider l'homme et l'œuvre. Sur ce point, *La Satire seconde* est impraticable. Comme les autres écrits de Diderot, elle met en cause l'assurance du sujet et l'affirmation cartésienne d'une conscience, empêchant ainsi toute exhibition biographique. Aucune image ne se reflète au miroir de l'œuvre, qui marque ainsi l'impossibilité de l'autoportrait et du portrait. Il n'y a pas de photogénie diderotienne, mais seulement du tremblé qui prétend imiter la vie même. L'organisation complexe du texte dévoile certaines coulisses ontologiques, et surtout les multiples postures et les différentes strates de l'individu, dont la vérité mouvante semble inaccessible, de même que dans *Le Salon de 1767* Diderot échoue à définir l'homme. Le texte agace toute lecture trop rapide dans l'attribution des voix et des rôles, et ne donne rien à identifier. On a trop inutilement débattu pour savoir où se cache Diderot, alors qu'il est partout et nulle part, et qu'en aucune façon, son visage ne peut faire surface et se surimprimer sur celui du philosophe vertueux, mais dogmatique, ou celui du Neveu, artiste certes, mais au bout du compte stérile et conformiste cynique. Le secret de l'œuvre est ailleurs, qu'on en métaphorise le principe à travers l'image du polype, du jeu d'échecs ou de l'arabesque. Il n'y a finalement que la musique. L'homme instrument devient homme orchestre par la contagion, en cadence majeure, d'une pantomime générale.

Malgré la manière dense et allusive de Diderot qui refuse l'attaque frontale et publique, une lecture attentive ne laisse rien ignorer des circonstances dans lesquelles fut écrite cette œuvre de réaction à l'expérience traumatisante de la fin des années cinquante. L'encyclopédiste règle élégamment ses comptes à part soi, sans oublier personne. Irrité par l'admiration que les Philosophes portent au roi de Prusse au moment de la guerre de Sept Ans, Choiseul avait lancé contre eux Fréron qui publie ses deux *Mémoires sur les Cacouacs* en 1757, et accuse Diderot en 1758 dans *L'Année littéraire* d'avoir pillé les planches de Réaumur pour l'*Encyclopédie* et plagié Goldoni dans *Le Fils naturel*. La même année, Abraham Chaumeix attaque à son tour l'*Encyclopédie* dont le privilège est révoqué en 1759. Le clan du ministre avec sa maîtresse, la princesse de Robecq, la comtesse de La Mark et la Reine, affronte celui des Philosophes, soutenus par Mme de Pompadour et Malesherbes, directeur de la librairie, qui obtient finalement la permission tacite d'imprimer l'*Encyclopédie*. Si Fréron fut l'antiphilosophe le plus dangereux, Palissot, l'ami de Voltaire, fut animé par une mystérieuse rancune particulière contre Diderot. Son offensive commence en 1755 avec *Le Cer-*

cle ou *Les Originaux,* présenté à Nancy à la cour de Stanislas Leczinski. Le comte de Tressan se fait le défenseur des Philosophes auprès du roi de Pologne en évoquant *Les Nuées* d'Aristophane et la mort de Socrate. Palissot lui répond dans ses *Mémoires pour servir à une époque de notre Histoire littéraire* où il condamne l'intolérance des Philosophes et leur esprit de parti : « L'enthousiasme de la nouvelle Philosophie était porté si loin que l'on traitait de crime irrémédiable la plus légère plaisanterie que l'on pût se permettre sur aucun de ses adeptes. » Il récidive en 1757 avec ses *Petites Lettres sur de grands Philosophes* et se moque d'un certain ton fanatique d'autorité qui rappelle celui de la « chaire ». Il cite comme exemple d'emphase l'ouverture solennelle des *Pensées sur l'interprétation de la nature* (« Jeune homme prends et lis... »). Palissot dénonce l'esprit de cabale des Philosophes, leur « air d'arbitres de la Littérature et de dépositaires des Sceaux de l'immortalité », et leur façon usurpée de « s'arroger le droit de louer tous les grands hommes » auprès desquels ils se veulent les seuls « Députés de la Nation ». Ce débat marque l'avènement d'une élite nouvelle qui souhaite jouer un rôle national et dont les clans rivaux s'affrontent en prétendant chacun « distribuer la gloire » c'est-à-dire le sens social, ct diriger l'opinion. En 1760, la comédie intitulée *Les Philosophes* fait plus de dix mille entrées, c'est-à-dire deux fois plus que *Le Père de famille.* Helvétius, Duclos, Mme Geoffrin, Rousseau y sont ridiculisés et particulièrement Diderot, à travers le rôle de Dortidius, en Trissotin du jour. Il est encore traité de « déclamateur indigeste et barbare » dans *La Dunciade* de 1763. Une notice de 1769 critique une dernière fois le style ténébreux et pédant de l'encyclopédiste, son « jargon apocalyptique », « l'amphigouri philosophique », et « l'espèce de convulsion que la plupart de nos modernes ont affecté ». A la suite de Palissot, Poinsinet met Diderot sur la scène dans *Le Petit Philosophe* de 1760, et donne en 1764 une version plagiée du *Cercle.*

Le patron de l'*Encyclopédie* et le fondateur du drame bourgeois, se reconnaît évidemment plus volontiers au théâtre dans *La Mort de Socrate* de Voltaire, que dans un pédant de farce. Dans une lettre à Malesherbes de 1760, il promet de « ne pas écrire un mot de représailles ». Sa réponse la plus forte est *Le Neveu de Rameau,* mais ce n'est pas la seule. Dans le 62e *Mémoire pour Catherine II,* de 1773-1774, il détaille les persécutions qu'il a essuyées, explique qu'on voulut faire « du nom d'encyclopédiste une étiquette odieuse », et décrit le progrès de la calomnie « dans les cercles de la société et dans les chaires des églises ». Il enterre son principal détracteur avec la « plaisante inscription » de « Pâlis, sot » : « M. de Choiseul, qui nous haïssait sans savoir pourquoi, tira de l'obscurité un pauvre diable très méchant, sans connaissances, sans génie, sans principes, sans talent, et sans mœurs, et lâcha contre nous cette espèce d'Aristophane, qui était bien aussi pervers que l'ancien mais qui n'avait pas sa verve. » Encore sous le choc de la comédie de Palissot en 1760, Diderot s'interdit l'arme du rire et reproduit par là une attitude de dénégation à propos de la satire fréquente chez les Philosophes, toujours partagés entre la gaieté dangereuse de l'écriture et une responsabilité un peu contrainte. C'est l'attitude de Cinqmars dans un court dialogue *(Cinqmars* et *Derville)* longtemps attribué à Diderot, mais qui serait en réalité issu du cercle de Madame d'Epinay. Le thème de cette œuvre était, quoi qu'il en soit, un sujet de débat dans les salons que fréquentait Diderot en 1760. Il s'agit d'un *Neveu de Rameau* en négatif et en sourdine. Les deux personnages du dialogue viennent de quitter précipitamment la table de Versac, un « administrateur d'hôpital » qui reçoit richement en se nourrissant de la « substance des pauvres ». Cinqmars est scandalisé qu'on se soit moqué, au dessert, d'un homme timide et honnête qui représente le « vrai mérite ». Il condamne « l'évaporation générale » et la « chaleur de tête » qui, à la fin des repas, ôtent « la faculté de réfléchir » et déclenchent un rire déplacé. On a ri par exemple, de « l'indécente pantomime » des convulsionnaires. Cela est aussi rédhibitoire que d'aller s'amuser au spectacle des Petites Maisons. Cinqmars refuse de s'abandonner à la plaisanterie du moment, aux « anecdotes charmantes », aux

« saillies divines », c'est-à-dire aux convulsions et à la joyeuse syncope du festin. Prétendant presque interdire le rire, comme le proposera plus tard Rétif de la Bretonne, il veut garder la tête froide et admet « qu'un philosophe, un juge, un magistrat rit rarement ». On ne doit pas, selon lui, contrefaire les défauts, ni se moquer des bossus. Rousseau lui-même sait pourtant s'amuser de l'infortune physique du Juge-mage Simon et avoir la dent dure dans sa critique des mœurs parisiennes. Avec *Le Neveu de Rameau* Diderot outrepasse l'interdit de la satire et s'abandonne à une moquerie générale. Il se laisse aller à l'excès et à ce qu'il appelle « le libertinage » de la conversation. A partir de ces « trois magasins » que sont pour lui Rabelais, Galiani et le Neveu, il fonde une poétique de la difformité physiologique et de la monstruosité sociale. Grâce à Jean-François Rameau, il s'installe à la table détestée que fuit Cinqmars, c'est-à-dire dans la gueule du loup.

Le Neveu de Rameau s'organise autour de la scène originaire du vilain repas, comme rite de l'anti-philosophie. Le modèle en est donné par la table de Choiseul, où le Neveu, dans une expérience fondatrice, entend le ministre défendre l'utilité du mensonge contre la vérité, et démontrer que « les gens de génie sont détestables ». Ainsi le ton est-il donné, par le pouvoir, aux repas de Bertin, qui apparaissent comme des assemblées criminelles et des laboratoires de la calomnie. Diderot reprend ici le thème libertin du souper prié et toute une mythologie sociale assez noire. Voici « la mauvaise compagnie » où le « vice se montre à masque levé ». Candide avec l'abbé Périgourdin et Saint-Preux assistent à de semblables réunions très louches, où un esprit parisien, négateur et méchant, inspire le jeu de massacre de la chronique scandaleuse. Par antiphrase, Rameau présente cela comme « une école d'humanité » et « le renouvellement de l'antique hospitalité », alors qu'il s'agit de « bêtes tristes, acariâtres, malfaisantes et courroucées ». Ce sont des auteurs qu'on ne lit point, des musiciens décriés, des actrices sifflées, des « feuillistes » malveillants qui cèdent à « la lâcheté bien connue... d'immoler un bon homme à l'amusement des autres », et traînent le génie dans la boue : « On n'entend que les noms de Buffon, de Duclos, de Montesquieu, de Rousseau, de Voltaire, de D'Alembert, de Diderot, et Dieu sait de quelles épithètes ils sont accompagnés. » Margot la ravaudeuse une fois parvenue et entretenue par un fermier général, convoque de telles assemblées que Rameau rêve aussi d'organiser quand il sera riche (« Nous nous tutoierons quand nous serons ivres... Nous prouverons que De Voltaire est sans génie »). C'est là (chez Bertin), dévoile-t-il, que le plan de la comédie des *Philosophes* a été conçu, et il avoue en avoir soufflé une scène. Il s'était déjà moqué des Philosophes dans un morceau de clavecin imitatif, menuet intitulé *L'Encyclopédique,* et que *L'Année littéraire* de Fréron du 27 octobre 1757 commente en ces termes : « *L'Encyclopédique* est assez bizarre de caractère ; il finit par une chute grotesque et qui fait du fracas. » On se moque, dans les soupers, de la dégringolade générale de ceux qui tombent et qu'on tâche de faire tomber. Rameau lui-même, passe du haut au bas bout de la table de Bertin, avant d'en être exclu, mais, en véritable pantin il sait toujours retrouver son équilibre. La cible favorite, offerte en pâture à la férocité sociale, est le personnage du philosophe, du moins telle qu'elle a été figée dans un lieu commun de la satire et du théâtre depuis l'Antiquité. Contre cette image d'Épinal du pisse-froid bilieux et misanthrope, du stoïcien bourru et égoïste, l'article *Philosophe* de l'*Encyclopédie* (reprenant *Le Philosophe* de Dumarsais de 1743) tente de réagir en présentant le philosophe comme l'homme social par excellence. Ceux qui fréquentent chez Bertin au contraire ne respectent aucune valeur ni aucun devoir. Le « pacte tacite » qui les lie à leur hôte n'est fondé que sur le besoin. Pour un mauvais mot, ils reçoivent une bonne bouchée. Ils sont contraints « d'insulter la science et la vertu pour vivre », parce que « la voix de la conscience et de l'honneur est bien faible lorsque les boyaux crient ». Pour les besoins de sa cause, Diderot fait du parasite un ingrat, appelé finalement « à faire justice des Bertins du jour ». En réalité, Palissot rend hommage à Choiseul dans *La Dunciade* (« Vous connaissez l'agréable domaine, le Tivoli que je dois à Mécène ») et Jean-François Rameau flatte encore Bertin dans *La Raméide* de 1766 (« Ce mortel généreux ne connaît de plaisir qu'à faire des heureux »). Malgré lui, le Neveu est l'instrument d'une vengeance géniale, car il permet à Diderot une autre réplique que la plainte, l'invocation larmoyante et le drapé outragé. Il donne à l'auteur l'occasion d'une réponse du fort, où celui-ci affronte au plus près l'altérité, au lieu de faire la belle âme et de se cantonner dans une repartie dogmatique et sectaire, c'est-à-dire l'attitude même dont se gaussaient les anti-philosophes. Diderot prend du champ par rapport aux groupes rivaux qui firent également preuve d'intolérance. Dès lors l'instance qui a charge de faire justice n'est pas une personne, mais le texte lui-même, dans sa force anonyme, où s'exprime la vigueur surplombante du génie qui gagne, en dernier ressort, au seul véritable tribunal de la postérité. En cela, et d'un mouvement naturel, Diderot s'élève de l'anecdote. Il quitte la mesquinerie subalterne et l'écume de l'histoire, pour un débat transhistorique où la satire n'a plus d'application particulière.

Diderot délaisse le point de vue des nains pour de larges perspectives sur la gloire et la postérité. C'est son thème préféré, depuis l'article *Encyclopédie*, où il réclame pour tous les collaborateurs la considération des siècles, aux *Lettres à Falconet* de 1766 qui sont une correspondance polémique sur le respect de la postérité, et à l'*Essai sur les règnes de Claude et de Néron* de 1782, ultime interrogation sur l'avenir. Dans ce débat toujours reconduit, *Le Neveu de Rameau* est un épisode particulier, car la présence du Neveu comme interlocuteur cynique, empêche tout abandon complaisant à cette rêverie douce dont s'enchante parfois Diderot. Sous les feux et les ricanements de Rameau, Moi tâche sans succès d'orienter la discussion sur la volupté de la vertu qui mène au bonheur et la supériorité de la bonne action sur la bonne page. Ce n'est ni le lieu ni l'heure, du narcissisme béat et de la religiosité militante. Dans ce contexte, la réflexion diderotienne s'émancipe de la Sainte Trinité du bon, du beau et du vrai, qui réunit indissolublement l'art et la morale. Il est admis ici, comme dans l'article *Plato-*

nisme de l'*Encyclopédie*, que le grand homme n'est pas toujours un homme de bien, mais peu importe, « le méchant est sous la terre ; nous n'en avons plus rien à craindre ; ce qui reste après lui subsiste et nous en jouissons ». La malfaisance est effacée par « l'éponge des siècles ». Le texte suggère un Panthéon assez grimaçant et proche de la ménagerie Bertin, où dominent la sécheresse de cœur et les petits défauts d'un moment. Racine est méchant, Rameau avare, Greuze vaniteux. Ces grands hommes dont la vie n'inspire aucune vénération particulière, absorbent tout autour d'eux et font souffrir leurs proches. Diderot choisit un poète, un musicien, un peintre, qui s'occupent de « fadaises » selon l'expression du Neveu (à propos du jeu d'échecs, de la musique et de la poésie). Ce ne sont pas des modèles, ni des figures de Philosophes solidaires engagés dans un combat et responsables de la même façon que ceux-ci. Seule leur œuvre, dissociée de leur conduite familiale et sociale, les juge. Cette séparation de l'éthique et de l'esthétique, creusant un écart entre la vie et l'œuvre, convient au personnage de Jean-François Rameau, qui développe et radicalise un thème matérialiste de Diderot, celui de *La Lettre à Landois* et du *Rêve de D'Alembert :* « On est heureusement ou malheureusement né ; on est irrésistiblement entraîné par le torrent général qui conduit l'un à la gloire, l'autre à l'ignominie. » Ce déterminisme, proche de D'Holbach et de Sade, rend inutile toute considération sur le mérite puisque on ne peut imputer comme valeur, dépendant d'une responsabilité morale, ce qui est simplement le produit de la nécessité. Pour Rameau, l'inné prime sur l'acquis. L'éducation est inutile. Tout destin est affaire de fibre et de molécule paternelle dans laquelle il est inscrit. Avec le Neveu, l'amoralisme diderotien, qui ne concerne en général que l'homme naturel, semble s'étendre au monde social.

Si Diderot reste fidèle à l'idée de la bonté naturelle et à l'idée morale, comme le prouve la critique dernière de La Mettrie dans l'*Essai sur les règnes de Claude et de Néron*, ces thèmes sont relégués au second plan dans *Le Neveu de Rameau*. A l'image du philosophe, décriée par

Palissot, qui était trop exclusivement centrée sur le rôle idéologique et la responsabilité morale, Diderot substitue la nouvelle notion capitale de génie. La production artistique devient le critère premier et la seule fondation durable. Le génie, selon Rameau, est une dangereuse ivraie, Socrate « un citoyen turbulent », un « particulier audacieux et bizarre » qui produit un détestable charivari. Moi accepte « le grain de folie » du génie et sa singularité choquante qui est appelée à être universalisée. Monstre qui bouscule l'ordre de la nature, le génie est un prophète destiné à être reconnu. Même s'il lui arrive de faire un moment du mal et de multiples dégâts, il est à la longue un bienfaiteur du genre humain et honore finalement son siècle. La réflexion sur le génie implique une rêverie sur les temps lointains. Diderot oppose, sur ce point, deux séries de personnages : ceux qui sont plus sensibles à la fragilité d'un présent périssable et à un naufrage général (d'Alembert, Falconet, Rameau) et ceux qui sont certains de la pérennité des productions humaines (Richardson, le Diderot des *Lettres à Falconet,* Moi dans *Le Neveu de Rameau*). A l'idée de la vanité de tout répond celle de l'inscription. A l'inanité de la gloire, celle de la réalité de la gloire, comme l'illustreront Chateaubriand et Mme de Staël. D'Alembert juge qu'il n'y a rien de « solide » dans nos pensées et dans nos travaux. Prisonnier du présent, le Neveu ne reconnaît que la roue de la mode. Tout passe, « on ne parlera plus bientôt du grand Rameau ». A ce point de vue myope d'un instant, qui est celui des cabales passagères (« cette cohue mêlée de gens de toute espèce qui va tumultueusement au parterre siffler un chef-d'œuvre »), Diderot préfère « le jugement qui reste lorsque tous les petits intérêts se sont tus », et qui forme la seule véritable « opinion générale », « jugement qui assigne à toute production sa juste valeur » (lettre à Falconet du 5 août 1766). A l'idée de la dissolution et du rien qu'incarne le Neveu, Moi répond par celle d'espèce qui fait système avec la notion de génie. Rien n'est plus étranger à Diderot que le thème apocalyptique. Il se complaît plutôt à la rêverie douillette d'une matière éternelle où tout est conservé, comme il l'assure à Falconet en septembre 1766 : « Car l'individu passe, mais l'espèce n'a point de fin, et voilà ce qui justifie l'homme qui se consume, l'holocauste immolé sur les autels de la postérité. » « Songeons au bien de notre espèce (explique Moi au Neveu), aux siècles à venir, aux régions les plus éloignées et aux peuples à naître. » Dans mille ans d'ici on « enviera » Racine à la France. L'espèce, qui assure la durée, s'institutionnalise dans la Nation qui permet la capitalisation des œuvres dans le patrimoine et le musée.

L'attaque du « philosophe » contre Rameau consiste donc à lui demander d'abord compte de ses œuvres. Il s'étonne avec insistance que le Neveu n'ait « rien fait qui vaille », malgré ses bonnes qualités artistiques : « Mais entre tant de ressource, pourquoi n'avoir pas tenté un bel ouvrage ? » Cette question, Diderot se la pose à lui-même, pendant toutes ces années où il travaille le manuscrit du *Neveu de Rameau*. Il aura toujours ce tourment, jusque dans l'*Essai sur la vie de Sénèque*, où il se plaint de la brièveté de la vie et du temps perdu. Angoissé par la dispersion de son activité, il s'inquiète de ne pas s'imposer clairement par une œuvre majeure. La critique des anti-philosophes porte très précisément sur ce point. Dans ses *Trois siècles de la littérature française* de 1772, l'abbé Sabatier de Castres, ami de Palissot, présente Diderot comme un polygraphe inconsistant : « Auteur plus prôné que savant, plus savant qu'homme d'esprit, plus homme d'esprit qu'homme de génie ; écrivain incorrect, traducteur infidèle, métaphysicien hardi, moraliste dangereux, mauvais géomètre, physicien médiocre, philosophe enthousiaste, littérateur enfin qui a fait beaucoup d'ouvrages, sans qu'on puisse dire que nous ayons de lui un bon livre ». Palissot fait une semblable remarque à propos de l'*Encyclopédie* (« Mais on se réserve la liberté de penser qu'un Dictionnaire, quelque bon qu'il puisse être, ne fut jamais un ouvrage de génie. » *Petites Lettres sur de grands philosophes)* et même à propos du drame bourgeois (« Cette compilation si difforme... monstre né de l'impuissance des auteurs. » Notice de 1769). C'était dénier à Diderot le statut d'auteur et à ses écrits celui d'œuvre. Il faudra plus d'un siècle pour que soit reconnue positivement l'identité littéraire de Diderot. On ne voit d'abord en lui que désordre, discontinuité et inachèvement. Peu à peu, il apparaît que ce système énonciatif si singulier et cette façon de ne pas faire véritablement de livre, forment le principe d'une œuvre très moderne. En accusant doublement Diderot de plagiaire pour l'*Encyclopédie* et pour *Le Fils naturel,* Fréron formule le premier une mise en question et un doute tenaces. Ces critiques font mouche au plus profond d'une obsession de Diderot qui écrit dans des fragments sans date : « ... je vis d'une vie imitative qui n'est pas la mienne... je suis un hors-d'œuvre... » (*Œuvres complètes,* édition de Roger Lewinter, 4, 932). Par le Neveu, personnage inabouti et imitateur stérile, Diderot se libère d'un thème névralgique et du péril de l'inconsistance. Jean-François Rameau avoue qu'il est travaillé par « ce mépris de soi-même ou ce tourment de la conscience qui naît de l'inutilité des dons que le Ciel nous a départis ». « C'est le plus cruel de tous », selon lui. En outre, « s'appeler Rameau est gênant ». Subissant ce nom prestigieux qui lui appartient d'autant moins en propre qu'il n'a pas le don de l'illustrer par lui-même, il reconnaît qu'il est « jaloux de son oncle » et « fâché d'être médiocre ». S'il savait à son tour composer de beaux morceaux de musique, il « s'endormirait au murmure de l'éloge » et « ronflerait comme un grand homme ». Au lieu d'avoir la tête haute et de jouir d'un sommeil satisfait, il est voué au ressentiment et à la culpabilité. Privé de « cette belle manie de l'inscription » évoquée par Diderot dans la lettre à Falconet du 17 mars 1766, il est réfractaire à tout ce qui fait trace. Il ne « sait pas l'histoire » parce qu'il ne sait rien, ni « écrire », ni « fagoter un livre », alors que Moi l'exhorte à la notation et à fixer sa méthode : « A votre place, je jetterais ces choses-là sur le papier. Ce serait dommage qu'elles se perdissent. » Le Neveu finit par avouer son secret. Il a beau se frapper la tête : « Le Dieu est absent. » Comme l'explique Rousseau dans l'article *Génie* du *Dictionnaire de musique :* « En as-tu, tu le sens en toi-même. N'en as-tu pas, tu ne le connaîtras jamais... » La fibre lui manque, cependant Rameau a d'autres talents et en fin de compte, « si ce n'est pas de la gloire ; c'est du bouillon ». Il n'échappe pas à son destin de parasite.

Ce rôle qui correspond sans doute à la personne historique du Neveu, convient surtout au genre de la satire choisi très explicitement par Diderot. Rameau le parasite est le personnage-titre de l'œuvre, dont le sous-titre, précisé sur le manuscrit autographe, est *Satire seconde*. La *Satire première sur les caractères et les mots de caractères, de profession, etc.*, a été écrite en 1773. Diderot a intitulé *Satire seconde* une œuvre conçue bien avant celle-ci, mais terminée beaucoup plus tard, et qui en développe magistralement certains thèmes, comme celui de la physiognomonie ou de la ménagerie sociale. L'exergue tiré d'Horace (satire VII, livre 2) redouble la référence à un genre millénaire, et illustre un thème stoïcien : seul le sage est libre, les fous sont esclaves du besoin. Le Neveu qui représente l'*inaequalitas* latine, l'inconstance et le mélange, donne la couleur et l'allure dominante du texte, dont il est la divinité éponyme. Ce personnage de parasite est hérité de la comédie latine de Plaute et de Térence, des œuvres d'Horace et de Juvénal, de Pétrone et de Lucien, ainsi que de Rabelais auquel Diderot renvoie plus directement. Le Neveu reconnaît qu'il n'a pas inventé le rôle, mais il prétend que personne ne l'a dépassé en exécution. Diderot reprend le cliché du bouffon et du frippon carnavalesque, en l'actualisant par la référence implicite à Scarron, Lesage et Sterne, et en l'inscrivant dans une certaine faune du XVIIIe siècle. Il en fait une « espèce » (« ce que nos Bourguignons appellent un fieffé truand »), une figure bohème et louche de la bambochade, qui évoque le clan provincial des Dijonais (Piron, Cazotte) ou celui des Bretons (Fréron le gros buveur, le libertin Duclos, le gourmand La Mettrie). A ce typage de l'encanaillement, s'ajoute le registre bas de l'obscénité et de la scatologie, qui cause la disgrâce de Rameau. Bertin est payé en monnaie de singe par son Fou qui le vomit et envoie des vannes à tous vents, inspiré par une verve excrémentielle. « Il y a des circonstances où je laisse tout aller sous moi », dit le Neveu qui évoque les coliques de la chienne Criquette et les « autres légères indispositions » de ses maîtres, par où tout va « copieusement » à sa perte. Un certain XIXe siècle compassé et qui s'identifie dérisoirement au bon ton (Villemain, Nisard, Janin, Barbey), ne pardonne pas à l'auteur de se compromettre avec cette « abjection » du Neveu que Moi ne cesse de dénoncer. Diderot se confond alors un moment, pour la postérité, avec la silhouette poissarde de Rameau.

Avec le Neveu, le thème du parasite ne se réduit pas à la déconvenue culinaire d'un cherche-midi ou, selon l'expression de Cazotte, d'un « chevalier errant à l'heure du dîner ». Le cliché rhétorique est renouvelé et animé par une conception globale du personnage, biologique et sociale. D'après L.-S. Mercier, Jean-François Rameau avait une « doctrine » de la « mastication » et considérait que le seul but de l'activité humaine était de se « placer quelque chose sous la dent ». Chez Diderot qui, en 1770, s'intéresse plus particulièrement au marché des grains et écrit *L'Apologie de l'abbé Galiani,* cela devient un véritable système qui rappelle les grandes analyses rousseauistes : « Que diable d'économie, des hommes qui regorgent de tout ; tandis que d'autres qui ont un estomac importun comme eux, et pas de quoi se mettre sous la dent... Dans la nature, toutes les espèces se dévorent, toutes les conditions se dévorent dans la société. » Il faut donc que ceux qui ont tout « restituent ». Le parasite est un des instruments de ce rééquilibrage social. Comme la pauvre Manon qui a toujours peur de manquer de pain, Rameau refuse de dissocier sa vie sociale de ses besoins les plus élémentaires. Ces deux domaines ne sont séparés que dans une évaluation abstraite, alors que la réalité les réunit toujours comme le prouve la pantomime des gueux qui « se réconcilient à la gamelle ». Le Neveu subit, de même qu'un être vivant, les lois de la physiologie. Il respire, mange, dort, illustrant la réflexion diderotienne, scientifique et matérialiste, sur la sensibilité de la matière, ainsi qu'un choix hédoniste en faveur du monde sensuel. Dans les périodes fastes où ce gourmand est traité comme « un coq en pâte » et jouit de « l'industrie des cuisiniers », il ne « perd » pas un coup de dent, boit « largement », mange « bien », et recherche des « plaisirs de toutes les couleurs ». C'est toujours à l'appétit qu'il en revient, comme Arlequin ou Jacob, car « il est dans la nature d'avoir appétit ». Cette faim perpétuelle qui stimule son dynamisme, est le signe de sa vitalité accordée aux rythmes profonds. Il passe par les vicissitudes de ces différents états que sont le sommeil, la digestion, l'évanouissement. Comme il est le meneur de jeu, il ne peut cependant faire défaut, à la différence de Jacques qui s'enivre au champagne à mesure que l'hôtesse raconte l'histoire de Mme de La Pommeraye. Quand le Neveu demande à boire parce qu'il est « enroué » et pour se ranimer, Moi surveille la bouteille, qu'il déplace, pour l'empêcher de se « noyer », car son rôle, comme celui du comédien, est plutôt d'enivrer les autres que de s'enivrer lui-même. La bière et la limonade qu'on lui sert au Café de la Régence et qui renflouent son énergie, symbolisent l'ébullition de son esprit pétillant et soluble.

Le curieux couple de Lui et de Moi convient au projet de la satire car il permet de confondre les anti-philosophes à la fois par la moquerie et l'indignation vertueuse, et de faire ainsi doublement « pâlir le sot ». A la manière des *Dialogues des morts* de Lucien et de Fontenelle, Diderot s'amuse en outre à confronter les personnages antagonistes du parasite et du philosophe, du Sage et du Fou, qui subissent une contagion réciproque dont il tire le meilleur parti. Un semblable attelage, fantasque et déséquilibré, qui va à hue et à dia, est nécessaire à la mise en scène très singulière de tous les grands textes diderotiens. Un personnage hors de soi est toujours donné en spectacle à un faire-valoir qui a tous ses esprits, en retrait et un peu absent, ce qui lui permet d'autant mieux d'enregistrer, scrutateur consciencieux au chevet ou au parterre. C'est, dans la *Lettre sur les aveugles,* le pasteur Holmès recueillant les dernières paroles d'un géomètre qui meurt en niant « l'ordre admirable de la nature ». C'est Julie de Lespinasse ne perdant aucune parole de D'Alembert qui depuis l'état second de son rêve, décrit l'ordre éternel de la matière. C'est Diderot penché sur les sourds et muets et les convulsionnaires, ou à l'écoute des artisans, animé par la passion de connaître et investi du rôle de transmettre ce savoir par écrit. Le dialogue où se conjuguent le délire et une conscience aiguë, sans que l'on sache bien qui est le serviteur et qui est le maître, devient ainsi une sorte de dévoilement rituel, un geste à la fois poétique et scientifique, un double jeu de relais par quoi le texte parasite des intensités inouïes qu'il réussit à capter. Enquêteur de génie, l'encyclopédiste est branché sur l'extérieur, scribe des êtres qui vaticinent et dont il peut seul délivrer le message.

Celui du Neveu est un des plus profonds. Cet original réalise supérieurement l'ancienne fonction du bouffon qui, bien au-delà de l'art de faire rire pour désennuyer, consiste en une mise à nu et une effraction : « Il secoue, il agite... et fait sortir la vérité... grain de levain qui fermente et qui restitue à chacun une portion de son individualité naturelle. » Vis-à-vis de Moi enfermé dans son quant à soi et la mélancolie de son rôle trop bien réglé, Rameau, par ses pitreries, bouscule et perturbe la notion d'identité. Il en illustre la faillite, de même que d'Alembert qui s'oublie dans sa perte sexuelle. Sous un ciel qui n'est jamais le même et sous le signe de Vertumne (dieu des saisons et du changement de temps évoqué dans l'exergue d'Horace), le Neveu qui « dissemble constamment de lui-même », est « vacillant dans ses principes », ballotté sans cesse au gré aléatoire d'une loi d'alternance. Girouette sans point fixe, il change brusquement d'état, comme la Supérieure d'Arpajon dans *La Religieuse* aussi sensible que lui à la musique et dont « la figure décomposée marque tout le décousu de son esprit ». Moi qui paraît d'abord immobile dans son rôle d'observateur et de conscience pleine s'appartenant solidement, subit finalement la fascination de ce clown matérialiste qu'est le Neveu, et se trouve frappé d'indécision, ne sachant s'il doit rester ou fuir. Il y a soudain péril en la demeure de ce Moi si imperturbablement présent à lui-même. « Il n'y a qu'un seul grand individu ; c'est le tout », s'écrie d'Alembert, et Rameau répond en écho : « Que le diable m'emporte, si je sais au fond ce que je suis. » Il met en question le leurre d'une conception finaliste de l'individu, car (selon le *Discours sur la poésie dramatique*) « dans un même homme, tout est dans une vicissitude perpétuelle, soit qu'on le considère au physique, soit qu'on le considère au moral». Le Neveu illustre un fantasme de fusion et d'osmose, qui définit pour Diderot le mode d'existence du particulier dans le tout. Dans un océan de matière délié de la tutelle spiritualiste, la mémoire et la conscience, uniques fondements de l'individu, fédèrent des bribes d'énergie non liées qui circulent et communiquent. L'individu est donc par principe un mélange et un hybride, une réalité infiniment diverse et hétérogène. Rameau est un «composé de hauteur et de bassesse, de bon sens et de déraison». Cette notion est ancienne. Saunderson, dans la *Lettre sur les aveugles,* dévoile en mourant que le «monde est un composé», et l'article *Encyclopédie* définit déjà l'homme comme «un composé bizarre de qualités sublimes et de faiblesses honteuses». Avec le Neveu, figure arcimboldesque de la farce agitée par un malicieux tremblement des signes, Diderot met en jeu une poétique complète du «composé» en l'étageant dans toutes ses dimensions (biologique, psychologique, morale, esthétique). A cette dissonance tératologique et à ce monument d'inconstance que représente ici Rameau, le texte ne peut opposer, comme c'était déjà le cas dans l'article *Encyclopédie,* que le seul monument durable de l'œuvre écrite.

Moi catonise, fidèle à son rôle de Philosophe, alors que le narrateur du prologue prévient qu'il abandonne son esprit «à tout son libertinage»: «Mes pensées, ce sont mes catins.» Le Neveu favorise ce mouvement et plus généralement l'encanaillement de la philosophie, dont il ébranle les bases. Le Palais-Royal, lieu mal famé de tous les échanges et des rencontres pour la conversation, la prostitution et le jeu, représente à lui seul le «vaste tripot du monde». La marotte de ce fou de Rameau, est d'y jouer le rôle de «colporteur», furet agile à relayer la rumeur et l'excitation louche, au milieu des gazetiers à la bouche et des nouvellistes à la main. Moi se scandalise de l'original tout en se laissant titiller par lui. Rameau lui offre un spectacle aussi plaisant et bienvenu que celui du libertin dont Diderot explique à Sophie l'utilité, parce qu'il «tient la place du libertinage qu'on s'est interdit» (lettre du 7 octobre 1761). Le Neveu fait souffler sur le texte un petit vent de folie et lui donne cette allure désordonnée que Moi s'interdit, annonçant ainsi l'avènement du philosophe-artiste et une émancipation signalée dans de nombreux autres ouvrages. Dans la lettre à Falconet du 17 mars 1766, Diderot oppose le style du philosophe, sec et squelettique, à celui de l'orateur qui, vivant « polype », « anime, vivifie », et se confond avec la poésie. Il explique, dans le *Salon de 1767* (sixième site), que l'esprit philosophique est ennemi du mouvement et des figures : « Le règne des images passe à mesure que celui des choses s'étend. Il s'introduit par la raison, une exactitude, une précision, une méthode, pardonnez-moi le mot, une sorte de pédanterie qui tue tout... L'esprit philosophique amène le style sentencieux et sec. » A la méthode qui ordonne et classe tout uniformément, Diderot préfère l'esprit d'invention qui « s'agite » et « se remue d'une manière déréglée » *(Réfutation d'Helvétius),* de même qu'il est plus satisfait de quelques idées de génie lancées dans un « essai » que des lourdes redites d'un « traité ». Pendant toutes ces années où il reprend le texte du *Neveu de Rameau,* Diderot éprouve une certaine lassitude de la philosophie et des contraintes du savoir encyclopédique. Parce qu'il a besoin de jeter hardiment le filet au-delà d'une rationalité univoque et linéaire, et de pêcher en eau trouble, dans le foisonnant domaine des arts, il se met en vacance de la philosophie comme système uniquement préoccupé d'un rapport à la vérité, et du rôle trop guindé du Philosophe. Céder à la « licence » et au « libertinage » de la conversation, c'est concevoir une autre logique plus souterraine, apparentée à la folie et au rêve. Par ce jeu aléatoire et gai, fondé en apparence sur le disparate et le décousu, Diderot l'oiseleur capte le chant du monde et découvre son style qui est aussi le plus approprié à sa position matérialiste. Seule résonne la statue de Memnon, celle du génie capable d'inventer une nouvelle raison en s'abandonnant aux « grands enthousiasmes de la vie » et au plaisir multiple des arts.

Le talent principal de Rameau est la pantomime. Son numéro de bateleur peut apparaître comme une agitation et un gag dérisoires, surtout quand il prétend imiter la musique qu'il est incapable d'écrire. Entre Lui et Moi pourtant, passe à ce moment-là une communication secrète (« Il est sûr que les accords résonnaient dans ses oreilles et dans les miennes »), preuve que Diderot prend cette imitation au sérieux. La pantomime n'est pas un simple accessoire de sa dramaturgie, mais un élément d'une théorie générale de l'imitation très important dans la pensée esthétique du XVIIIe siècle, et dont le texte fondateur est l'ouvrage de Charles Batteux de 1746, *Les Beaux-Arts réduits à un même principe*. A la suite d'Aristote et d'Horace, l'abbé définit un système général de représentation qui respecte une certaine hiérarchie, sans que l'on sache très bien s'il s'agit d'imiter une nature naturelle (réaliste) ou un modèle artificiel (idéal). Au sommet de la pyramide, il place la poésie et les arts de la parole. La rhétorique prescrit les règles de tous les autres arts, en vertu de ce principe fédérateur de l'imitation qui les fait communiquer. Ce modèle global convient à Diderot et à sa conception du génie, confortée par l'expérience synthétique de l'*Encyclopédie*. De même qu'il a voulu parler la science de son temps sans être un savant et décrire les arts mécaniques sans avoir accès à la pratique de l'artisan, il aime à rêver indéfiniment l'ensemble des Beaux-Arts. On le voit ainsi en éternel conseilleur, sans cesse consulté, enthousiaste parfois stérile et critique superfétatoire, qui sermonne Greuze, Falconet ou Saurin, en renversant complètement leurs projets pour leur indiquer son idée d'un tableau, d'une statue ou d'un drame. Cette rêverie au conditionnel sur l'œuvre absente, est une de ses pentes familières, fondatrice de son style et de son esthétique. Un des épisodes les plus surprenants, illustrant le mieux cette assurance mimétologique, est une lettre à Falconet où Diderot, partant d'un tableau perdu de Polygnote mentionné par Pausanias, déplore la froideur de la description et finit, en s'échauffant, par réinventer l'œuvre à jamais disparue. Falconet indique justement les limites de cette attitude, en répondant qu'il ne faut pas confondre « la pensée d'un tableau avec son exécution ». C'est en proie à une illusion semblable que le Neveu pousse l'euphorie mimétique jusqu'à l'évanouissement, mais il marque aussi le dépassement matérialiste de la conception logocentrique de l'imitation, car il favorise l'envahissement du texte par les intensités musicales (souffle, accents, ponctuation, grande extension du lexique). Plus généralement, l'écriture de Diderot devient progressivement de moins en moins rhétorique, et de plus en plus figurale. Il découvre, en même temps que Chardin, une réelle dimension picturale de l'écriture, et pense les contaminations transformatrices des différents arts non plus à partir d'un principe rhétorique mais à partir de la réalité pratique d'un signifiant impur. Il peut ainsi prétendre jouer ce rôle de chef de file et d'initiateur des nouvelles formes esthétiques que lui déniaient ses ennemis.

Le Neveu de Rameau est une sorte de manifeste où Diderot poursuit et précise sa très originale réflexion sur les arts. Les références les plus nombreuses sont (ainsi que le personnage-titre le fait attendre) au théâtre, à l'opéra et en général à la musique, dont le grand Rameau est un des plus glorieux représentants. Les encyclopédistes sont d'abord impressionnés par ce cartésien qui a une grande ambition théorique et déduit le principe simple de l'harmonie d'une loi acoustique physico-mathématique. Diderot reconnaît très tôt son rôle dans « le progrès de la science ». Dans ses *Principes d'acoustique* de 1748, il définit le plaisir musical comme « la perception de rapports simples » et analyse la même année dans le chapitre 13 des *Bijoux indiscrets,* l'art intelligent et sensuel de Rameau qu'il oppose à celui de Lulli. Suzanne Simonin dans *La Religieuse* chante un air tendre et voluptueux de *Castor et Pollux,* le plus grand succès de Rameau. Raynal prétend même que Diderot aurait aidé celui-ci à rédiger sa *Démonstration des principes d'harmonie* présentée comme mémoire à l'Académie des sciences en 1750. D'Alembert cède d'abord lui aussi au charme de ce musicien-mathématicien et le place à côté de Descartes, Newton et Voltaire dans le *Discours préliminaire de l'Encyclopédie,* où il déclare « qu'il aura toujours l'avantage d'avoir le premier rendu la musique une science digne d'occuper les philosophes». En 1752, il publie ses *Éléments de musique théorique et pratique suivant les principes de M. Rameau*. Puis les articles de Rousseau dans l'*Encyclopédie* opposent une conception plus expressive et moins intellectualiste de la musique aux ouvrages de Rameau, qui répond par un recueil des *Erreurs sur la musique dans l'Encyclopédie* et une *Lettre aux philosophes* en 1762. Pris au jeu de la polémique d'autant plus qu'il recherche l'estime des savants et des philosophes, et qu'il surévalue son œuvre théorique, Rameau tombe dans une sorte de délire pythagoricien sur la musique et les nombres. D'Alembert dénonce alors ses «écarts» et son «faux air scientifique», au moment où la nouvelle acoustique de Daniel Bernouilli relègue définitivement celle sur laquelle se fondait le musicien. Diderot a une attitude nuancée à propos de Rameau dont il a partagé longtemps les vues. Cette illustre figure qui domine la musique française du XVIIIe siècle, est associée à la thématique profonde du *Neveu de Rameau*, et tout d'abord comme exemple de la vicissitude des choses humaines : lui qui nous a «délivré du plain-chant de Lulli», est à son tour enterré par les «virtuoses italiens». *Sic transit gloria mundi*. C'est autour du grand Rameau que s'organise le débat et se définit l'enjeu qui importe à Diderot. Le musicien est présenté comme un théoricien flou qui a écrit des «bouts de chant» avec des «idées décousues». Contre l'Académie royale du cul-de-sac responsable de la réaction lulliste et ramiste des années soixante, Diderot fait ressortir l'aspect démodé d'une esthétique à l'usage des vieilles perruques, utilisant des accessoires poussiéreux et incapable de s'émanciper du genre artificiel et usé de la tragédie lyrique conçu par Quinault et Lulli. Tout est languissant dans ces mécaniques ballets de cour, ces machines héroïques, ces fastes de la mythologie, ces madrigaux insipides, ce pédantisme froid. Présentée ainsi l'œuvre de l'oncle vient à point faire contraste avec les conceptions du Neveu, qui préfère à la loi monotone de l'harmonie, une poétique de l'alternance et de l'inégalité des tons. Son art de la fugue est celui de la dissonance et de la dynamique hétérogène du composé. Rameau dont la vieillesse a été troublée par les critiques injustes des Philosophes, offre une autre image du grand homme calomnié, qui vient doubler celle de Diderot. On s'apprête cette année seulement à réhabiliter la mémoire du musicien et à rendre son œuvre au patrimoine, car, selon la belle expression de Francis Ponge, « dans une gavotte de Rameau, toute la France danse ». La création des *Boréades* avec deux siècles de retard (en juillet 1982 à Aix-en-Provence) a confirmé la vigueur subtile de cette musique profonde et gaie, occultée par un trop long règne exclusif des musiques allemandes et italiennes. Diderot pourtant avait de bonnes raisons de critiquer le vieux maître, défenseur de genres déclinants et qui refusait de s'adapter au changement du goût. Uniquement préoccupé d'approfondir son style génial, sans référence aucune aux modes, il ne s'intéressait pas à cette évolution de l'opéra que lui suggérait Voltaire en réclamant plus de vraisemblance et plus d'action.

Le Neveu de Rameau s'inscrit dans ce grand débat sur la musique française qui avait commencé avec la Querelle des Bouffons de 1752, quand la représentation de la *Serva Padrona* de Pergolèse par la troupe italienne avait partagé l'opinion entre le Coin du Roi et celui de la Reine. Rousseau, qui triomphait alors avec *Le Devin de village*, avait critiqué la tradition de l'opéra français dans sa *Lettre sur la musique* de 1753 et ses articles de l'*Encyclopédie*. Cette machine de guerre théorique et terroriste s'impose à tous pour longtemps, parce qu'elle est fondée sur une forte conception philosophique et sur la réflexion de Rousseau à propos de l'origine des langues. Au commencement, il y a la pulsion corporelle du phrasé et de la voix. Ce qui prime à l'origine, c'est donc l'accent et la mélodie expressive dont le langage articulé est l'inévitable dénaturation dans un code. Le chant, mouvement spontané de la nature, est l'âge d'or de l'expression, que singe le système abstrait du langage et dont il exprime indéfiniment la nostalgie. Pour démontrer la supériorité de la musique italienne, Saint-Preux dans *La Nouvelle Héloïse* (I, 48) explique que la musique ne se limite pas à l'impression purement mécanique et physique, mais qu'elle a « affaire au sentiment », et dévoile « le lien puissant et secret des passions avec les sons », alors que « la seule harmonie n'a jamais rien su dire au cœur ». Affirmer en outre qu'il n'y a « dans l'harmonie aucun principe d'imitation », c'était mettre Rameau hors jeu en prétendant que son système était incompatible avec le principe commun des Beaux-Arts selon Batteux. Cela est d'autant plus paradoxal qu'il n'y a pas d'art plus imitatif que celui de Rameau. Nul n'a tenté plus savamment que lui de transposer, dans des accords, une aurore *(Zaïs)* ou la turbulence des vents et de l'orage *(Les Boréades)*. Il ne s'agit pas cependant, selon la théorie de Rousseau, d'imiter symphoniquement des phénomènes naturels, comme dans *Les Quatre Saisons*, la *Symphonie pastorale* ou *La Moldau*. La vraie nature à imiter, ce sont les accents de la passion que seule la musique vocale peut rendre. Le matérialiste Diderot reprend à son compte la définition très humaniste et anthropomorphique de la musique selon Rousseau. Dans les *Entretiens sur le Fils naturel*, l'*Essai sur la poésie dramatique* et *Le Neveu de Rameau*, il réaffirme qu'il faut imiter le « cri animal de la passion », qui doit « nous dicter la ligne qui nous convient ». L'énergie de la passion sert de modèle au musicien qui s'inspire des scènes de la rue, d'un gueux qui demande l'aumône, d'un homme dans le transport de la colère ou d'une femme jalouse et furieuse : c'est un Italien, c'est Duni qui est venu « nous apprendre à donner de l'accent à notre musique, à assujettir notre chant à tous les mouvements, à toutes les mesures, à tous les intervalles, à toutes les déclamations, sans blesser la prosodie ». Dans sa définition globale du principe de l'imitation appliqué à la musique, Diderot fait prudemment apparaître le débat dans toute sa complexité : « Le chant est une imitation, par les sons, d'une échelle inventée par l'art et inspirée par la nature, comme il vous plaira, ou par la voix ou par l'instrument, des bruits physiques et des accents de la passion ; et vous voyez qu'en changeant là-dedans les choses à changer, la définition conviendrait exactement à la peinture, à l'éloquence, à la sculpture, à la poésie. »

Si Diderot fait sa part à la musique instrumentale et à l'imitation des phénomènes de la nature, il privilégie, ainsi que Rousseau, l'imitation de la déclamation qui offre « toutes sortes de caractères » aux nouveaux genres musicaux. En vertu de cette hiérarchie, le violon doit singer le chanteur, et la ligne mélodique dont l'accent est la « pépinière », doit à son tour coïncider avec celle de la déclamation. Le bel air et le beau récitatif vont de pair. Il s'agit, selon l'expression de Rousseau (dans ses *Fragments d'observations sur l'Alceste de M. Gluck*) de « déterminer jusqu'à quel point on peut faire chanter la langue et parler la musique ». Le Neveu démontre que la crise de la musique française est d'abord celle du livret. Cela explique la ruine de Lulli, de Campra, de Mouret et du « cher oncle », qui ne « savent pas encore ce qu'il faut mettre en musique », parce que « la poésie lyrique est encore à naître ». Leurs « charmants poèmes », faits d'épigrammes, de sentences ingénieuses, de madrigaux légers, ne conviennent pas au nouvel esprit musical. « J'aimerais autant avoir à musiquer les *Maximes* de La Rochefoucauld et les *Pensées* de Pascal », s'écrie Jean-François Rameau qui réclame, à la place de l'art maniéré, l'énergie du « cri animal ou de l'homme passionné », que seule une prosodie renouvelée peut imiter : « Il nous faut des exclamations, des interjections, des suspensions, des interruptions, des affirmations, des négations. » La langue italienne se prête mieux à cette nouvelle esthétique, que servent aussi les musiciens et les librettistes italiens très novateurs comme Duni et Métastase. « Si l'on tolère plus longtemps cette canaille chantante de la foire, la musique nationale est au diable », pensent les Rebel et les Francœur qui ne font plus recette. Avec la fusion, en 1762, du théâtre de la Foire et de la Comédie italienne, s'était formé un lieu ouvert aux recherches et aux genres neufs. Le grand Rameau continue jusque dans *Les Boréades* de chanter l'amour et le bonheur à la mode ancienne (« Jouissons de nos beaux ans, apprenons à être heureux... le sentiment de la tendresse s'envole sur les ailes du temps »). Ces airs, aussi magnifiques qu'ils soient, apparaissent alors « gothiques », parce que la nouvelle sensibilité du vrai, du naturel et de la simplicité, est devenue un très fort enjeu polémique et idéologique. On dirait, aujourd'hui, qu'elle représente la « modernité » dans les arts de cette époque, dont elle bouleverse et fait évoluer les codes. Alors que la tragédie lyrique n'illustre que des formes poétiques usées, l'opéra-comique se tourne vers de nouveaux sujets où s'allient naturellement la courbe dramatique et l'expressivité musicale, réalisant ainsi l'idéal proposé par Rousseau d'une « musique dramatique ou théâtrale » qui « concourt à l'imitation, ainsi que la poésie et la peinture » (article *Imitation* du *Dictionnaire de musique*). L'opéra-comique est alors un genre expérimental où sont conçus simultanément les rapports de la musique, du livret et de la mise en scène, un genre divers en pleine expansion où prolifèrent les formules nouvelles, les airs originaux et les « ariettes », comme dans *Le Devin de village* de 1752 ou *La Coquette corrigée* de Dauvergne de 1753. A la déclamation syllabique périmée, succèdent des accents pittoresques et pathétiques. Les grandes machines mythologiques sont remplacées par les modestes pastorales et la mise en scène de l'artisan, c'est-à-dire par le genre sérieux et même larmoyant qui s'impose à partir de 1760. Le Neveu cite deux airs de Philidor, tirés du *Maréchal-ferrant* et du *Jardinier et son Seigneur* de 1761. L'opéra-comique tient compte de l'évolution récente du théâtre et du roman, auxquels il emprunte ses sujets : c'est en 1765 *L'École de la jeunesse* de Duni d'après Lillo et *Tom Jones* de Philidor d'après Fielding, en 1769 *Le Déserteur* de Monsigny d'après L.-S. Mercier, et les ouvrages de Grétry à partir de 1768. Cet effort, pour mettre en musique le théâtre et le roman de l'époque, ne pouvait que satisfaire Diderot qui avait opposé l'esthétique totale du drame à la tragédie et à l'opéra classiques, et le justifiait dans son entreprise de renouvellement des arts. La postérité de ces recherches musicales dont *Le Neveu de Rameau* témoigne, est immense. *Les Noces de Figaro* sont un aboutissement exemplaire de cette volonté de concilier le drame et la musique, et Baudelaire cite *Le Neveu de Rameau* dans son article sur *Tannhäuser*.

Si le crescendo dramatique du *Neveu de Rameau* culmine avec la pantomime des gueux, c'est-à-dire le thème ancien, moral et social, du théâtre du monde où chacun joue son rôle, Diderot décrit aussi les milieux du théâtre de son temps dont il dénonce les formes périmées. C'est une autre réponse à Palissot qui, en attaquant violemment *Le Fils naturel,* visait les prétentions réformatrices de l'encyclopédiste et son désir d'inspirer un théâtre nouveau. Déjà, dans *Les Bijoux indiscrets* de 1748, Diderot fait la critique du théâtre de même que Voltaire et Rousseau dans les épisodes parisiens de *Candide* et de *La Nouvelle Héloïse,* preuve que le débat sur les arts était pour eux un aspect essentiel de la lutte philosophique. Rameau fréquente les comédiens à la table des riches et des puissants. Comme client de Bertin, il est contraint de soutenir la carrière de la petite Hus, la protégée de celui-ci, mauvaise actrice pour laquelle il doit dénicher des auteurs de pièces nouvelles et faire la claque. Il affronte alors les « huées d'un public qui juge bien » et risque d'entendre « chuchoter à côté de soi : c'est un des valets déguisés de celui qui couche ». Dans l'appréciation des acteurs, grand sujet des conversations et des gazettes parisiennes, le Neveu s'attaque aux rivales de la Hus, à cette « minaudière de Dangeville... qui marche presque courbée en deux sur la scène, qui a l'affectation de regarder sans cesse dans les yeux de celui à qui elle parle, et de jouer en dessous, et qui prend elle-même ses grimaces pour de la finesse, son petit trotter pour de la grâce », et à cette « emphatique Clairon qui est plus maigre, plus apprêtée, plus étudiée, plus empesée qu'on ne saurait dire ». C'est en fait une critique générale de la technique des acteurs que formule Rameau, car cette « déclamation » de la « simple nature » inspirée par l'énergie des passions, à quoi Duni réussit à assujettir le chant, il ne faut surtout pas, selon lui, aller en chercher un exemple dans un système théâtral exténué : « Or n'allez pas croire que le jeu des acteurs de théâtre et leurs déclamations puissent nous servir de modèles. Fi donc. Il nous le faut plus énergique, moins maniéré, plus vrai. » Il n'y a pas de Garrick français. A travers le Neveu, Diderot règle ses comptes avec les acteurs qui, enfermés dans leur paresse corporatiste et la sclérose de leur métier, ont résisté au nouveau modèle dramatique dont il rêvait. Sa réflexion, considérable pour l'évolution du théâtre, où sont définis les éléments d'une dramaturgie globale, a commencé en 1757 avec *Le Fils naturel* et *Les Entretiens sur Le Fils naturel*, et s'est poursuivie en 1758 avec *Le Père de famille* et le *Discours sur la poésie dramatique*, ainsi qu'en 1777 avec *Le Paradoxe sur le comédien*. Il s'agit de renouer avec l'Antiquité en rétablissant le théâtre dans sa fonction pédagogique et sociale. Cela implique une politique culturelle nationale avec des écoles de comédiens et une nouvelle architecture des salles. Pour Diderot, tout est à revoir dans le théâtre de son temps qui lui semble « faux » aussi bien par les sujets que par la symétrisation générale du jeu, alors que « la poésie veut quelque chose d'énorme, de barbare et de sauvage » *(Discours sur la poésie dramatique)*. Il désire donc un peu d'orage et de vent frais dans la poussière des rideaux, et l'irruption d'une extériorité cosmique sur le boudoir de la scène française où les ficelles des machines et du métier doivent faire place à un pathétique explosif et paroxystique. Ce que Diderot a conçu sous l'étiquette et autour de la notion de drame bourgeois ne se réduit pas à une banale esthétique réaliste, mais se présente comme une véritable théorie du signifiant théâtral qui fonde la « mise en scène » dans le sens où nous l'entendons aujourd'hui. L'encyclopédiste part d'une réflexion sur le manque, fondateur de tout processus de signification, et met en pratique dans son œuvre une dialectique complexe de la présence et de l'absence. Une admirable continuité expérimentale le conduit de la biologie à la réflexion sur les arts. L'observation sensualiste des infirmes est ce laboratoire unique qui lui permet de concevoir une logique du signe, de décomposer et recomposer la chaîne signifiante dans son jeu d'associations et de suppléance. La *Lettre sur les sourds et muets* atteste ce lien évident et profond des préoccupations scientifiques et esthétiques : « Je fréquentais jadis beaucoup les spectacles, et je savais par cœur la plupart de nos bonnes pièces. Les jours que je me proposais un examen des mouvements et du geste, j'allais aux troisièmes loges; car plus j'étais éloigné des acteurs, mieux j'étais placé. Aussitôt que la toile était levée, et le moment venu où tous les autres spectateurs se disposaient à écouter, moi, je mettais mes doigts dans mes oreilles, non sans quelque étonnement de la part de ceux qui m'environnaient, et qui, ne comprenant pas, me regardaient presque comme un insensé qui ne venait à la comédie que pour ne pas entendre.» Sans les sourds et muets Diderot n'aurait pas eu l'idée de ce regard intense. Si le musicien va en aveugle et si l'amateur de peinture est en principe un sourd, l'homme de théâtre doit être la conjonction hétéroclite des deux, capable de dissocier l'image et le son en les faisant jouer alternativement ou simultanément, selon un processus de cache ou d'addition. Ainsi, le spectacle se creuse, s'étage et se pluralise dans différentes lignes concurrentes. La formule simple du *Discours sur la poésie dramatique* (« Le geste doit s'écrire souvent à la place du discours»), marque l'invention de la mise en scène moderne, qu'illustrent aujourd'hui, par exemple, le célèbre spectacle de Bob Wilson intitulé précisément *Le Regard du sourd,* ou bien l'écriture filmique, fondée depuis le passage du muet au parlant sur le double jeu logique des images et des sons.

Quand on parle de l'échec de Diderot au théâtre, on oublie que ses thèses furent le signal d'une évolution du goût et des arts. Dans ses *Lettres sur la danse* de 1760, Noverre réclame une transformation complète de celle-ci en transposant les idées de Diderot auxquelles il renvoie explicitement. Si la référence à Noverre dans *Le Neveu de Rameau* sert à introduire la métaphore du «grand branle de la terre» et celle des «positions» (le Neveu prétend que «le monde en offre bien plus» que l'art de Noverre n'en peut imiter), elle est aussi un hommage en retour à un artiste qui a les mêmes intérêts que Diderot dont il applique et confirme les propositions. Noverre part lui aussi de la notion d'imitation. Déjà, Batteux et Louis Cahusac dans ses articles de l'*Encyclopédie* consacrés à la danse, demandaient que la danse ait un sens et soit une pantomime imitative. A travers ses nombreux voyages,

J.-G. Noverre s'est d'autre part formé au goût moderne en rencontrant Garrick à Londres et en travaillant avec Gluck à Vienne. A Paris, alors qu'il rêve de fonder une académie de la danse, il affronte les cabales de l'opéra et surtout la Guimard. Il se heurte comme Diderot aux « artistes pusillanimes » qu'arrête toujours « la crainte d'innover » et aux « talents médiocres » que « l'habitude... attache fortement aux vieilles rubriques de leur profession ». La danse n'est, selon lui, qu'une sorte de ballet de cour, un divertissement qui tient de la fête et du feu d'artifice, avec des ornements et des « figures dont le public est rebattu depuis un siècle ». Pour transformer ce « rudiment de la danse » qui « en est devenu le grimoire », il faut trouver des sujets nouveaux dans « l'histoire, la fable, la poésie, la peinture », et la musique doit être « neuve » à son tour. Finis les rigaudons, les gavottes, les chaconnes et les tambourins, le rococo des cabrioles appauvries et la virtuosité sèche des « automates » et des « marionnettes ». La mécanique respire. Pour atteindre « le vrai et le beau simple » et « cet air leste qu'il ne peut avoir sous le harnais gothique de l'opéra », le danseur est dépouillé de son costume. A l'exemple de Mlle Clairon qui a « supprimé les paniers », il doit se défaire des colifichets et des oripeaux. Noverre libère le danseur en le déshabillant dans un geste anatomique qui révèle l'énergie singulière de chaque corps. Les maîtres s'appliquent à « dévoiler la conformation de leurs écoliers (conformation qui varie tout autant que les physionomies) ». Finis les tics et les grimaces. Le danseur a maintenant un visage dont il joue de façon dramatique et expressive. Débarrassé du clinquant et des embellissements spécieux de l'art, il s'inspire de la nature, du geste des métiers et de l'artisan qui équivaut donc pour la danse à cette « déclamation » originaire que la musique doit imiter. Noverre fait de la danse un système dramatique complet et annonce par là le grand ballet du XIXe siècle. Le décor y a son rôle ainsi que la lumière dont la répartition nouvelle s'étage dans le jeu d'ombres nuancé d'un clair obscur offrant de riches possibilités scéniques : « Ce n'est pas la grande quantité de lampions jetés au hasard, ou arrangés symétriquement qui éclaire bien un théâtre et qui fait valoir la scène ; le talent consiste à savoir distribuer les lumières par parties ou par masses inégales, afin de forcer les endroits qui demandent un grand jour, de ménager ceux qui en exigent peu, et de négliger les parties qui en sont moins susceptibles » (Lettre VII). Par l'ampleur et la précision de son projet, Noverre peut être considéré comme un disciple de Diderot et un des meilleurs représentants de cet art nouveau dont la *Satire seconde* est en quelque sorte le drapeau.

Le Neveu est un acteur rêvé qui développe, en autodidacte, toutes les ressources de l'art. La lecture de Molière, de La Bruyère et des « moralistes », lui permet d'enrichir son répertoire de caractères, de mieux « attraper un ridicule », et d'entretenir son « sac inépuisable d'impertinences ». S'il rappelle par ses pirouettes de pantin la mécanique du comédien classique, son regard et ses gestes ne sont pas astreints à l'espace contraignant de la scène. Son corps respire dans le legato d'un enchaînement gymnastique. Le « grand organe » de ses poumons de Stentor libère une énergie expressive qui ouvre à l'infini son registre et ses performances imitatives. Il se monte à une hauteur d'enthousiasme et d'émotion, qui lui donne la capacité de rendre avec précision tous les accents, d'entasser les airs et les rôles, de contrefaire le violon, le clavecin, les airs d'opéra, l'orchestre, et finalement le monde entier. La sensibilité exceptionnelle de cet homme-instrument dont la corde et la fibre résonnent de tous les bruits du monde, s'accompagne proportionnellement d'une infirmité particulière (celle du grand comédien selon *Le Paradoxe sur le comédien*) : ... « il n'a point d'accord qui lui soit propre ». Privé de soi et incapable de se recueillir, il est le colporteur et le parasite des flux anonymes, médium qui s'entremet, rejoignant ainsi ce bestiaire de la manière singeresse que sont les magots et les sapajous, les serins et les singes-peintres. Cette capacité spongieuse sert un mimétisme absolu qui n'est pas celui de la maîtrise et de la constitution de soi dans la recherche du modèle et d'un rôle approprié. Serviteur de personne et n'étant rien lui-même, le Neveu se vide et se peuple à la fois dans un même mouvement vertigineux. Il « atteint au sublime des Petites Maisons » parce qu'il a un lien profond à la folie, annonçant par là Antonin Artaud et sa réflexion ontologique sur le théâtre. Diderot, le premier, décrit la fragilité et la souffrance de l'acteur, qui ne s'appartient jamais, doublé dans son être propre par le mirage des rôles, et en proie à une inévitable hémorragie de l'être. Cette folle incapacité à être soi, favorise en retour cette faculté de radar à enregistrer les ondes les plus ténues. C'est pourquoi Bob Wilson dans un de ses spectacles *(Une lettre pour la Reine Victoria)* s'est associé sur la scène avec un enfant psychotique pour capter avec lui ces échos les plus sourds et les plus enfouis, auxquels seule une certaine fêlure donne accès. La comédienne Zouc prétend aujourd'hui avoir conçu sa vocation à partir de l'expérience de l'asile et d'une perte d'identité. De même que l'abbé de La Mare (lettre à Sophie du 10 novembre 1760) contrefaisait sur « une pipe à fumer les cris d'un nourrisson exposé » et savait faire chanter tous les coqs du voisinage, elle imite parfaitement le radotage d'un vieillard ou les vagissements d'un bébé et, comme Rameau, « des oiseaux qui se taisent au soleil couchant ».

Selon Hemsterhuis, Diderot est « né un pantomime admirable ». C'est un vrai comédien, capable de s'identifier à Suzanne Simonin pour mystifier le marquis de Croismare, mais pour que ce talent mimétique et cette chaleur d'enthousiasme aient le meilleur rendement dans l'œuvre écrite, Diderot préfère une mise en scène indirecte et une énonciation savante. Par exemple, dans une lettre à Sophie du 17 septembre 1761, il commence par décrire une sorte de pantomime et de transport à la lecture de *Clarisse Harlowe* de Richardson : « ... mes yeux se remplirent de larmes ; je ne pouvais plus lire ; je me levai et me mis à me désoler, à apostropher le frère, la sœur, le père, la mère et les oncles, et à parler tout haut, au grand étonnement de Damilaville qui n'entendait rien ni à mes transports ni à mes discours, et qui me demandait à qui j'en avais ». Dans l'*Éloge de Richardson,* les rôles sont renversés. Damilaville est l'homme sensible que l'émotion gagne sous les yeux de Diderot (« Je l'examinais : d'abord je vois couler ses pleurs, il s'interrompt, il sanglote... »). Ce changement de distribution produit un système de relais infiniment plus rentable entre le patient et l'observateur, de même que Moi, parlant peu et écoutant beaucoup, jette un regard d'autant plus froidement et scrupuleusement enregistreur sur la convulsion du Neveu. Par ce dispositif dialogique de Moi et de Lui, aussi précieux que l'association de l'aveugle et du paralytique, Diderot parvient à se brancher à l'écoute d'une voix étrangère en proie au vertige du rien et rebelle à toute notation. Il réussit ce paradoxe de transcrire et de fixer méthodiquement le souffle décousu et décomposé d'un maître de parole dans ce qu'il a d'éphémère et de périssable, et de trouver son style propre en contrefaisant en second l'inconsistance d'un mimétisme stérile. Son génie de scaphandrier et d'explorateur qu'entretiennent la gaieté de son rapport au monde et une forte allégresse de l'incorporation, permet à Diderot de parasiter le Neveu dont le grain de folie est le germe d'une écriture nouvelle. Pour rendre la pantomime de Rameau aussi difficile à noter que la déclamation de la rue, le chant du rossignol ou l'arabesque singulière d'un danseur, il faut orchestrer toute une gamme d'inflexions et de positions contradictoires en libérant les possibilités expressives du langage. Ainsi, l'extraordinaire théâtre de ce texte où se démène l'absent de toute scène, porte au plus haut ce que la littérature a d'absence et à la fois d'énergie vocale et de capacité figurative. Cet ouvrage est à la réflexion sur les Beaux-Arts, ce que l'*Encyclopédie* est aux Arts mécaniques, mais la description raisonnée est remplacée par une mise en scène plus poétique où le style subit la contagion des différents systèmes esthétiques. « Cela va, comme je te pousse », dit Rameau qui se défend de mettre de la « raison » dans sa démarche et préfère la surprise du détour et le fil d'une progression somnambule. La « bombe » du *Neveu de Rameau,* pour reprendre l'expression de Goethe, favorise par ses éclats le dégagement rêvé d'un signifiant neuf. La réponse de Diderot à ses détracteurs est un manifeste de l'art nouveau. Par les poumons du Neveu, il fait souffler les bougies de la scène française et donner les vents contre l'oncle Rameau. L'aurore de *Zaïs* pâlit, comme le soleil des *Indes galantes*. Une autre nuit et un autre soleil se lèvent, ainsi que des orages désirés emportant dans leur fracas l'esthétique classique.

Jean-Claude BONNET.

LE NEVEU DE RAMEAU

Vertumnis, quotquot sunt, natus iniquis [1]
(Horat., Lib. II, Satyr. VII)

Qu'il fasse beau, qu'il fasse laid, c'est mon habitude d'aller sur les cinq heures du soir me promener au Palais-Royal [2]. C'est moi qu'on voit, toujours seul, rêvant sur le banc d'Argenson. Je m'entretiens avec moi-même de politique, d'amour, de goût ou de philosophie. J'abandonne mon esprit à tout son libertinage. Je le laisse maître de suivre la première idée sage ou folle qui se présente, comme on voit dans l'allée de Foy nos jeunes dissolus marcher sur les pas d'une courtisane à l'air éventé, au visage riant, à l'œil vif, au nez retroussé, quitter celle-ci pour une autre, les attaquant toutes et ne s'attachant à aucune. Mes pensées, ce sont mes catins. Si le temps est trop froid, ou trop pluvieux, je me réfugie au café de la Régence ; là je m'amuse à voir jouer aux échecs. Paris est l'endroit du monde, et le café de la Régence est l'endroit de Paris où l'on joue le mieux à ce jeu. C'est chez Rey que font assaut Légal le profond, Philidor le subtil, le solide Mayot [3], qu'on voit les coups les plus surprenants, et qu'on entend les plus mauvais propos ; car si l'on peut être homme d'esprit et grand joueur d'échecs, comme Légal ; on peut être aussi un grand joueur d'échecs, et un sot, comme Foubert et Mayot. Un après-dîner [4], j'étais là, regardant beaucoup, parlant peu, et écoutant le moins que je pouvais ; lorsque je fus abordé par un des plus bizarres personnages de ce pays où Dieu n'en a pas laissé manquer. C'est un composé de hauteur et de bassesse, de bon sens et de déraison. Il faut que les notions de l'honnête et du déshonnête soient bien étrangement brouillées dans sa tête ; car il montre ce que la nature lui a donné de bonnes qualités, sans ostentation, et ce qu'il en a reçu de mauvaises, sans pudeur. Au reste il est doué d'une organisation forte, d'une chaleur d'imagination singulière, et d'une vigueur de poumons peu commune. Si vous le rencontrez jamais et que son originalité ne vous arrête pas ; ou vous mettrez vos doigts dans vos oreilles, ou vous vous enfuirez. Dieux, quels terribles poumons. Rien ne dissemble plus de lui que lui-même. Quelquefois, il est maigre et hâve, comme un malade au dernier degré de la consomption ; on compterait ses dents à travers ses joues. On dirait qu'il a passé plusieurs jours sans manger, ou qu'il sort de la Trappe. Le mois suivant, il est gras et replet, comme s'il n'avait pas quitté la table d'un financier, ou qu'il eût été renfermé dans un couvent de Bernardins. Aujourd'hui, en linge sale, en culotte déchirée, couvert de lambeaux, presque sans souliers, il va la tête basse, il se dérobe, on serait tenté de l'appeler, pour lui donner l'aumône. Demain, poudré, chaussé, frisé, bien vêtu, il marche la tête haute, il se montre et vous le prendriez au peu près pour un honnête homme. Il vit au jour la journée. Triste ou gai, selon les circonstances. Son premier soin, le matin, quand il est levé, est de savoir où il dînera ; après dîner, il pense où il ira souper. La nuit amène aussi son inquiétude. Ou il regagne, à pied, un petit grenier qu'il habite, à moins que l'hôtesse ennuyée d'attendre son loyer, ne lui en ait redemandé la clef ; ou il se rabat dans une taverne du faubourg où il attend le jour, entre un morceau de pain et un pot de bière. Quand il n'a pas six sols dans sa poche, ce qui lui arrive quelquefois, il a recours soit à un fiacre de ses amis, soit au cocher d'un grand seigneur qui lui donne un lit sur de la paille, à côté de ses chevaux. Le matin, il a encore une partie de son matelas dans ses cheveux. Si la saison est douce, il arpente toute la nuit, le Cours [5] ou les Champs-Élysées. Il reparaît avec le jour, à la ville, habillé de la veille pour le lendemain, et du lendemain quelquefois pour le reste de la semaine. Je n'estime pas ces originaux-là. D'autres en font leurs connaissances familières, même leurs amis. Ils m'arrêtent une fois l'an, quand je les rencontre, parce que leur caractère tranche avec celui des autres, et qu'ils rompent cette fastidieuse uniformité que notre éducation, nos conventions de société, nos bienséances d'usage ont introduite. S'il en paraît un dans une compagnie; c'est un grain de levain qui fermente qui restitue à chacun une portion de son individualité naturelle. Il secoue, il agite; il fait approuver ou blâmer; il fait sortir la vérité; il fait connaître les gens de bien; il démasque les coquins; c'est alors que l'homme de bon sens écoute, et démêle son monde. Je connaissais celui-ci de longue main [6]. Il fréquentait dans une maison dont son talent lui avait ouvert la porte. Il y avait une fille unique. Il jurait au père et à la mère qu'il épouserait leur fille. Ceux-ci haussaient les épaules, lui riaient au nez; lui disaient qu'il était fou, et je vis le moment que la chose était faite. Il m'empruntait quelques écus que je lui donnais. Il s'était introduit, je ne sais comment, dans quelques maisons honnêtes, où il avait son couvert, mais à la condition qu'il ne parlerait pas, sans en avoir obtenu la permission. Il se taisait, et mangeait de rage. Il était excellent à voir dans cette contrainte. S'il lui prenait envie de manquer au traité, et qu'il ouvrît la bouche; au premier mot, tous les convives s'écriaient, ô Rameau! Alors la fureur étincelait dans ses yeux, et il se remettait à manger avec plus de rage. Vous étiez curieux de savoir le nom de l'homme, et vous le savez. C'est le neveu de ce musicien célèbre [7] qui nous a délivrés du plain-chant de Lulli que nous psalmodions depuis plus de cent ans; qui a tant écrit de visions inintelligibles et de vérités apocalyptiques sur la théorie de la musique, où ni lui ni personne n'entendit jamais rien, et de qui nous avons un certain nombre d'opéras où il y a de l'harmonie, des bouts de chants, des idées décousues, du fracas, des vols, des triomphes, des lances, des gloires, des murmures, des victoires à perte d'haleine; des airs de danse qui dureront éternellement, et qui, après avoir enterré le Florentin [8] sera enterré par les virtuoses italiens, ce qu'il pressentait et le rendait sombre, triste, hargneux; car personne n'a autant d'humeur, pas même une jolie femme qui se lève avec un bouton sur le nez, qu'un auteur menacé de survivre à sa réputation ; témoins Marivaux et Crébillon le fils.

Il m'aborde... Ah, ah, vous voilà, monsieur le philosophe ; et que faites-vous ici parmi ce tas de fainéants ? Est-ce que vous perdez aussi votre temps à pousser le bois ? C'est ainsi qu'on appelle par mépris jouer aux échecs ou aux dames.

MOI. — Non ; mais quand je n'ai rien de mieux à faire, je m'amuse à regarder un instant, ceux qui le poussent bien.

LUI. — En ce cas, vous vous amusez rarement ; excepté Légal et Philidor, le reste n'y entend rien.

MOI. — Et monsieur de Bissy [9] donc ?

LUI. — Celui-là est en joueur d'échecs, ce que mademoiselle Clairon [10] est en acteur. Ils savent de ces jeux, l'un et l'autre, tout ce qu'on en peut apprendre.

MOI. — Vous êtes difficile, et je vois que vous ne faites grâce qu'aux hommes sublimes.

LUI. — Oui, aux échecs, aux dames, en poésie, en éloquence, en musique, et autres fadaises comme cela. A quoi bon la médiocrité dans ces genres.

MOI. — A peu de chose, j'en conviens. Mais c'est qu'il faut qu'il y ait un grand nombre d'hommes qui s'y appliquent, pour faire sortir l'homme de génie. Il est un dans la multitude. Mais laissons cela. Il y a une éternité que je ne vous ai vu. Je ne pense guère à vous, quand je ne vous vois pas. Mais vous me plaisez toujours à revoir. Qu'avez-vous fait ?

LUI. — Ce que vous, moi et tous les autres font ; du bien, du mal et rien. Et puis j'ai eu faim, et j'ai mangé, quand l'occasion s'en est présentée ; après avoir mangé, j'ai eu soif, et j'ai bu quelquefois. Cependant la barbe me venait ; et quand elle a été venue, je l'ai fait raser.

MOI. — Vous avez mal fait. C'est la seule chose qui vous manque, pour être un sage.

LUI. — Oui-da. J'ai le front grand et ridé ; l'œil ardent ; le nez saillant ; les joues larges ; le sourcil noir et fourni ; la bouche bien fendue ; la lèvre rebordée ; et la face carrée. Si ce vaste menton était couvert d'une longue barbe; savez-vous que cela figurerait très bien en bronze ou en marbre.

MOI. — A côté d'un César, d'un Marc-Aurèle, d'un Socrate.

LUI. — Non, je serais mieux entre Diogène et Phryné [11]. Je suis effronté comme l'un, et je fréquente volontiers chez les autres.

MOI. — Vous portez-vous toujours bien?

LUI. — Oui, ordinairement; mais pas merveilleusement aujourd'hui.

MOI. — Comment? Vous voilà avec un ventre de Silène; et un visage...

LUI. — Un visage qu'on prendrait pour son antagoniste. C'est que l'humeur qui fait sécher mon cher oncle engraisse apparemment son cher neveu.

MOI. — A propos de cet oncle, le voyez-vous quelquefois?

LUI. — Oui, passer dans la rue.

MOI. — Est-ce qu'il ne vous fait aucun bien?

LUI. — S'il en fait à quelqu'un, c'est sans s'en douter. C'est un philosophe dans son espèce. Il ne pense qu'à lui; le reste de l'univers lui est comme d'un clou à soufflet. Sa fille et sa femme n'ont qu'à mourir, quand elles voudront; pourvu que les cloches de la paroisse, qu'on sonnera pour elles, continuent de résonner la douzième et la dix-septième [12] tout sera bien. Cela est heureux pour lui. Et c'est ce que je prise particulièrement dans les gens de génie. Ils ne sont bons qu'à une chose. Passé cela, rien. Ils ne savent ce que c'est d'être citoyens, pères, mères, frères, parents, amis. Entre nous, il faut leur ressembler de tout point; mais ne pas désirer que la graine en soit commune. Il faut des hommes; mais pour des hommes de génie; point. Non, ma foi, il n'en faut point. Ce sont eux qui changent la face du globe; et dans les plus petites choses, la sottise est si commune et si puissante qu'on ne la réforme pas sans charivari [13]. Il s'établit partie de ce qu'ils ont imaginé. Partie reste, comme il était; de là deux évangiles; un habit d'Arlequin. La sagesse du moine de Rabelais, est la vraie sagesse, pour son repos et pour celui des autres: faire son devoir, tellement quellement [14]; toujours dire du bien de Monsieur le prieur; et laisser aller le monde à sa fantaisie. Il va bien, puisque la multitude en est contente. Si je savais l'histoire, je vous montrerais que le mal est toujours venu ici-bas, par quelque homme de génie. Mais je ne sais pas l'histoire, parce que je ne sais rien. Le diable m'emporte, si j'ai jamais rien appris; et si pour n'avoir rien appris, je m'en trouve plus mal. J'étais un jour à la table d'un ministre du roi de France [15] qui a de l'esprit comme quatre; eh bien, il nous démontra clair comme un et un font deux, que rien n'était plus utile aux peuples que le mensonge; rien de plus nuisible que la vérité. Je ne me rappelle pas bien ses preuves; mais il s'ensuivait évidemment que les gens de génie sont détestables, et que si un enfant apportait en naissant, sur son front, la caractéristique de ce dangereux présent de la nature, il faudrait ou l'étouffer, ou le jeter au cagnard [16].

MOI. — Cependant ces personnages-là, si ennemis du génie, prétendent tous en avoir.

LUI. — Je crois bien qu'ils le pensent au-dedans d'eux-mêmes; mais je ne crois pas qu'ils osassent l'avouer.

MOI. — C'est par modestie. Vous conçûtes donc là, une terrible haine contre le génie.

LUI. — A n'en jamais revenir.

MOI. — Mais j'ai vu un temps que vous vous désespériez de n'être qu'un homme commun. Vous ne serez jamais heureux, si le pour et le contre vous afflige également. Il faudrait prendre son parti, et y demeurer attaché. Tout en convenant avec vous que les hommes de génie sont communément singuliers, ou comme dit le proverbe, qu'il n'y a point de grands esprits sans un grain de folie, on n'en reviendra pas. On méprisera les siècles qui n'en auront pas produit. Ils feront l'honneur des peuples chez lesquels ils auront existé; tôt ou tard, on leur élève des statues, et on les regarde comme les bienfaiteurs du genre humain. N'en déplaise au ministre sublime que vous m'avez cité, je crois que si le mensonge peut servir un moment, il est nécessairement nuisible à la longue; et qu'au contraire, la vérité sert nécessairement à la longue;

bien qu'il puisse arriver qu'elle nuise dans le moment. D'où je serais tenté de conclure que l'homme de génie qui décrie une erreur générale, ou qui accrédite une grande vérité, est toujours un être digne de notre vénération. Il peut arriver que cet être soit la victime du préjugé et des lois ; mais il y a deux sortes de lois, les unes d'une équité, d'une généralité absolues ; d'autres bizarres qui ne doivent leur sanction qu'à l'aveuglement ou la nécessité des circonstances. Celles-ci ne couvrent le coupable qui les enfreint que d'une ignominie passagère ; ignominie que le temps reverse sur les juges et sur les nations, pour y rester à jamais. De Socrate, ou du magistrat qui lui fit boire la ciguë, quel est aujourd'hui le déshonoré ?

LUI. — Le voilà bien avancé ! en a-t-il été moins condamné ? en a-t-il moins été mis à mort ? en a-t-il moins été un citoyen turbulent ? par le mépris d'une mauvaise loi, en a-t-il moins encouragé les fous au mépris des bonnes ? en a-t-il moins été un particulier audacieux et bizarre ? Vous n'étiez pas éloigné tout à l'heure d'un aveu peu favorable aux hommes de génie.

MOI. — Écoutez-moi, cher homme. Une société ne devrait point avoir de mauvaises lois ; et si elle n'en avait que de bonnes, elle ne serait jamais dans le cas de persécuter un homme de génie. Je ne vous ai pas dit que le génie fût indivisiblement attaché à la méchanceté, ni la méchanceté au génie. Un sot sera plus souvent un méchant qu'un homme d'esprit. Quand un homme de génie serait communément d'un commerce dur, difficile, épineux, insupportable, quand même ce serait un méchant, qu'en concluriez-vous ?

LUI. — Qu'il est bon à noyer.

MOI. — Doucement ; cher homme. Ça, dites-moi ; je ne prendrai pas votre oncle pour exemple ; c'est un homme dur ; c'est un brutal ; il est sans humanité ; il est avare. Il est mauvais père, mauvais époux ; mauvais oncle ; mais il n'est pas assez décidé que ce soit un homme de génie ; qu'il ait poussé son art fort loin, et qu'il soit question de ses ouvrages dans dix ans. Mais Racine ? Celui-là certes avait du génie, et ne passait pas pour un trop bon homme. Mais de Voltaire ?

LUI. — Ne me pressez pas; car je suis conséquent.

MOI. — Lequel des deux préféreriez-vous? ou qu'il eût été un bon homme, identifié avec son comptoir comme Briasson [17] ou avec son aune, comme Barbier [18], faisant régulièrement tous les ans un enfant légitime à sa femme, bon mari; bon père, bon oncle, bon voisin, honnête commerçant, mais rien de plus; ou qu'il eût été fourbe, traître, ambitieux, envieux, méchant; mais auteur d'*Andromaque*, de *Britannicus*, d'*Iphigénie*, de *Phèdre*, d'*Athalie*.

LUI. — Pour lui, ma foi, peut-être que de ces deux hommes, il eût mieux valu qu'il eût été le premier.

MOI. — Cela est même infiniment plus vrai que vous ne le sentez.

LUI. — Oh! vous voilà, vous autres! Si nous disons quelque chose de bien, c'est comme des fous, ou des inspirés; par hasard. Il n'y a que vous autres qui vous entendiez. Oui, monsieur le philosophe. Je m'entends; et je m'entends ainsi que vous vous entendez.

MOI. — Voyons; eh bien, pourquoi pour lui?

LUI. — C'est que toutes ces belles choses-là qu'il a faites ne lui ont pas rendu vingt mille francs; et que s'il eût été un bon marchand en soie de la rue Saint-Denis ou Saint-Honoré, un bon épicier en gros, un apothicaire bien achalandé, il eût amassé une fortune immense, et qu'en l'amassant, il n'y aurait eu sorte de plaisirs dont il n'eût joui; qu'il aurait donné de temps en temps la pistole à un pauvre diable de bouffon comme moi qui l'aurait fait rire, qui lui aurait procuré dans l'occasion une jeune fille qui l'aurait désennuyé de l'éternelle cohabitation avec sa femme; que nous aurions fait d'excellents repas chez lui, joué gros jeu; bu d'excellents vins, d'excellentes liqueurs, d'excellents cafés, fait des parties de campagne; et vous voyez que je m'entendais. Vous riez. Mais laissez-moi dire. Il eût été mieux pour ses entours [19].

MOI. — Sans contredit; pourvu qu'il n'eût pas employé d'une façon déshonnête l'opulence qu'il aurait acquise par un commerce légitime; qu'il eût éloigné de sa maison tous ces joueurs; tous ces parasites; tous ces fades complaisants; tous ces fainéants, tous ces pervers inutiles ; et qu'il eût fait assommer à coups de bâtons, par ses garçons de boutique, l'homme officieux qui soulage, par la variété, les maris, du dégoût d'une cohabitation habituelle avec leurs femmes.

LUI. — Assommer ! monsieur, assommer ! on n'assomme personne dans une ville bien policée. C'est un état honnête. Beaucoup de gens, même titrés, s'en mêlent. Et à quoi diable, voulez-vous donc qu'on emploie son argent, si ce n'est à avoir bonne table, bonne compagnie, bons vins, belles femmes, plaisirs de toutes les couleurs, amusements de toutes les espèces. J'aimerais autant être gueux que de posséder une grande fortune, sans aucune de ces jouissances. Mais revenons à Racine. Cet homme n'a été bon que pour des inconnus, et que pour le temps où il n'était plus.

MOI. — D'accord. Mais pesez le mal et le bien. Dans mille ans d'ici, il fera verser des larmes ; il sera l'admiration des hommes. Dans toutes les contrées de la terre il inspirera l'humanité, la commisération, la tendresse ; on demandera qui il était, de quel pays, et on l'enviera à la France. Il a fait souffrir quelques êtres qui ne sont plus ; auxquels nous ne prenons presque aucun intérêt ; nous n'avons rien à redouter ni de ses vices ni de ses défauts. Il eût été mieux sans doute qu'il eût reçu de la nature les vertus d'un homme de bien, avec les talents d'un grand homme. C'est un arbre qui a fait sécher quelques arbres plantés dans son voisinage ; qui a étouffé les plantes qui croissaient à ses pieds ; mais il a porté sa cime jusque dans la nue ; ses branches se sont étendues au loin ; il a prêté son ombre à ceux qui venaient, qui viennent et qui viendront se reposer autour de son tronc majestueux ; il a produit des fruits d'un goût exquis et qui se renouvellent sans cesse. Il serait à souhaiter que de Voltaire eût encore la douceur de Duclos, l'ingénuité de l'abbé Trublet, la droiture de l'abbé d'Olivet[20] ; mais puisque cela ne se peut ; regardons la chose du côté vraiment intéressant ; oublions pour un moment le point que nous occupons dans l'espace et dans la durée ; et étendons notre vue sur les siècles à venir, les régions les plus éloignées, et les peuples à naître. Songeons au bien de notre espèce. Si nous ne sommes pas assez généreux; pardonnons au moins à la nature d'avoir été plus sage que nous. Si vous jetez de l'eau froide sur la tête de Greuze, vous éteindrez peut-être son talent avec sa vanité. Si vous rendez de Voltaire moins sensible à la critique, il ne saura plus descendre dans l'âme de Mérope [21]. Il ne vous touchera plus.

LUI. — Mais si la nature était aussi puissante que sage; pourquoi ne les a-t-elle pas faits aussi bons qu'elle les a faits grands?

MOI. — Mais ne voyez-vous pas qu'avec un pareil raisonnement vous renversez l'ordre général, et que si tout ici-bas était excellent, il n'y aurait rien d'excellent.

LUI. — Vous avez raison. Le point important est que vous et moi nous soyons, et que nous soyons vous et moi. Que tout aille d'ailleurs comme il pourra. Le meilleur ordre des choses, à mon avis, est celui où je devais être; et foin du plus parfait des mondes, si je n'en suis pas. J'aime mieux être, et même être impertinent raisonneur que de n'être pas.

MOI. — Il n'y a personne qui ne pense comme vous, et qui ne fasse le procès à l'ordre qui est; sans s'apercevoir qu'il renonce à sa propre existence.

LUI. — Il est vrai.

MOI. — Acceptons donc les choses comme elles sont. Voyons ce qu'elles nous coûtent et ce qu'elles nous rendent; et laissons là le tout que nous ne connaissons pas assez pour le louer ou le blâmer; et qui n'est peut-être ni bien ni mal; s'il est nécessaire, comme beaucoup d'honnêtes gens l'imaginent.

LUI. — Je n'entends pas grand-chose à tout ce que vous me débitez là. C'est apparemment de la philosophie; je vous préviens que je ne m'en mêle pas. Tout ce que je sais, c'est que je voudrais bien être un autre, au hasard d'être un homme de génie, un grand homme. Oui, il faut que j'en convienne, il y a là quelque chose qui me le dit. Je n'en ai jamais entendu louer un seul que son éloge ne m'ait fait secrètement enrager. Je suis envieux. Lorsque j'apprends de leur vie privée quelque trait qui les dégrade, je l'écoute avec plaisir. Cela nous rapproche:

j'en supporte plus aisément ma médiocrité. Je me dis : certes tu n'aurais jamais fait *Mahomet ;* mais ni l'éloge du Maupeou [22]. J'ai donc été ; je suis donc fâché d'être médiocre. Oui, oui, je suis médiocre et fâché. Je n'ai jamais entendu jouer l'ouverture des *Indes galantes ;* jamais entendu chanter, *Profonds Abîmes du Ténare, Nuit, éternelle Nuit* [23], sans me dire avec douleur ; voilà ce que tu ne feras jamais. J'étais donc jaloux de mon oncle ; et s'il y avait eu à sa mort, quelques belles pièces de clavecin, dans son portefeuille, je n'aurais pas balancé à rester moi, et à être lui.

MOI. — S'il n'y a que cela qui vous chagrine, cela n'en vaut pas trop la peine.

LUI. — Ce n'est rien. Ce sont des moments qui passent.

Puis il se remettait à chanter l'ouverture des *Indes galantes,* et l'air *Profonds Abîmes ;* et il ajoutait :

Le quelque chose qui est là et qui me parle, me dit : Rameau, tu voudrais bien avoir fait ces deux morceaux-là ; si tu avais fait ces deux morceaux-là, tu en ferais bien deux autres ; et quand tu en aurais fait un certain nombre, on te jouerait, on te chanterait partout ; quand tu marcherais, tu aurais la tête droite ; la conscience te rendrait témoignage à toi-même de ton propre mérite ; les autres, te désigneraient du doigt. On dirait, c'est lui qui a fait les jolies gavottes et il chantait les gavottes ; puis avec l'air d'un homme touché, qui nage dans la joie, et qui en a les yeux humides, il ajoutait, en se frottant les mains ; tu aurais une bonne maison, et il en mesurait l'étendue avec ses bras, un bon lit, et il s'y étendait nonchalamment, de bons vins, qu'il goûtait en faisant claquer sa langue contre son palais, un bon équipage et il levait le pied pour y monter, de jolies femmes à qui il prenait déjà la gorge et qu'il regardait voluptueusement, cent faquins me viendraient encenser tous les jours ; et il croyait les voir autour de lui ; il voyait Palissot, Poincinet, les Frérons père et fils, La Porte [24] ; il les entendait, il se rengorgeait, les approuvait, leur souriait, les dédaignait, les méprisait, les chassait, les rappelait ; puis il continuait : et c'est ainsi que l'on te dirait le matin que tu es un grand homme; tu lirais dans l'histoire des *Trois Siècles* [25] que tu es un grand homme; tu serais convaincu le soir que tu es un grand homme; et le grand homme, Rameau le neveu s'endormirait au doux murmure de l'éloge qui retentirait dans son oreille; même en dormant, il aurait l'air satisfait; sa poitrine se dilaterait, s'élèverait, s'abaisserait avec aisance; il ronflerait, comme un grand homme; et en parlant ainsi; il se laissait aller mollement sur une banquette; il fermait les yeux, et il imitait le sommeil heureux qu'il imaginait. Après avoir goûté quelques instants la douceur de ce repos, il se réveillait, étendait ses bras, bâillait, se frottait les yeux, et cherchait encore autour de lui ses adulateurs insipides.

MOI. — Vous croyez donc que l'homme heureux a son sommeil?

LUI. — Si je le crois! Moi, pauvre hère, lorsque le soir j'ai regagné mon grenier et que je me suis fourré dans mon grabat, je suis ratatiné sous ma couverture; j'ai la poitrine étroite et la respiration gênée; c'est une espèce de plainte faible qu'on entend à peine; au lieu qu'un financier fait retentir son appartement, et étonne toute sa rue. Mais ce qui m'afflige aujourd'hui, ce n'est pas de ronfler et de dormir mesquinement, comme un misérable.

MOI. — Cela est pourtant triste.

LUI. — Ce qui m'est arrivé l'est bien davantage.

MOI. — Qu'est-ce donc?

LUI. — Vous avez toujours pris quelque intérêt à moi, parce que je suis un bon diable que vous méprisez dans le fond, mais qui vous amuse.

MOI. — C'est la vérité.

LUI. — Et je vais vous le dire.

Avant que de commencer, il pousse un profond soupir et porte ses deux mains à son front. Ensuite, il reprend un air tranquille, et me dit:

Vous savez que je suis un ignorant, un sot, un fou, un impertinent, un paresseux, ce que nos Bourguignons appellent un fieffé truand, un escroc, un gourmand...

MOI. — Quel panégyrique!

LUI. — Il est vrai de tout point. Il n'y en a pas un mot à rabattre. Point de contestation là-dessus, s'il vous plaît.

Personne ne me connaît mieux que moi ; et je ne dis pas tout.

MOI. — Je ne veux point vous fâcher ; et je conviendrai de tout.

LUI. — Eh bien, je vivais avec des gens qui m'avaient pris en gré, précisément parce que j'étais doué, à un rare degré, de toutes ces qualités.

MOI. — Cela est singulier. Jusqu'à présent j'avais cru ou qu'on se les cachait à soi-même, ou qu'on se les pardonnait, et qu'on les méprisait dans les autres.

LUI. — Se les cacher, est-ce qu'on le peut ? Soyez sûr que, quand Palissot est seul et qu'il revient sur lui-même, il se dit bien d'autres choses. Soyez sûr qu'en tête à tête avec son collègue, ils s'avouent franchement qu'ils ne sont que deux insignes maroufles. Les mépriser dans les autres ! mes gens étaient plus équitables, et leur caractère me réussissait merveilleusement auprès d'eux. J'étais comme un coq en pâte. On me fêtait. On ne me perdait pas un moment, sans me regretter. J'étais leur petit Rameau, leur joli Rameau, leur Rameau le fou, l'impertinent, l'ignorant, le paresseux, le gourmand, le bouffon, la grosse bête. Il n'y avait pas une de ces épithètes familières qui ne me valût un sourire, une caresse, un petit coup sur l'épaule, un soufflet, un coup de pied, à table un bon morceau qu'on me jetait sur mon assiette, hors de table une liberté que je prenais sans conséquence ; car moi, je suis sans conséquence. On fait de moi, avec moi, devant moi, tout ce qu'on veut, sans que je m'en formalise ; et les petits présents qui me pleuvaient ? Le grand chien que je suis ; j'ai tout perdu ! J'ai tout perdu pour avoir eu le sens commun, une fois, une seule fois en ma vie ; ah, si cela m'arrive jamais !

MOI. — De quoi s'agissait-il donc ?

LUI. — C'est une sottise incomparable, incompréhensible, irrémissible.

MOI. — Quelle sottise encore ?

LUI. — Rameau, Rameau, vous avait-on pris pour cela ! La sottise d'avoir eu un peu de goût, un peu d'esprit, un peu de raison. Rameau, mon ami, cela vous apprendra à rester ce que Dieu vous fit et ce que vos protecteurs vous voulaient. Aussi l'on vous a pris par les épaules ; on vous a conduit à la porte ; on vous a dit, « faquin, tirez ; ne reparaissez plus. Cela veut avoir du sens, de la raison, je crois ! Tirez [26]. Nous avons de ces qualités-là, de reste ». Vous vous en êtes allé en vous mordant les doigts ; c'est votre langue maudite qu'il fallait mordre auparavant. Pour ne vous en être pas avisé, vous voilà sur le pavé, sans le sol, et ne sachant où donner de la tête. Vous étiez nourri à bouche que veux-tu, et vous retournerez au regrat [27] ; bien logé, et vous serez trop heureux si l'on vous rend votre grenier ; bien couché, et la paille vous attend entre le cocher de Monsieur de Soubise et l'ami Robbé [28]. Au lieu d'un sommeil doux et tranquille, comme vous l'aviez, vous entendrez d'une oreille le hennissement et le piétinement des chevaux, de l'autre, le bruit mille fois plus insupportable des vers secs, durs et barbares. Malheureux, malavisé, possédé d'un million de diables !

MOI. — Mais n'y aurait-il pas moyen de se rapatrier ? La faute que vous avez commise est-elle si impardonnable ? A votre place, j'irais retrouver mes gens. Vous leur êtes plus nécessaire que vous ne croyez.

LUI. — Oh, je suis sûr qu'à présent qu'ils ne m'ont pas, pour les faire rire, ils s'ennuient comme des chiens.

MOI. — J'irais donc les retrouver. Je ne leur laisserais pas le temps de se passer de moi ; de se tourner vers quelque amusement honnête : car qui sait ce qui peut arriver ?

LUI. — Ce n'est pas là ce que je crains. Cela n'arrivera pas.

MOI. — Quelque sublime que vous soyez, un autre peut vous remplacer.

LUI. — Difficilement.

MOI. — D'accord. Cependant j'irais avec ce visage défait, ces yeux égarés, ce col débraillé, ces cheveux ébouriffés, dans l'état vraiment tragique où vous voilà. Je me jetterais aux pieds de la divinité [29]. Je me collerais la face contre terre ; et sans me relever, je lui dirais d'une voix basse et sanglotante : « Pardon, madame ! pardon ! je suis un indigne, un infâme. Ce fut un malheureux instant ;

car vous savez que je ne suis pas sujet à avoir du sens commun, et je vous promets de n'en avoir de ma vie. »

Ce qu'il y a de plaisant, c'est que, tandis que je lui tenais ce discours, il en exécutait la pantomime. Il s'était prosterné ; il avait collé son visage contre terre ; il paraissait tenir entre ses deux mains le bout d'une pantoufle ; il pleurait ; il sanglotait ; il disait, « oui, ma petite reine ; oui, je le promets ; je n'en aurai de ma vie, de ma vie ». Puis se relevant brusquement, il ajouta d'un ton sérieux et réfléchi :

LUI. — Oui : vous avez raison. Je crois que c'est le mieux. Elle est bonne. Monsieur Viellard [30] dit qu'elle est si bonne. Moi, je sais un peu qu'elle l'est. Mais cependant aller s'humilier devant une guenon ! Crier miséricorde aux pieds d'une misérable petite histrionne que les sifflets du parterre ne cessent de poursuivre ! Moi, Rameau ! fils de Monsieur Rameau, apothicaire de Dijon, qui est un homme de bien et qui n'a jamais fléchi le genou devant qui que ce soit ! Moi, Rameau, le neveu de celui qu'on appelle le grand Rameau, qu'on voit se promener droit et les bras en l'air, au Palais-Royal, depuis que monsieur Carmontelle l'a dessiné courbé, et les mains sous les basques de son habit ! Moi qui ai composé des pièces de clavecin [31] que personne ne joue, mais qui seront peut-être les seules qui passeront à la postérité qui les jouera ; moi ! moi enfin ! J'irais !... Tenez, Monsieur, cela ne se peut. Et mettant sa main droite sur sa poitrine, il ajoutait : Je me sens là quelque chose qui s'élève et qui me dit, « Rameau, tu n'en feras rien ». Il faut qu'il y ait une certaine dignité attachée à la nature de l'homme, que rien ne peut étouffer. Cela se réveille à propos de bottes. Oui, à propos de bottes [32] ; car il y a d'autres jours où il ne m'en coûterait rien pour être vil tant qu'on voudrait ; ces jours-là, pour un liard, je baiserais le cul à la petite Hus.

MOI. — Hé, mais, l'ami ; elle est blanche, jolie, jeune, douce, potelée ; et c'est un acte d'humilité auquel un plus délicat que vous pourrait quelquefois s'abaisser.

LUI. — Entendons-nous ; c'est qu'il y a baiser le cul au simple, et baiser le cul au figuré. Demandez au gros Bergier qui baise le cul de madame de La Marck [33] au simple et au figuré; et ma foi, le simple et le figuré me déplairaient également là.

MOI. — Si l'expédient que je vous suggère ne vous convient pas; ayez donc le courage d'être gueux.

LUI. — Il est dur d'être gueux, tandis qu'il y a tant de sots opulents aux dépens desquels on peut vivre. Et puis le mépris de soi; il est insupportable.

MOI. — Est-ce que vous connaissez ce sentiment-là?

LUI. — Si je le connais; combien de fois, je me suis dit: Comment, Rameau, il y a dix mille bonnes tables à Paris, à quinze ou vingt couverts chacune; et de ces couverts-là, il n'y en a pas un pour toi! Il y a des bourses pleines d'or qui se versent de droite et de gauche, et il n'en tombe pas une pièce sur toi! Mille petits beaux esprits, sans talent, sans mérite; mille petites créatures, sans charmes; mille plats intrigants, sont bien vêtus, et tu irais tout nu? Et tu serais imbécile à ce point? est-ce que tu ne saurais pas mentir, jurer, parjurer, promettre, tenir ou manquer comme un autre? est-ce que tu ne saurais pas te mettre à quatre pattes, comme un autre? est-ce que tu ne saurais pas favoriser l'intrigue de Madame, et porter le billet doux de Monsieur, comme un autre? est-ce que tu ne saurais pas encourager ce jeune homme à parler à Mademoiselle, et persuader à Mademoiselle de l'écouter, comme un autre? est-ce que tu ne saurais pas faire entendre à la fille d'un de nos bourgeois, qu'elle est mal mise; que de belles boucles d'oreilles, un peu de rouge, des dentelles, une robe à la polonaise, lui siéraient à ravir? que ces petits pieds-là ne sont pas faits pour marcher dans la rue? qu'il y a un beau monsieur, jeune et riche, qui a un habit galonné d'or, un superbe équipage, six grands laquais, qui l'a vue en passant, qui la trouve charmante; et que depuis ce jour-là il en a perdu le boire et le manger; qu'il n'en dort plus, et qu'il en mourra? «Mais mon papa. — Bon, bon; votre papa! il s'en fâchera d'abord un peu. — Et maman qui me recommande tant d'être honnête fille? qui me dit qu'il n'y a rien dans ce monde que l'honneur? — Vieux propos qui ne signifient rien. — Et mon confesseur? — Vous ne le verrez plus; ou si vous persistez dans la fantaisie d'aller lui faire l'histoire de vos amusements ; il vous en coûtera quelques livres de sucre et de café. — C'est un homme sévère qui m'a déjà refusé l'absolution, pour la chanson, *Viens dans ma cellule*. — C'est que vous n'aviez rien à lui donner... Mais quand vous lui apparaîtrez en dentelles. — J'aurai donc des dentelles ? — Sans doute et de toutes les sortes... en belles boucles de diamants. — J'aurai donc de belles boucles de diamants ? — Oui. — Comme celles de cette marquise qui vient quelquefois prendre des gants, dans notre boutique ? — Précisément. Dans un bel équipage, avec des chevaux gris pommelés ; deux grands laquais, un petit nègre, et le coureur en avant, du rouge, des mouches, la queue portée. — Au bal ? — Au bal... à l'Opéra, à la Comédie... » Déjà le cœur lui tressaillit de joie. Tu joues avec un papier entre tes doigts. « Qu'est cela ? — Ce n'est rien. — Il me semble que si. — C'est un billet. — Et pour qui ? — Pour vous, si vous étiez un peu curieuse. — Curieuse, je le suis beaucoup. Voyons. » Elle lit. « Une entrevue, cela ne se peut. — En allant à la messe. — Maman m'accompagne toujours ; mais s'il venait ici, un peu matin ; je me lève la première ; et je suis au comptoir, avant qu'on soit levé. » Il vient : il plaît ; un beau jour, à la brune, la petite disparaît, et l'on me compte mes deux mille écus... Et quoi tu possèdes ce talent-là ; et tu manques de pain ! N'as-tu pas de honte, malheureux ? Je me rappelais un tas de coquins, qui ne m'allaient pas à la cheville et qui regorgeaient de richesses. J'étais en surtout de baracan [34], et ils étaient couverts de velours ; ils s'appuyaient sur la canne à pomme d'or et en bec de corbin [35] ; et ils avaient l'Aristote ou le Platon [36] au doigt. Qu'étaient-ce pourtant ? la plupart de misérables croque-notes [37], aujourd'hui ce sont des espèces de seigneurs. Alors je me sentais du courage ; l'âme élevée ; l'esprit subtil, et capable de tout. Mais ces heureuses dispositions apparemment ne duraient pas ; car jusqu'à présent, je n'ai pu faire un certain chemin. Quoi qu'il en soit, voilà le texte de mes fréquents soliloques que vous pouvez paraphraser à votre fantaisie ; pourvu que vous en concluiez que je connais le mépris de soi-même, ou ce tourment de la conscience qui naît de l'inutilité des dons que le Ciel nous a départis ; c'est le plus cruel de tous. Il vaudrait presque autant que l'homme ne fût pas né.

Je l'écoutais ; et à mesure qu'il faisait la scène du proxénète et de la jeune fille qu'il séduisait ; l'âme agitée de deux mouvements opposés, je ne savais si je m'abandonnerais à l'envie de rire, ou au transport de l'indignation. Je souffrais. Vingt fois un éclat de rire empêcha ma colère d'éclater ; vingt fois la colère qui s'élevait au fond de mon cœur se termina par un éclat de rire. J'étais confondu de tant de sagacité, et de tant de bassesse ; d'idées si justes et alternativement si fausses ; d'une perversité si générale de sentiments, d'une turpitude si complète, et d'une franchise si peu commune. Il s'aperçut du conflit qui se passait en moi.

Qu'avez-vous ? me dit-il.

MOI. — Rien.

LUI. — Vous me paraissez troublé.

MOI. — Je le suis aussi.

LUI. — Mais enfin que me conseillez-vous ?

MOI. — De changer de propos. Ah, malheureux, dans quel état d'abjection, vous êtes né ou tombé.

LUI. — J'en conviens. Mais cependant que mon état ne vous touche pas trop. Mon projet, en m'ouvrant à vous, n'était point de vous affliger. Je me suis fait chez ces gens quelque épargne. Songez que je n'avais besoin de rien, mais de rien absolument ; et que l'on m'accordait tant pour mes menus plaisirs.

Alors il recommença à se frapper le front, avec un de ses poings, à se mordre la lèvre, et rouler au plafond ses yeux égarés ; ajoutant, mais c'est une affaire faite. J'ai mis quelque chose de côté. Le temps s'est écoulé ; et c'est toujours autant d'amassé.

MOI. — Vous voulez dire de perdu.

LUI. — Non, non, d'amassé. On s'enrichit à chaque instant. Un jour de moins à vivre, ou un écu de plus ; c'est tout un. Le point important est d'aller aisément, librement, agréablement, copieusement, tous les soirs à la garde-robe. *O stercus pretiosum*[38] ! Voilà le grand résultat de la vie dans tous les états. Au dernier moment, tous sont également riches ; et Samuel Bernard[39] qui à force de vols, de pillages, de banqueroutes laisse vingt-sept millions en or, et Rameau qui ne laissera rien; Rameau à qui la charité fournira la serpillière dont on l'enveloppera. Le mort n'entend pas sonner les cloches. C'est en vain que cent prêtres s'égosillent pour lui : qu'il est précédé et suivi d'une longue file de torches ardentes; son âme ne marche pas à côté du maître des cérémonies. Pourrir sous du marbre, pourrir sous de la terre, c'est toujours pourrir. Avoir autour de son cercueil les Enfants rouges, et les Enfants bleus [40], ou n'avoir personne, qu'est-ce que cela fait. Et puis vous voyez bien ce poignet; il était raide comme un diable. Ces dix doigts, c'étaient autant de bâtons fichés dans un métacarpe de bois; et ces tendons, c'étaient de vieilles cordes à boyau plus sèches, plus raides, plus inflexibles que celles qui ont servi à la roue d'un tourneur. Mais je vous les ai tant tourmentées, tant brisées, tant rompues. Tu ne veux pas aller; et moi, mordieu, je dis que tu iras; et cela sera.

Et tout en disant cela, de la main droite, il s'était saisi les doigts et le poignet de la main gauche; et il les renversait en dessus; en dessous; l'extrémité des doigts touchait au bras; les jointures en craquaient; je craignais que les os n'en demeurassent disloqués.

MOI. — Prenez garde, lui dis-je; vous allez vous estropier.

LUI. — Ne craignez rien. Ils y sont faits; depuis dix ans, je leur en ai bien donné d'une autre façon. Malgré qu'ils en eussent, il a bien fallu que les bougres s'y accoutumassent, et qu'ils apprissent à se placer sur les touches et à voltiger sur les cordes. Aussi à présent cela va. Oui, cela va.

En même temps, il se met dans l'attitude d'un joueur de violon; il fredonne de la voix un allegro de Locatelli [41], son bras droit imite le mouvement de l'archet; sa main gauche et ses doigts semblent se promener sur la longueur du manche; s'il fait un ton faux; il s'arrête; il remonte ou baisse la corde; il la pince de l'ongle, pour s'assurer qu'elle est juste; il reprend le morceau où il l'a laissé; il bat la mesure du pied; il se démène de la tête, des pieds, des mains, des bras, du corps. Comme vous avez vu quelquefois au Concert spirituel, Ferrari ou Chiabran[42], ou quelque autre virtuose, dans les mêmes convulsions, m'offrant l'image du même supplice, et me causant à peu près la même peine; car n'est-ce pas une chose pénible à voir que le tourment, dans celui qui s'occupe à me peindre le plaisir; tirez entre cet homme et moi, un rideau qui me le cache, s'il faut qu'il me montre un patient appliqué à la question. Au milieu de ses agitations et de ses cris, s'il se présentait une tenue, un de ces endroits harmonieux où l'archet se meut lentement sur plusieurs cordes à la fois, son visage prenait l'air de l'extase; sa voix s'adoucissait, il s'écoutait avec ravissement. Il est sûr que les accords résonnaient dans ses oreilles et dans les miennes. Puis, remettant son instrument sous son bras gauche, de la même main dont il le tenait, et laissant tomber sa main droite, avec son archet. Eh bien, me disait-il, qu'en pensez-vous?

MOI. — A merveille.

LUI. — Cela va, ce me semble; cela résonne à peu près, comme les autres.

Et aussitôt, il s'accroupit, comme un musicien qui se met au clavecin. Je vous demande grâce, pour vous et pour moi, lui dis-je.

LUI. — Non, non; puisque je vous tiens, vous m'entendrez. Je ne veux point d'un suffrage qu'on m'accorde sans savoir pourquoi. Vous me louerez d'un ton plus assuré, et cela me vaudra quelque écolier.

MOI. — Je suis si peu répandu, et vous allez vous fatiguer en pure perte.

LUI. — Je ne me fatigue jamais.

Comme je vis que je voudrais inutilement avoir pitié de mon homme, car la sonate sur le violon l'avait mis tout en eau, je pris le parti de le laisser faire. Le voilà donc assis au clavecin; les jambes fléchies, la tête élevée vers le plafond où l'on eût dit qu'il voyait une partition notée, chantant; préludant, exécutant une pièce d'Alberti, ou de Galuppi[43], je ne sais lequel des deux. Sa voix allait comme le vent, et ses doigts voltigeaient sur les touches; tantôt laissant le dessus, pour prendre la basse; tantôt quittant la partie d'accompagnement, pour revenir au-dessus. Les passions se succédaient sur son visage. On y distinguait la tendresse, la colère, le plaisir, la douleur. On sentait les piano, les forte. Et je suis sûr qu'un plus habile que moi, aurait reconnu le morceau, au mouvement, au caractère, à ses mines et à quelques traits de chant qui lui échappaient par intervalle. Mais ce qu'il y avait de bizarre ; c'est que de temps en temps, il tâtonnait ; se reprenait ; comme s'il eût manqué et se dépitait de n'avoir plus la pièce dans les doigts. Enfin, vous voyez, dit-il, en se redressant et en essuyant les gouttes de sueur qui descendaient le long de ses joues, que nous savons aussi placer un triton, une quinte superflue, et que l'enchaînement des dominantes nous est familier. Ces passages enharmoniques [44] dont le cher oncle a fait tant de train, ce n'est pas la mer à boire, nous nous en tirons.

MOI. — Vous vous êtes donné bien de la peine, pour me montrer que vous étiez fort habile ; j'étais homme à vous croire sur votre parole.

LUI. — Fort habile ? oh non ! pour mon métier, je le sais à peu près, et c'est plus qu'il ne faut. Car dans ce pays-ci est-ce qu'on est obligé de savoir ce qu'on montre ?

MOI. — Pas plus que de savoir ce qu'on apprend.

LUI. — Cela est juste, morbleu, et très juste. Là, Monsieur le philosophe : la main sur la conscience, parlez net. Il y eut un temps où vous n'étiez pas cossu comme aujourd'hui.

MOI. — Je ne le suis pas encore trop.

LUI. — Mais vous n'iriez plus au Luxembourg en été, vous vous en souvenez...

MOI. — Laissons cela ; oui, je m'en souviens.

LUI. — En redingote de peluche grise.

MOI. — Oui, oui.

LUI. — Éreintée par un des côtés ; avec la manchette déchirée, et les bas de laine, noirs et recousus par derrière avec du fil blanc.

MOI. — Et oui, oui, tout comme il vous plaira.

LUI. — Que faisiez-vous alors dans l'allée des Soupirs [45] ?

MOI. — Une assez triste figure.

LUI. — Au sortir de là, vous trottiez sur le pavé.

MOI. — D'accord.

LUI. — Vous donniez des leçons de mathématiques.

MOI. — Sans en savoir un mot. N'est-ce pas là que vous en vouliez venir?

LUI. — Justement.

MOI. — J'apprenais en montrant aux autres, et j'ai fait quelques bons écoliers.

LUI. — Cela se peut, mais il n'en est pas de la musique comme de l'algèbre ou de la géométrie. Aujourd'hui que vous êtes un gros monsieur...

MOI. — Pas si gros.

LUI. — Que vous avez du foin dans vos bottes...

MOI. — Très peu.

LUI. — Vous donnez des maîtres à votre fille.

MOI. — Pas encore. C'est sa mère qui se mêle de son éducation; car il faut avoir la paix chez soi.

LUI. — La paix chez soi? morbleu, on ne l'a que quand on est le serviteur ou le maître; et c'est le maître qu'il faut être. J'ai eu une femme[46]. Dieu veuille avoir son âme; mais quand il lui arrivait quelquefois de se rebéquer, je m'élevais sur mes ergots; je déployais mon tonnerre; je disais, comme Dieu, que la lumière se fasse et la lumière était faite. Aussi en quatre années de temps, nous n'avons pas eu dix fois un mot, l'un plus haut que l'autre. Quel âge a votre enfant?

MOI. — Cela ne fait rien à l'affaire.

LUI. — Quel âge a votre enfant?

MOI. — Et que diable, laissons là mon enfant et son âge; et revenons aux maîtres qu'elle aura.

LUI. — Pardieu, je ne sache rien de si têtu qu'un philosophe. En vous suppliant très humblement, ne pourrait-on savoir de Monseigneur le philosophe, quel âge à peu près peut avoir Mademoiselle sa fille.

MOI. — Supposez-lui huit ans[47].

LUI. — Huit ans! il y a quatre ans que cela devrait avoir les doigts sur les touches.

MOI. — Mais peut-être ne me soucié-je pas trop de faire entrer dans le plan de son éducation, une étude qui occupe si longtemps et qui sert si peu.

LUI. — Et que lui apprendrez-vous donc, s'il vous plaît ?

MOI. — A raisonner juste, si je puis ; chose si peu commune parmi les hommes, et plus rare encore parmi les femmes.

LUI. — Et laissez-la déraisonner, tant qu'elle voudra. Pourvu qu'elle soit jolie, amusante et coquette.

MOI. — Puisque la nature a été assez ingrate envers elle pour lui donner une organisation délicate, avec une âme sensible, et l'exposer aux mêmes peines de la vie que si elle avait une organisation forte, et un cœur de bronze, je lui apprendrai, si je puis, à les supporter avec courage.

LUI. — Et laissez-la pleurer, souffrir, minauder, avoir des nerfs agacés, comme les autres ; pourvu qu'elle soit jolie, amusante et coquette. Quoi, point de danse ?

MOI. — Pas plus qu'il n'en faut pour faire une révérence, avoir un maintien décent, se bien présenter, et savoir marcher.

LUI. — Point de chant ?

MOI. — Pas plus qu'il n'en faut, pour bien prononcer.

LUI. — Point de musique ?

MOI. — S'il y avait un bon maître d'harmonie, je la lui confierais volontiers, deux heures par jour, pendant un ou deux ans ; pas davantage [48].

LUI. — Et à la place des choses essentielles que vous supprimez...

MOI. — Je mets de la grammaire, de la fable, de l'histoire, de la géographie, un peu de dessin, et beaucoup de morale.

LUI. — Combien il me serait facile de vous prouver l'inutilité de toutes ces connaissances-là, dans un monde tel que le nôtre ; que dis-je, l'inutilité, peut-être le danger. Mais je m'en tiendrai pour ce moment à une question ; ne lui faudrait-il pas un ou deux maîtres ?

MOI. — Sans doute.

LUI. — Ah, nous y revoilà. Et ces maîtres, vous espérez qu'ils sauront la grammaire, la fable, l'histoire, la géographie, la morale dont ils lui donneront des leçons ? Chansons, mon cher maître, chansons. S'ils possédaient ces choses assez pour les montrer, ils ne les montreraient pas.

MOI. — Et pourquoi.

LUI. — C'est qu'ils auraient passé leur vie à les étudier. Il faut être profond dans l'art ou dans la science, pour en bien posséder les éléments. Les ouvrages classiques ne peuvent être bien faits, que par ceux qui ont blanchi sous le harnais. C'est le milieu et la fin qui éclaircissent les ténèbres du commencement. Demandez à votre ami, monsieur d'Alembert, le coryphée de la science mathématique, s'il serait trop bon pour en faire des éléments. Ce n'est qu'après trente à quarante ans d'exercice que mon oncle a entrevu les premières lueurs de la théorie musicale.

MOI. — Ô fou, archifou, m'écriai-je, comment se fait-il que dans ta mauvaise tête, il se trouve des idées si justes, pêle-mêle, avec tant d'extravagances.

LUI. — Qui diable sait cela? C'est le hasard qui vous les jette, et elles demeurent. Tant y a, que, quand on ne sait pas tout, on ne sait rien de bien. On ignore où une chose va; d'où une autre vient; où celle-ci ou celle-la veulent être placées; laquelle doit passer la première, où sera mieux la seconde. Montre-t-on bien sans la méthode? Et la méthode, d'où naît-elle? Tenez, mon philosophe, j'ai dans la tête que la physique sera toujours une pauvre science; une goutte d'eau prise avec la pointe d'une aiguille dans le vaste océan; un grain détaché de la chaîne des Alpes; et les raisons des phénomènes? en vérité, il vaudrait autant ignorer que de savoir si peu et si mal; et c'était précisément où j'en étais, lorsque je me fis maître d'accompagnement et de composition. A quoi rêvez-vous?

MOI. — Je rêve que tout ce que vous venez de dire, est plus spécieux que solide. Mais laissons cela. Vous avez montré, dites-vous, l'accompagnement et la composition?

LUI. — Oui.

MOI. — Et vous n'en saviez rien du tout?

LUI. — Non, ma foi; et c'est pour cela qu'il y en avait de pires que moi: ceux qui croyaient savoir quelque chose. Au moins je ne gâtais ni le jugement ni les mains des enfants. En passant de moi, à un bon maître, comme ils n'avaient rien appris, du moins ils n'avaient rien à désapprendre; et c'était toujours autant d'argent et de temps épargnés.

MOI. — Comment faisiez-vous?

LUI. — Comme ils font tous. J'arrivais. Je me jetais dans une chaise: « Que le temps est mauvais! que le pavé est fatigant! » Je bavardais quelques nouvelles: « Mademoiselle Lemierre [49] devait faire un rôle de vestale dans l'opéra nouveau. Mais elle est grosse pour la seconde fois. On ne sait qui la doublera. Mademoiselle Arnould [50] vient de quitter son petit comte. On dit qu'elle est en négociation avec Bertin [51]. Le petit comte a pourtant trouvé la porcelaine de monsieur de Montamy. Il y avait au dernier Concert des amateurs, une Italienne qui a chanté comme un ange. C'est un rare corps que ce Préville. Il faut le voir dans le *Mercure galant* [52]; l'endroit de l'énigme est impayable. Cette pauvre Dumesnil [53] ne sait plus ni ce qu'elle dit ni ce qu'elle fait. Allons, Mademoiselle; prenez votre livre. » Tandis que Mademoiselle, qui ne se presse pas, cherche son livre qu'elle a égaré, qu'on appelle une femme de chambre, qu'on gronde, je continue, « La Clairon est vraiment incompréhensible. On parle d'un mariage fort saugrenu. C'est celui de mademoiselle, comment l'appelez-vous? une petite créature qu'il entretenait, à qui il a fait deux ou trois enfants, qui avait été entretenue par tant d'autres. — Allons, Rameau; cela ne se peut, vous radotez. — Je ne radote point. On dit même que la chose est faite. Le bruit court que de Voltaire est mort. Tant mieux. — Et pourquoi tant mieux? — C'est qu'il va nous donner quelque bonne folie. C'est son usage que de mourir une quinzaine auparavant. » Que vous dirai-je encore? Je disais quelques polissonneries, que je rapportais des maisons où j'avais été; car nous sommes tous, grands colporteurs [54]. Je faisais le fou. On m'écoutait. On riait. On s'écriait, « il est toujours charmant ». Cependant, le livre de Mademoiselle s'était enfin retrouvé sous un fauteuil où il avait été traîné, mâchonné, déchiré, par un jeune doguin ou par un petit chat. Elle se mettait à son clavecin. D'abord elle y faisait du bruit, toute seule. Ensuite, je m'approchais, après avoir fait à la mère un signe d'approbation. La mère : « Cela ne va pas mal ; on n'aurait qu'à vouloir ; mais on ne veut pas. On aime mieux perdre son temps à jaser, à chiffonner, à courir, à je ne sais quoi. Vous n'êtes pas sitôt parti que le livre est fermé, pour ne le rouvrir qu'à votre retour. Aussi vous ne la grondez jamais... »

Cependant comme il fallait faire quelque chose, je lui prenais les mains que je lui plaçais autrement. Je me dépitais. Je criais « Sol, sol, sol ; Mademoiselle, c'est un sol. » La mère : « Mademoiselle, est-ce que vous n'avez point d'oreille ? Moi qui ne suis pas au clavecin, et qui ne vois pas sur votre livre, je sens qu'il faut un sol. Vous donnez une peine infinie à Monsieur. Je ne conçois pas sa patience. Vous ne retenez rien de ce qu'il vous dit. Vous n'avancez point... » Alors je rabattais un peu les coups, et hochant de la tête, je disais, « Pardonnez-moi, Madame, pardonnez-moi. Cela pourrait aller mieux, si Mademoiselle voulait ; si elle étudiait un peu ; mais cela ne va pas mal. » La mère : « A votre place, je la tiendrais un an sur la même pièce. — Oh pour cela, elle n'en sortira pas qu'elle ne soit au-dessus de toutes les difficultés ; et cela ne sera pas si long que Madame le croit. » La mère : « Monsieur Rameau, vous la flattez ; vous êtes trop bon. Voilà de sa leçon la seule chose qu'elle retiendra et qu'elle saura bien me répéter dans l'occasion. » — L'heure se passait. Mon écolière me présentait le petit cachet, avec la grâce du bras et la révérence qu'elle avait apprise du maître à danser. Je le mettais dans ma poche, pendant que la mère disait : « Fort bien, Mademoiselle. Si Javillier[55] était là, il vous applaudirait. » Je bavardais encore un moment par bienséance ; je disparaissais ensuite, et voilà ce qu'on appelait alors une leçon d'accompagnement.

MOI. — Et aujourd'hui, c'est donc autre chose.

LUI. — Vertudieu, je le crois. J'arrive. Je suis grave. Je me hâte d'ôter mon manchon. J'ouvre le clavecin. J'essaie les touches. Je suis toujours pressé : si l'on me fait attendre un moment, je crie comme si l'on me volait un écu. Dans une heure d'ici, il faut que je sois là ; dans deux heures, chez madame la duchesse une telle. Je suis attendu à dîner chez une belle marquise ; et au sortir de là, c'est un concert chez monsieur le baron de Bacq, rue Neuve-des-Petits-Champs.

MOI. — Et cependant vous n'êtes attendu nulle part ?

LUI. — Il est vrai.

MOI. — Et pourquoi employer toutes ces petites viles ruses-là ?

LUI. — Viles ? et pourquoi, s'il vous plaît ? Elles sont d'usage dans mon état. Je ne m'avilis point en faisant comme tout le monde. Ce n'est pas moi qui les ai inventées. Et je serais bizarre et maladroit de ne pas m'y conformer. Vraiment, je sais bien que si vous allez appliquer à cela certains principes généraux de je ne sais quelle morale qu'ils ont tous à la bouche, et qu'aucun d'eux ne pratique, il se trouvera que ce qui est blanc sera noir, et que ce qui est noir sera blanc. Mais, monsieur le philosophe, il y a une conscience générale. Comme il y une grammaire générale ; et puis des exceptions dans chaque langue que vous appelez, je crois, vous autres savants, des... aidez-moi donc... des...

MOI. — Idiotismes.

LUI. — Tout juste. Eh bien, chaque état a ses exceptions à la conscience générale auxquelles je donnerais volontiers le nom d'idiotismes de métier.

MOI. — J'entends. Fontenelle parle bien, écrit bien, quoique son style fourmille d'idiotismes français.

LUI. — Et le souverain, le ministre, le financier, le magistrat, le militaire, l'homme de lettres, l'avocat, le procureur, le commerçant, le banquier, l'artisan, le maître à chanter, le maître à danser, sont de fort honnêtes gens, quoique leur conduite s'écarte en plusieurs points de la conscience générale, et soit remplie d'idiotismes moraux. Plus l'institution des choses est ancienne, plus il y a d'idiotismes ; plus les temps sont malheureux, plus les idiotismes se multiplient. Tant vaut l'homme, tant vaut le métier ; et réciproquement, à la fin, tant vaut le métier, tant vaut l'homme. On fait donc valoir le métier tant qu'on peut.

MOI. — Ce que je conçois clairement à tout cet entortillage, c'est qu'il y a peu de métiers honnêtement excercés, ou peu d'honnêtes gens dans leurs métiers.

LUI. — Bon, il n'y en a point; mais en revanche, il y a peu de fripons hors de leur boutique; et tout irait assez bien, sans un certain nombre de gens qu'on appelle assidus, exacts, remplissant rigoureusement leurs devoirs, stricts, ou ce qui revient au même toujours dans leurs boutiques, et faisant leur métier depuis le matin jusqu'au soir, et ne faisant que cela. Aussi sont-ils les seuls qui deviennent opulents et qui soient estimés.

MOI. — A force d'idiotismes.

LUI. — C'est cela. Je vois que vous m'avez compris. Or donc un idiotisme de presque tous les états, car il y en a de communs à tous les pays, à tous les temps, comme il y a des sottises communes; un idiotisme commun est de se procurer le plus de pratiques que l'on peut; une sottise commune est de croire que le plus habile est celui qui en a le plus. Voilà deux exceptions à la conscience générale auxquelles il faut se plier. C'est une espèce de crédit. Ce n'est rien en soi; mais cela vaut par l'opinion. On a dit que *bonne renommée valait mieux que ceinture dorée*. Cependant qui a bonne renommée n'a pas ceinture dorée; et je vois qu'aujourd'hui qui a ceinture dorée ne manque guère de renommée. Il faut, autant qu'il est possible, avoir le renom et la ceinture. Et c'est mon objet, lorsque je me fais valoir par ce que vous qualifiez d'adresses viles, d'indignes petites ruses. Je donne ma leçon, et je la donne bien; voilà la règle générale. Je fais croire que j'en ai plus à donner que la journée n'a d'heures, voilà l'idiotisme.

MOI. — Et la leçon, vous la donnez bien.

LUI. — Oui, pas mal, passablement. La basse fondamentale du cher oncle a bien simplifié tout cela. Autrefois je volais l'argent de mon écolier; oui, je le volais; cela est sûr. Aujourd'hui, je le gagne, du moins comme les autres.

MOI. — Et le voliez-vous sans remords?

LUI. — Oh, sans remords. On dit que *si un voleur vole l'autre, le diable s'en rit*. Les parents regorgeaient d'une fortune acquise, Dieu sait comment; c'étaient des gens de cour, des financiers, de gros commerçants, des banquiers, des gens d'affaires. Je les aidais à restituer, moi, et une foule d'autres qu'ils employaient comme moi. Dans la nature, toutes les espèces se dévorent; toutes les conditions se dévorent dans la société. Nous faisons justice les uns des autres, sans que la loi s'en mêle. La Deschamps, autrefois, aujourd'hui la Guimard venge le prince du financier; et c'est la marchande de modes, le bijoutier, le tapissier, la lingère, l'escroc, la femme de chambre, le cuisinier, le bourrelier, qui vengent le financier de la Deschamps [56]. Au milieu de tout cela, il n'y a que l'imbécile ou l'oisif qui soit lésé, sans avoir vexé personne; et c'est fort bien fait. D'où vous voyez que ces exceptions à la conscience générale, ou ces idiotismes moraux dont on fait tant de bruit, sous la dénomination *de tours du bâton* [57] ne sont rien; et qu'à tout, il n'y a que le coup d'œil qu'il faut avoir juste.

MOI. — J'admire le vôtre.

LUI. — Et puis la misère. La voix de la conscience et de l'honneur, est bien faible, lorsque les boyaux crient. Suffit que si je deviens jamais riche, il faudra bien que je restitue, et que je suis bien résolu à restituer de toutes les manières possibles, par la table, par le jeu, par le vin, par les femmes.

MOI. — Mais j'ai peur que vous ne deveniez jamais riche.

LUI. — Moi, j'en ai le soupçon.

MOI. — Mais s'il en arrivait autrement, que feriez-vous?

LUI. — Je ferais comme tous les gueux revêtus [58]; je serais le plus insolent maroufle qu'on eût encore vu. C'est alors que je me rappellerais tout ce qu'ils m'ont fait souffrir; et je leur rendrais bien les avanies qu'ils m'ont faites. J'aime à commander, et je commanderai. J'aime qu'on me loue et l'on me louera. J'aurai à mes gages toute la troupe villemorienne [59], et je leur dirai, comme on me l'a dit, « Allons, faquins, qu'on m'amuse », et l'on m'amusera ; « qu'on me déchire les honnêtes gens », et on les déchirera, si l'on en trouve encore ; et puis nous aurons des filles, nous nous tutoierons, quand nous serons ivres, nous nous enivrerons ; nous ferons des contes ; nous aurons toutes sortes de travers et de vices. Cela sera délicieux. Nous prouverons que de Voltaire est sans génie ; que Buffon toujours guindé sur des échasses, n'est qu'un déclamateur ampoulé ; que Montesquieu n'est qu'un bel esprit ; nous reléguerons d'Alembert dans ses mathématiques, nous en donnerons sur dos et ventre à tous ces petits Catons, comme vous, qui nous méprisent par envie ; dont la modestie est le manteau de l'orgueil, et dont la sobriété est la loi du besoin. Et de la musique ? C'est alors que nous en ferons.

MOI. — Au digne emploi que vous feriez de la richesse, je vois combien c'est grand dommage que vous soyez gueux. Vous vivriez là d'une manière bien honorable pour l'espèce humaine, bien utile à vos concitoyens ; bien glorieuse pour vous.

LUI. — Mais je crois que vous vous moquez de moi ; monsieur le philosophe, vous ne savez pas à qui vous vous jouez ; vous ne vous doutez pas que dans ce moment je représente la partie la plus importante de la ville et de la cour. Nos opulents dans tous les états ou se sont dit à eux-mêmes ou ne sont pas dit les mêmes choses que je vous ai confiées ; mais le fait est que la vie que je mènerais à leur place est exactement la leur. Voilà où vous en êtes, vous autres. Vous croyez que le même bonheur est fait pour tous. Quelle étrange vision ! Le vôtre suppose un certain tour d'esprit romanesque que nous n'avons pas ; une âme singulière, un goût particulier. Vous décorez cette bizarrerie du nom de vertu ; vous l'appelez philosophie. Mais la vertu, la philosophie sont-elles faites pour tout le monde. En a qui peut. En conserve qui peut. Imaginez l'univers sage et philosophe ; convenez qu'il serait diablement triste. Tenez, vive la philosophie ; vive la sagesse de Salomon [60] : Boire de bon vin, se gorger de mets délicats, se rouler sur de jolies femmes ; se reposer dans des lits bien mollets. Excepté cela, le reste n'est que vanité.

MOI. — Quoi, défendre sa patrie?

LUI. — Vanité. Il n'y a plus de patrie. Je ne vois d'un pôle à l'autre que des tyrans et des esclaves.

MOI. — Servir ses amis?

LUI. — Vanité. Est-ce qu'on a des amis? Quand on en aurait, faudrait-il en faire des ingrats? Regardez-y bien, et vous verrez que c'est presque toujours là ce qu'on recueille des services rendus. La reconnaissance est un fardeau; et tout fardeau est fait pour être secoué.

MOI. — Avoir un état dans la société et en remplir les devoirs?

LUI. — Vanité. Qu'importe qu'on ait un état, ou non; pourvu qu'on soit riche; puisqu'on ne prend un état que pour le devenir. Remplir ses devoirs, à quoi cela mène-t-il? A la jalousie, au trouble, à la persécution. Est-ce ainsi qu'on s'avance? Faire sa cour, morbleu; faire sa cour; voir les grands; étudier leurs goûts; se prêter à leurs fantaisies; servir leurs vices; approuver leurs injustices. Voilà le secret.

MOI. — Veiller à l'éducation de ses enfants?

LUI. — Vanité. C'est l'affaire d'un précepteur.

MOI. — Mais si ce précepteur, pénétré de vos principes, néglige ses devoirs; qui est-ce qui en sera châtié?

LUI. — Ma foi, ce ne sera pas moi; mais peut-être un jour, le mari de ma fille, ou la femme de mon fils.

MOI. — Mais si l'un et l'autre se précipitent dans la débauche et les vices.

LUI. — Cela est de leur état.

MOI. — S'ils se déshonorent.

LUI. — Quoi qu'on fasse, on ne peut se déshonorer, quand on est riche.

MOI. — S'ils se ruinent.

LUI. — Tant pis pour eux.

MOI. — Je vois que, si vous vous dispensez de veiller à la conduite de votre femme, de vos enfants, de vos domestiques, vous pourriez aisément négliger vos affaires.

LUI. — Pardonnez-moi; il est quelquefois difficile de trouver de l'argent; et il est prudent de s'y prendre de loin.

MOI. — Vous donnerez peu de soins à votre femme.

LUI. — Aucun, s'il vous plaît. Le meilleur procédé, je crois, qu'on puisse avoir avec sa chère moitié, c'est de faire ce qui lui convient. A votre avis, la société ne serait-elle pas fort amusante, si chacun y était à sa chose ?

MOI. — Pourquoi pas ? La soirée n'est jamais plus belle pour moi que quand je suis content de ma matinée.

LUI. — Et pour moi aussi.

MOI. — Ce qui rend les gens du monde si délicats sur leurs amusements, c'est leur profonde oisiveté.

LUI. — Ne croyez pas cela. Ils s'agitent beaucoup.

MOI. — Comme ils ne se lassent jamais, ils ne se délassent jamais.

LUI. — Ne croyez pas cela. Ils sont sans cesse excédés.

MOI. — Le plaisir est toujours une affaire pour eux, et jamais un besoin.

LUI. — Tant mieux, le besoin est toujours une peine

MOI. — Ils usent tout. Leur âme s'hébète. L'ennui s'en empare. Celui qui leur ôterait la vie, au milieu de leur abondance accablante, les servirait. C'est qu'ils ne connaissent du bonheur que la partie qui s'émousse le plus vite. Je ne méprise pas les plaisirs des sens. J'ai un palais aussi, et il est flatté d'un mets délicat, ou d'un vin délicieux. J'ai un cœur et des yeux ; et j'aime à voir une jolie femme. J'aime à sentir sous ma main la fermeté et la rondeur de sa gorge ; à presser ses lèvres des miennes ; à puiser la volupté dans ses regards, et à en expirer entre ses bras. Quelquefois avec mes amis, une partie de débauche, même un peu tumultueuse, ne me déplaît pas. Mais je ne vous dissimulerai pas, il m'est infiniment plus doux encore d'avoir secouru le malheureux, d'avoir terminé une affaire épineuse, donné un conseil salutaire, fait une lecture agréable ; une promenade avec un homme ou une femme chère à mon cœur ; passé quelques heures instructives avec mes enfants, écrit une bonne page, rempli les devoirs de mon état ; dit à celle que j'aime quelques choses tendres et douces qui amènent ses bras autour de mon col. Je connais telle action que je voudrais avoir faite pour tout ce que je possède. C'est un sublime ouvrage que *Mahomet;* j'aimerais mieux avoir réhabilité la mémoire des Calas. Un homme de ma connaissance [61] s'était réfugié à Carthagène. C'était un cadet de famille, dans un pays où la coutume transfère tout le bien aux aînés. Là il apprend que son aîné, enfant gâté, après avoir dépouillé son père et sa mère, trop faciles, de tout ce qu'ils possédaient, les avait expulsés de leur château, et que les bons vieillards languissaient indigents, dans une petite ville de la province. Que fait alors ce cadet qui, traité durement par ses parents, était allé tenter la fortune au loin; il leur envoie des secours; il se hâte d'arranger ses affaires. Il revient opulent. Il ramène son père et sa mère dans leur domicile. Il marie ses sœurs. Ah, mon cher Rameau; cet homme regardait cet intervalle, comme le plus heureux de sa vie. C'est les larmes aux yeux qu'il m'en parlait : et moi, je sens en vous faisant ce récit, mon cœur se troubler de joie, et le plaisir me couper la parole.

LUI. — Vous êtes des êtres bien singuliers !

MOI. — Vous êtes des êtres bien à plaindre, si vous n'imaginez pas qu'on s'est élevé au-dessus du sort, et qu'il est impossible d'être malheureux, à l'abri de deux belles actions, telles que celle-ci.

LUI. — Voilà une espèce de félicité avec laquelle j'aurai de la peine à me familiariser, car on la rencontre rarement. Mais à votre compte, il faudrait donc être d'honnêtes ges ?

MOI. — Pour être heureux ? Assurément.

LUI. — Cependant, je vois une infinité d'honnêtes gens qui ne sont pas heureux; et une infinité de gens qui sont heureux sans être honnêtes.

MOI. — Il vous semble.

LUI. — Et n'est-ce pas pour avoir eu du sens commun et de la franchise un moment, que je ne sais où aller souper ce soir ?

MOI. — Hé non, c'est pour n'en avoir pas toujours eu. C'est pour n'avoir pas senti de bonne heure qu'il fallait d'abord se faire une ressource indépendante de la servitude.

LUI. — Indépendante ou non, celle que je me suis faite est au moins la plus aisée.

MOI. — Et la moins sûre, et la moins honnête.

LUI. — Mais la plus conforme à mon caractère de fainéant, de sot, de vaurien.

MOI. — D'accord.

LUI. — Et que puisque je puis faire mon bonheur par des vices qui me sont naturels, que j'ai acquis sans travail, que je conserve sans effort, qui cadrent avec les mœurs de ma nation; qui sont du goût de ceux qui me protègent, et plus analogues à leurs petits besoins particuliers que des vertus qui les gêneraient, en les accusant depuis le matin jusqu'au soir; il serait bien singulier que j'allasse me tourmenter comme une âme damnée, pour me bistourner [62] et me faire autre que je ne suis; pour me donner un caractère étranger au mien; des qualités très estimables, j'y consens, pour ne pas disputer; mais qui me coûteraient beaucoup à acquérir, à pratiquer, ne me mèneraient à rien, peut-être à pis que rien, par la satire continuelle des riches auprès desquels les gueux comme moi ont à chercher leur vie. On loue la vertu; mais on la hait; mais on la fuit; mais elle gèle de froid; et dans ce monde, il faut avoir les pieds chauds. Et puis cela me donnerait de l'humeur, infailliblement; car pourquoi voyons-nous si fréquemment les dévots si durs, si fâcheux, si insociables? C'est qu'ils se sont imposés une tâche qui ne leur est pas naturelle. Ils souffrent, et quand on souffre, on fait souffrir les autres. Ce n'est pas là mon compte, ni celui de mes protecteurs; il faut que je sois gai, souple, plaisant, bouffon, drôle. La vertu se fait respecter; et le respect est incommode. La vertu se fait admirer, et l'admiration n'est pas amusante. J'ai affaire à des gens qui s'ennuient et il faut que je les fasse rire. Or c'est le ridicule et la folie qui font rire, il faut donc que je sois ridicule et fou; et quand la nature ne m'aurait pas fait tel, le plus court serait de le paraître. Heureusement, je n'ai pas besoin d'être hypocrite; il y en a déjà tant de toutes les couleurs, sans compter ceux qui le sont avec eux-mêmes. Ce chevalier de La Morlière [63] qui retape son chapeau sur son oreille, qui porte la tête au vent, qui vous regarde le passant par-dessus l'épaule, qui fait battre une longue épée sur sa cuisse, qui a l'insulte toute prête pour celui qui n'en porte point, et qui semble adresser un défi à tout venant, que fait-il ? Tout ce qu'il peut pour se persuader qu'il est homme de cœur ; mais il est lâche. Offrez-lui une croquignole [64] sur le bout du nez, et il la recevra en douceur. Voulez-vous lui faire baisser le ton, élevez-le. Montrez-lui votre canne, ou appliquez votre pied entre ses fesses ; tout étonné de se trouver un lâche, il vous demandera qui est-ce qui vous l'a appris ? d'où vous le savez ? Lui-même l'ignorait le moment précédent ; une longue et habituelle singerie de bravoure lui en avait imposé. Il avait tant fait les mines, qu'il se croyait la chose. Et cette femme qui se mortifie, qui visite les prisons, qui assiste à toutes les assemblées de charité, qui marche les yeux baissés, qui n'oserait regarder un homme en face, sans cesse en garde contre la séduction de ses sens ; tout cela empêche-t-il que son cœur ne brûle, que des soupirs ne lui échappent ; que son tempérament ne s'allume ; que les désirs ne l'obsèdent, et que son imagination ne lui retrace la nuit et le jour, les scènes du *Portier des Chartreux*, les *Postures de l'Arétin* [65] ? Alors que devient-elle ? Qu'en pense sa femme de chambre, lorsqu'elle se lève en chemise, et qu'elle vole au secours de sa maîtresse qui se meurt ? Justine, allez vous recoucher. Ce n'est pas vous que votre maîtresse appelle dans son délire. Et l'ami Rameau, s'il se mettait un jour à marquer du mépris pour la fortune, les femmes, la bonne chère, l'oisiveté, à catoniser, que serait-il ? un hypocrite. Il faut que Rameau soit ce qu'il est : un brigand heureux avec des brigands opulents ; et non un fanfaron de vertu, ou même un homme vertueux, rongeant sa croûte de pain, seul, ou à côté des gueux. Et pour le trancher net, je ne m'accommode point de votre félicité, ni du bonheur de quelques visionnaires, comme vous.

MOI. — Je vois, mon cher, que vous ignorez ce que c'est, et que vous n'êtes pas même fait pour l'apprendre.

LUI. — Tant mieux, mordieu ! tant mieux. Cela me ferait crever de faim, d'ennui, et de remords peut-être.

MOI. — D'après cela, le seul conseil que j'ai à vous donner, c'est de rentrer bien vite dans la maison d'où vous vous êtes imprudemment fait chasser.

LUI. — Et de faire ce que vous ne désapprouvez pas au simple, et ce qui me répugne un peu au figuré ?

MOI. — C'est mon avis.

LUI. — Indépendamment de cette métaphore qui me déplaît dans ce moment, et qui ne me déplaira pas dans un autre.

MOI. — Quelle singularité !

LUI. — Il n'y a rien de singulier à cela. Je veux bien être abject, mais je veux que ce soit sans contrainte. Je veux bien descendre de ma dignité... Vous riez ?

MOI. — Oui, votre dignité me fait rire.

LUI. — Chacun a la sienne ; je veux bien oublier la mienne, mais à ma discrétion, et non à l'ordre d'autrui. Faut-il qu'on puisse me dire : rampe, et que je sois obligé de ramper ? C'est l'allure du ver ; c'est mon allure ; nous la suivons l'un et l'autre, quand on nous laisse aller ; mais nous nous redressons, quand on nous marche sur la queue. On m'a marché sur la queue, et je me redresserai. Et puis vous n'avez pas d'idée de la pétaudière dont il s'agit. Imaginez un mélancolique et maussade personnage, dévoré de vapeurs, enveloppé dans deux ou trois tours de robe de chambre ; qui se déplaît à lui-même, à qui tout déplaît ; qu'on fait à peine sourire, en se disloquant le corps et l'esprit, en cent manières diverses ; qui considère froidement les grimaces plaisantes de mon visage, et celles de mon jugement qui sont plus plaisantes encore ; car entre nous, ce père Noël [66], ce vilain bénédictin si renommé pour les grimaces ; malgré ses succès à la Cour, n'est, sans me vanter ni lui non plus, à comparaison de moi, qu'un polichinelle de bois. J'ai beau me tourmenter pour atteindre au sublime des Petites-Maisons [67], rien n'y fait. Rira-t-il ? ne rira-t-il pas ? Voilà ce que je suis forcé de me dire au milieu de mes contorsions ; et vous pouvez juger combien cette incertitude nuit au talent. Mon hypocondre, la tête renfoncée dans un bonnet de nuit qui lui couvre les yeux, a l'air d'une pagode immobile à laquelle on aurait attaché un fil au menton, d'où il descendrait jusque sous son fauteuil. On attend que le fil se tire ; et il ne se tire point ; ou s'il arrive que la mâchoire s'entrouvre, c'est pour articuler un mot désolant, un mot qui vous apprend que vous n'avez point été aperçu, et que toutes vos singeries sont perdues; ce mot est la réponse à une question que vous lui aurez faite il y a quatre jours; ce mot dit, le ressort mastoïde se détend et la mâchoire se referme...

Puis il se mit à contrefaire son homme; il s'était placé dans une chaise, la tête fixe, le chapeau jusque sur ses paupières, les yeux à demi-clos, les bras pendants, remuant sa mâchoire, comme un automate, et disant :

« Oui, vous avez raison, Mademoiselle. Il faut mettre de la finesse là. » C'est que cela décide; que cela décide toujours, et sans appel; le soir, le matin, à la toilette, à dîner, au café; au jeu, au théâtre, à souper, au lit, et Dieu me le pardonne, je crois entre les bras de sa maîtresse. Je ne suis pas à portée d'entendre ces dernières décisions-ci; mais je suis diablement las des autres. Triste, obscur, et tranché, comme le destin; tel est notre patron.

Vis-à-vis, c'est une bégueule qui joue l'importance; à qui l'on se résoudrait à dire qu'elle est jolie, parce qu'elle l'est encore; quoiqu'elle ait sur le visage quelques gales, par-ci par-là, et qu'elle courre après le volume de Madame Bouvillon [68]. J'aime les chairs, quand elles sont belles; mais aussi trop est trop; et le mouvement est si essentiel à la matière! *Item* [69], elle est plus méchante, plus fière et plus bête qu'une oie. *Item,* elle veut avoir de l'esprit. *Item,* il faut lui persuader qu'on lui en croit comme à personne. *Item,* cela ne sait rien, et cela décide aussi. *Item,* il faut applaudir à ces décisions, des pieds et des mains, sauter d'aise, se transir d'admiration : que cela est beau, délicat, bien dit, finement vu, singulièrement senti. Où les femmes prennent-elles cela ? Sans étude, par la seule force de l'instinct, par la seule lumière naturelle : cela tient du prodige. Et puis qu'on vienne nous dire que l'expérience, l'étude, la réflexion, l'éducation y font quelque chose, et autres pareilles sottises; et pleurer de joie. Dix fois dans la journée, se courber, un genou fléchi en devant, l'autre jambe tirée en arrière. Les bras étendus vers la déesse, chercher son désir dans ses yeux, rester suspendu à sa lèvre, attendre son ordre et partir comme un éclair. Qui est-ce qui peut s'assujettir à un rôle pareil, si ce n'est le misérable qui trouve là, deux ou trois fois la semaine, de quoi calmer la tribulation de ses intestins? Que penser des autres, tels que le Palissot, le Fréron, les Poinsinets, le Baculard [70] qui ont quelque chose, et dont les bassesses ne peuvent s'excuser par le borborygme d'un estomac qui souffre?

MOI. — Je ne vous aurais jamais cru si difficile.

LUI. — Je ne le suis pas. Au commencement je voyais faire les autres, et je faisais comme eux, même un peu mieux; parce que je suis plus franchement impudent, meilleur comédien, plus affamé, fourni de meilleurs poumons. Je descends apparemment en droite ligne du fameux Stentor.

Et pour me donner une juste idée de la force de ce viscère, il se mit à tousser d'une violence à ébranler les vitres du café, et à suspendre l'attention des joueurs d'échecs.

MOI. — Mais à quoi bon ce talent?

LUI. — Vous ne le devinez pas?

MOI. — Non. Je suis un peu borné.

LUI. — Supposez la dispute engagée et la victoire incertaine: je me lève, et déployant mon tonnerre, je dis: « Cela est, comme Mademoiselle l'assure. C'est là ce qui s'appelle juger. Je le donne en cent à tous nos beaux esprits. L'expression est de génie. » Mais il ne faut pas toujours approuver de la même manière. On serait monotone. On aurait l'air faux. On deviendrait insipide. On ne se sauve de là que par du jugement, de la fécondité: il faut savoir préparer et placer ces tons majeurs et péremptoires, saisir l'occasion et le moment; lors par exemple, qu'il y a partage entre les sentiments; que la dispute s'est élevée à son dernier degré de violence; qu'on ne s'entend plus; que tous parlent à la fois; il faut être placé à l'écart, dans l'angle de l'appartement le plus éloigné du champ de bataille, avoir préparé son explosion par un long silence, et tomber subitement comme une comminge [71], au milieu des contendants. Personne n'a eu cet art comme moi. Mais où je suis surprenant, c'est dans l'opposé; j'ai des petits tons que j'accompagne d'un sourire; une variété infinie de mines approbatives: là, le nez, la bouche, le front, les yeux entrent en jeu ; j'ai une souplesse de reins ; une manière de contourner l'épine du dos, de hausser ou de baisser les épaules, d'étendre les doigts, d'incliner la tête, de fermer les yeux, et d'être stupéfait, comme si j'avais entendu descendre du ciel une voix angélique et divine. C'est là ce qui flatte. Je ne sais si vous saisissez bien toute l'énergie de cette dernière attitude-là. Je ne l'ai point inventée, mais personne ne m'a surpassé dans l'exécution. Voyez. Voyez.

MOI. — Il est vrai que cela est unique.

LUI. — Croyez-vous qu'il y ait cervelle de femme un peu vaine qui tienne à cela ?

MOI. — Non. Il faut convenir que vous avez porté le talent de faire des fous, et de s'avilir aussi loin qu'il est possible.

LUI. — Ils auront beau faire, tous tant qu'ils sont ; ils n'en viendront jamais là. Le meilleur d'entre eux, Palissot, par exemple, ne sera jamais qu'un bon écolier. Mais si ce rôle amuse d'abord, et si l'on goûte quelque plaisir à se moquer en dedans, de la bêtise de ceux qu'on enivre ; à la longue cela ne pique plus ; et puis après un certain nombre de découvertes, on est forcé de se répéter. L'esprit et l'art ont leurs limites. Il n'y a que Dieu ou quelques génies rares pour qui la carrière s'étend, à mesure qu'ils y avancent. Bouret [72] en est un peut-être. Il y a de celui-ci des traits qui m'en donnent, à moi, oui à moi-même, la plus sublime idée. Le petit chien, le Livre de la Félicité, les flambeaux sur la route de Versailles sont de ces choses qui me confondent et m'humilient. Ce serait capable de dégoûter du métier.

MOI. — Que voulez-vous dire avec votre petit chien ?

LUI. — D'où venez-vous donc ? Quoi, sérieusement, vous ignorez comment cet homme rare s'y prit pour détacher de lui et attacher au garde des sceaux un petit chien qui plaisait à celui-ci ?

MOI. — Je l'ignore, je le confesse.

LUI. — Tant mieux. C'est une des plus belles choses qu'on ait imaginées ; toute l'Europe en a été émerveillée, et il n'y a pas un courtisan dont elle n'ait excité l'envie. Vous qui ne manquez pas de sagacité, voyons comment vous vous y seriez pris à sa place. Songez que Bouret était aimé de son chien. Songez que le vêtement bizarre du ministre effrayait le petit animal. Songez qu'il n'avait que huit jours pour vaincre les difficultés. Il faut connaître toutes les conditions du problème, pour bien sentir le mérite de la solution. Eh bien ?

MOI. — Eh bien, il faut que je vous avoue que dans ce genre, les choses les plus faciles m'embarrasseraient.

LUI. — Écoutez, me dit-il, en me frappant un petit coup sur l'épaule, car il est familier ; écoutez et admirez. Il se fait faire un masque qui ressemble au garde des sceaux ; il emprunte d'un valet de chambre la volumineuse simarre [73]. Il se couvre le visage du masque. Il endosse la simarre. Il appelle son chien ; il le caresse. Il lui donne la gimblette [74]. Puis tout à coup, changeant de décoration, ce n'est plus le garde des sceaux ; c'est Bouret qui appelle son chien et qui le fouette. En moins de deux ou trois jours de cet exercice continué du matin au soir, le chien sait fuir Bouret le fermier général, et courir à Bouret le garde des sceaux. Mais je suis trop bon. Vous êtes un profane qui ne méritez pas d'être instruit des miracles qui s'opèrent à côté de vous.

MOI. — Malgré cela, je vous prie, le livre, les flambeaux ?

LUI. — Non, non. Adressez-vous aux pavés qui vous diront ces choses-là ; et profitez de la circonstance qui nous a rapprochés, pour apprendre des choses que personne ne sait que moi.

MOI. — Vous avez raison.

LUI. — Emprunter la robe et la perruque, j'avais oublié la perruque, du garde des sceaux ! Se faire un masque qui lui ressemble ! Le masque surtout me tourne la tête. Aussi cet homme jouit-il de la plus haute considération. Aussi possède-t-il des millions. Il y a des croix de Saint-Louis [75] qui n'ont pas de pain ; aussi pourquoi courir après la croix, au hasard de se faire échiner, et ne pas se tourner vers un état sans péril qui ne manque jamais sa récompense ? Voilà ce qui s'appelle aller au grand. Ces modèles-là sont décourageants. On a pitié de soi ; et l'on s'ennuie. Le masque ! le masque ! Je donnerais un de mes doigts, pour avoir trouvé le masque.

MOI. — Mais avec cet enthousiasme pour les belles choses, et cette fertilité de génie que vous possédez, est-ce que vous n'avez rien inventé ?

LUI. — Pardonnez-moi ; par exemple, l'attitude admirative du dos dont je vous ai parlé ; je la regarde comme mienne, quoiqu'elle puisse peut-être m'être contestée par des envieux. Je crois bien qu'on l'a employée auparavant ; mais qui est-ce qui a senti combien elle était commode pour rire en dessous de l'impertinent qu'on admirait ? J'ai plus de cent façons d'entamer la séduction d'une jeune fille, à côté de sa mère, sans que celle-ci s'en aperçoive, et même de la rendre complice. A peine entrais-je dans la carrière que je dédaignai toutes les manières vulgaires de glisser un billet doux. J'ai dix moyens de me le faire arracher, et parmi ces moyens, j'ose me flatter qu'il y en a de nouveaux. Je possède surtout le talent d'encourager un jeune homme timide ; j'en ai fait réussir qui n'avaient ni esprit ni figure. Si cela était écrit, je crois qu'on m'accorderait quelque génie.

MOI. — Vous ferait un honneur singulier ?

LUI. — Je n'en doute pas.

MOI. — A votre place, je jetterais ces choses-là sur le papier. Ce serait dommage qu'elles se perdissent.

LUI. — Il est vrai ; mais vous ne soupçonnez pas combien je fais peu de cas de la méthode et des préceptes. Celui qui a besoin d'un protocole n'ira jamais loin. Les génies lisent peu, pratiquent beaucoup, et se font d'eux-mêmes. Voyez César, Turenne, Vauban, la marquise de Tencin, son frère le cardinal, et le secrétaire de celui-ci, l'abbé Trublet[76]. Et Bouret ? qui est-ce qui a donné des leçons à Bouret ? personne. C'est la nature qui forme ces hommes rares-là. Croyez-vous que l'histoire du chien et du masque soit écrite quelque part ?

MOI. — Mais à vos heures perdues ; lorsque l'angoisse de votre estomac vide ou la fatigue de votre estomac surchargé éloigne le sommeil...

LUI. — J'y penserai ; il vaut mieux écrire de grandes choses que d'en exécuter de petites. Alors l'âme s'élève ;

l'imagination s'échauffe, s'enflamme et s'étend; au lieu qu'elle se rétrécit à s'étonner auprès de la petite Hus des applaudissements que ce sot public s'obstine à prodiguer à cette minaudière de Dangeville [77], qui joue si platement, qui marche presque courbée en deux sur la scène, qui a l'affectation de regarder sans cesse dans les yeux de celui à qui elle parle, et de jouer en dessous, et qui prend elle-même ses grimaces pour de la finesse, son petit trotter pour de la grâce; à cette emphatique Clairon qui est plus maigre, plus apprêtée, plus étudiée, plus empesée qu'on ne saurait dire. Cet imbécile parterre les claque à tout rompre, et ne s'aperçoit pas que nous sommes un peloton d'agréments; il est vrai que le peloton grossit un peu; mais qu'importe? que nous avons la plus belle peau; les plus beaux yeux, le plus joli bec; peu d'entrailles à la vérité; une démarche qui n'est pas légère, mais qui n'est pas non plus aussi gauche qu'on le dit. Pour le sentiment, en revanche, il n'y en a aucune à qui nous ne damions le pion.

MOI. — Comment dites-vous tout cela? Est-ce ironie, ou vérité?

LUI. — Le mal est que ce diable de sentiment est tout en dedans, et qu'il n'en transpire pas une lueur au-dehors. Mais moi qui vous parle, je sais et je sais bien qu'elle en a. Si ce n'est pas cela précisément, c'est quelque chose comme cela. Il faut voir, quand l'humeur nous prend, comme nous traitons les valets, comme les femmes de chambres sont souffletées, comme nous menons à grands coups de pied les Parties Casuelles [78], pour peu qu'elles s'écartent du respect qui nous est dû. C'est un petit diable, vous dis-je, tout plein de sentiment et de dignité... Ho, çà; vous ne savez où vous en êtes, n'est-ce pas?

MOI. — J'avoue que je ne saurais démêler si c'est de bonne foi ou méchamment que vous parlez. Je suis un bon homme; ayez la bonté d'en user avec moi plus rondement; et de laisser là votre art.

LUI. — Cela, c'est ce que nous débitons à la petite Hus, de la Dangeville et de la Clairon, mêlé par-ci par-là de quelques mots qui vous donnassent l'éveil. Je consens que vous me preniez pour un vaurien; mais non pour un sot ; et il n'y aurait qu'un sot ou un homme perdu d'amour qui pût dire sérieusement tant d'impertinences.

MOI. — Mais comment se résout-on à les dire ?

LUI. — Cela ne se fait pas tout d'un coup ; mais petit à petit, on y vient. *Ingenii largitor venter*[79].

MOI. — Il faut être pressé d'une cruelle faim.

LUI. — Cela se peut. Cependant, quelques fortes qu'elles vous paraissent, croyez que ceux à qui elles s'adressent sont plutôt accoutumés à les entendre que nous à les hasarder.

MOI. — Est-ce qu'il y a là quelqu'un qui ait le courage d'être de votre avis ?

LUI. — Qu'appelez-vous quelqu'un ? C'est le sentiment et le langage de toute la société.

MOI. — Ceux d'entre vous qui ne sont pas de grands vauriens, doivent être de grands sots.

LUI. — Des sots là ? Je vous jure qu'il n'y en a qu'un ; c'est celui qui nous fête, pour lui en imposer.

MOI. — Mais comment s'en laisse-t-on si grossièrement imposer ? car enfin la supériorité des talents de la Dangeville et de la Clairon est décidée.

LUI. — On avale à pleine gorgée le mensonge qui nous flatte ; et l'on boit goutte à goutte une vérité qui nous est amère. Et puis nous avons l'air si pénétré, si vrai !

MOI. — Il faut cependant que vous ayez péché une fois contre les principes de l'art et qu'il vous soit échappé par mégarde quelques-unes de ces vérités amères qui blessent ; car en dépit du rôle misérable, abject, vil, abominable que vous faites, je crois qu'au fond, vous avez l'âme délicate.

LUI. — Moi, point du tout. Que le diable m'emporte si je sais au fond ce que je suis. En général, j'ai l'esprit rond comme une boule, et le caractère franc comme l'osier ; jamais faux, pour peu que j'aie intérêt d'être vrai ; jamais vrai pour peu que j'aie intérêt d'être faux. Je dis les choses comme elles me viennent, sensées, tant mieux ; impertinentes, on n'y prend pas garde. J'use en plein de mon franc-parler. Je n'ai pensé de ma vie ni avant que de dire, ni en disant, ni après avoir dit. Aussi je n'offense personne.

MOI. — Cela vous est pourtant arrivé avec les honnêtes gens chez qui vous viviez, et qui avaient pour vous tant de bontés.

LUI. — Que voulez-vous? C'est un malheur; un mauvais moment, comme il y en a dans la vie. Point de félicité continue; j'étais trop bien. Cela ne pouvait durer. Nous avons, comme vous savez, la compagnie la plus nombreuse et la mieux choisie. C'est une école d'humanité, le renouvellement de l'antique hospitalité. Tous les poètes qui tombent, nous les ramassons. Nous eûmes Palissot après sa *Zara* [80]; Bret, après le *Faux généreux* [81]; tous les musiciens décriés; tous les auteurs qu'on ne lit point; toutes les actrices sifflées; tous les acteurs hués; un tas de pauvres honteux, plats parasites à la tête desquels j'ai l'honneur d'être, brave chef d'une troupe timide. C'est moi qui les exhorte à manger la première fois qu'ils viennent; c'est moi qui demande à boire pour eux. Ils tiennent si peu de place! quelques jeunes gens déguenillés qui ne savent où donner de la tête, mais qui ont de la figure, d'autres scélérats qui cajolent le patron et qui l'endorment, afin de glaner après lui sur la patronne. Nous paraissons gais; mais au fond nous avons tous de l'humeur et grand appétit. Des loups ne sont pas plus affamés; des tigres ne sont pas plus cruels. Nous dévorons comme des loups, lorsque la terre a été longtemps couverte de neige; nous déchirons comme des tigres, tout ce qui réussit. Quelquefois, les cohues Bertin, Montsauge et Villemorien se réunissent; c'est alors qu'il se fait un beau bruit dans la ménagerie. Jamais on ne vit ensemble tant de bêtes tristes, acariâtres, malfaisantes et courroucées. On n'entend que les noms de Buffon, de Duclos, de Montesquieu, de Rousseau, de Voltaire, de D'Alembert, de Diderot, et Dieu sait de quelles épithètes ils sont accompagnés. Nul n'aura de l'esprit, s'il n'est aussi sot que nous. C'est là que le plan de la comédie des *Philosophes* a été conçu; la scène du colporteur, c'est moi qui l'ai fournie, d'après la *Théologie en Quenouille* [82]. Vous n'êtes pas épargné là plus qu'un autre.

MOI. — Tant mieux. Peut-être me fait-on plus d'honneur que je n'en mérite. Je serais humilié, si ceux qui disent du mal de tant d'habiles et honnêtes gens, s'avisaient de dire du bien de moi.

LUI. — Nous sommes beaucoup, et il faut que chacun paye son écot. Après le sacrifice des grands animaux, nous immolons les autres.

MOI. — Insulter la science et la vertu pour vivre, voilà du pain bien cher.

LUI. — Je vous l'ai déjà dit, nous sommes sans conséquence. Nous injurions tout le monde, et nous n'affligeons personne. Nous avons quelquefois le pesant abbé d'Olivet, le gros abbé Le Blanc [83], l'hypocrite Batteux [84]. Le gros abbé n'est méchant qu'avant dîner. Son café pris, il se jette dans un fauteuil, les pieds appuyés contre la tablette de la cheminée, et s'endort comme un vieux perroquet sur son bâton. Si le vacarme devient violent, il bâille; il étend ses bras; il frotte ses yeux, et dit : Eh bien, qu'est-ce? Qu'est-ce? — il s'agit de savoir si Piron a plus d'esprit que de Voltaire. — Entendons-nous. C'est de l'esprit que vous dites? il ne s'agit pas de goût; car du goût, votre Piron ne s'en doute pas. — Ne s'en doute pas? — Non. — Et puis nous voilà embarqués dans une dissertation sur le goût. Alors le patron fait signe de la main qu'on l'écoute; car c'est surtout de goût qu'il se pique. « Le goût, dit-il... le goût est une chose... » ma foi, je ne sais quelle chose il disait que c'était; ni lui, non plus.

Nous avons quelquefois l'ami Robbé. Il nous régale de ses contes cyniques, des miracles des convulsionnaires dont il a été le témoin oculaire; et de quelques chants de son poème sur un sujet qu'il connaît à fond. Je hais ses vers; mais j'aime à l'entendre réciter. Il a l'air d'un énergumène. Tous s'écrient autour de lui : « voilà ce qu'on appelle un poète ». Entre nous, cette poésie-là n'est qu'un charivari de toutes sortes de bruits confus; le ramage barbare des habitants de la tour de Babel.

Il nous vient aussi un certain niais qui a l'air plat et bête, mais qui a de l'esprit comme un démon et qui est plus malin qu'un vieux singe; c'est une de ces figures qui appellent la plaisanterie et les nasardes, et que Dieu fit pour la correction des gens qui jugent à la mine, et à qui leur miroir aurait dû apprendre qu'il est aussi aisé d'être un homme d'esprit et d'avoir l'air d'un sot que de cacher un sot sous une physionomie spirituelle. C'est une lâcheté bien commune que celle d'immoler un bon homme à l'amusement des autres. On ne manque jamais de s'adresser à celui-ci. C'est un piège que nous tendons aux nouveaux venus, et je n'en ai presque pas vu un seul qui n'y donnât.

J'étais quelquefois surpris de la justesse des observations de ce fou, sur les hommes et sur les caractères ; et je le lui témoignai.

C'est, me répondit-il, qu'on tire parti de la mauvaise compagnie, comme du libertinage. On est dédommagé de la perte de son innocence, par celle de ses préjugés. Dans la société des méchants, où le vice se montre à masque levé, on apprend à les connaître. Et puis j'ai un peu lu.

MOI. — Qu'avez-vous lu ?

LUI. — J'ai lu et je lis et relis sans cesse Théophraste, La Bruyère et Molière.

MOI. — Ce sont d'excellents livres.

LUI. — Ils sont bien meilleurs qu'on ne pense ; mais qui est-ce qui sait les lire ?

MOI. — Tout le monde, selon la mesure de son esprit.

LUI. — Presque personne. Pourriez-vous me dire ce qu'on y cherche ?

MOI. — L'amusement et l'instruction.

LUI. — Mais quelle instruction ; car c'est là le point ?

MOI. — La connaissance de ses devoirs ; l'amour de la vertu ; la haine du vice.

LUI. — Moi, j'y recueille tout ce qu'il faut faire, et tout ce qu'il ne faut pas dire. Ainsi quand je lis l'*Avare ;* je me dis : sois avare, si tu veux ; mais garde-toi de parler comme l'avare. Quand je lis le *Tartuffe,* je me dis : sois hypocrite, si tu veux ; mais ne parle pas comme l'hypocrite. Garde des vices qui te sont utiles ; mais n'en aie ni le ton ni les apparences qui te rendraient ridicule. Pour se garantir de ce ton, de ces apparences, il faut les connaître. Or, ces auteurs en ont fait des peintures excellentes. Je suis moi et je reste ce que je suis ; mais j'agis et je parle comme il convient. Je ne suis pas de ces gens qui méprisent les moralistes. Il y a beaucoup à profiter, surtout en ceux qui ont mis la morale en action. Le vice ne blesse les hommes que par intervalle. Les caractères apparents du vice les blessent du matin au soir. Peut-être vaudrait-il mieux être un insolent que d'en avoir la physionomie ; l'insolent de caractère n'insulte que de temps en temps ; l'insolent de physionomie insulte toujours. Au reste, n'allez pas imaginer que je sois le seul lecteur de mon espèce. Je n'ai d'autre mérite ici, que d'avoir fait par système, par justesse d'esprit, par une vue raisonnable et vraie, ce que la plupart des autres font par instinct. De là vient que leurs lectures ne les rendent pas meilleurs que moi ; mais qu'ils restent ridicules, en dépit d'eux ; au lieu que je ne le suis que quand je veux, et que je les laisse alors loin derrière moi ; car le même art qui m'apprend à me sauver du ridicule en certaines occasions, m'apprend aussi dans d'autres à l'attraper supérieurement. Je me rappelle alors tout ce que les autres ont dit, tout ce que j'ai lu, et j'y ajoute tout ce qui sort de mon fonds qui est en ce genre d'une fécondité surprenante.

MOI. — Vous avez bien fait de me révéler ces mystères ; sans quoi, je vous aurais cru en contradiction.

LUI. — Je n'y suis point ; car pour une fois où il faut éviter le ridicule ; heureusement, il y en a cent où il faut s'en donner. Il n'y a point de meilleur rôle auprès des grands que celui de fou. Longtemps il y a eu le fou du roi en titre ; en aucun, il n'y a eu en titre le sage du roi. Moi je suis le fou de Bertin et de beaucoup d'autres, le vôtre peut-être dans ce moment ; ou peut-être vous, le mien. Celui qui serait sage n'aurait point de fou. Celui donc qui a un fou n'est pas sage ; s'il n'est pas sage, il est fou ; et peut-être, fût-il roi, le fou de son fou. Au reste, souvenez-vous que dans un sujet aussi variable que les mœurs, il n'y a d'absolument, d'essentiellement, de généralement vrai ou faux, sinon qu'il faut être ce que l'intérêt veut qu'on soit ; bon ou mauvais ; sage ou fou ; décent ou ridicule ; honnête ou vicieux. Si par hasard la vertu avait conduit à la fortune ; ou j'aurais été vertueux, ou j'aurais simulé la vertu comme un autre. On m'a voulu ridicule, et je me le suis fait ; pour vicieux, nature seule en avait fait les frais. Quand je dis vicieux, c'est pour parler votre langue ; car si nous venions à nous expliquer, il pourrait arriver que vous appelassiez vice ce que j'appelle vertu, et vertu ce que j'appelle vice.

Nous avons aussi les auteurs de l'Opéra-Comique [85], leurs acteurs, et leurs actrices ; et plus souvent leurs entrepreneurs Corby, Moette... tous gens de ressource et d'un mérite supérieur !

Et j'oubliais les grands critiques de la littérature. *L'Avant-Coureur, Les Petites Affiches, L'Année littéraire, L'Observateur littéraire, Le Censeur hebdomadaire,* toute la clique des feuillistes [86].

MOI. — *L'Année littéraire ; L'Obervateur littéraire.* Cela ne se peut. Ils se détestent.

LUI. — Il est vrai. Mais tous les gueux se réconcilient à la gamelle. Ce maudit *Obervateur littéraire.* Que le diable l'eût emporté, lui et ses feuilles. C'est ce chien de petit prêtre avare, puant et usurier qui est la cause de mon désastre. Il parut sur notre horizon, hier, pour la première fois. Il arriva à l'heure qui nous chasse tous de nos repaires, l'heure du dîner. Quand il fait mauvais temps, heureux celui d'entre nous qui a la pièce de vingt-quatre sols dans sa poche [87]. Tel s'est moqué de son confrère qui était arrivé le matin crotté jusqu'à l'échine et mouillé jusqu'aux os, qui le soir rentre chez lui dans le même état. Il y en eut un, je ne sais plus lequel, qui eut, il y a quelques mois, un démêlé violent avec le Savoyard qui s'est établi à notre porte. Ils étaient en compte courant ; le créancier voulait que son débiteur se liquidât, et celui-ci n'était pas en fonds. On sert ; on fait les honneurs de la table à l'abbé, on le place au haut bout. J'entre, je l'aperçois. « Comment, l'abbé, lui dis-je, vous présidez ? voilà qui est fort bien pour aujourd'hui ; mais demain, vous descendrez, s'il vous plaît, d'une assiette ; après-demain, d'une autre assiette ; et ainsi d'assiette en assiette, soit à droite, soit à gauche, jusqu'à ce que de la place que j'ai occupée une fois avant vous, Fréron une fois après moi, Dorat [88] une fois après Fréron, Palissot une fois après Dorat, vous deveniez stationnaire à côté de moi, pauvre plat bougre comme vous, *qui siedo sempre come un maestoso cazzo fra duoi coglioni* [89]. » L'abbé, qui est bon diable et qui prend tout bien, se mit à rire. Mademoiselle, pénétrée de la vérité de mon observation et de la justesse de ma comparaison, se mit à rire ; tous ceux qui siégeaient à droite et à gauche de l'abbé et qu'il avait reculés d'un cran, se mirent à rire ; tout le monde rit, excepté monsieur qui se fâche et me tient des propos qui n'auraient rien signifié, si nous avions été seuls : « Rameau vous êtes un impertinent. — Je le sais bien ; et c'est à cette condition que vous m'avez reçu. — Un faquin. — Comme un autre. — Un gueux. — Est-ce que je serais ici, sans cela ? — Je vous ferai chasser. — Après dîner, je m'en irai de moi-même. — Je vous le conseille. » — On dîna ; je n'en perdis pas un coup de dent. Après avoir bien mangé, bu largement ; car après tout il n'en aurait été ni plus ni moins, messer Gaster est un personnage contre lequel je n'ai jamais boudé ; je pris mon parti et je me disposais à m'en aller. J'avais engagé ma parole en présence de tant de monde qu'il fallait bien la tenir. Je fus un temps considérable à rôder dans l'appartement, cherchant ma canne et mon chapeau où ils n'étaient pas, et comptant toujours que le patron se répandrait dans un nouveau torrent d'injures ; que quelqu'un s'interposerait, et que nous finirions par nous raccommoder, à force de nous fâcher. Je tournais, je tournais ; car moi je n'avais rien sur le cœur ; mais le patron, lui, plus sombre et plus noir que l'Apollon d'Homère, lorsqu'il décoche ses traits sur l'armée des Grecs, son bonnet une fois plus renfoncé que de coutume, se promenait en long et en large, le poing sous le menton. Mademoiselle s'approche de moi. — « Mais Mademoiselle, qu'est-ce qu'il y a donc d'extraordinaire ? Ai-je été différent aujourd'hui de moi-même. — Je veux qu'il sorte. — Je sortirai, je ne lui ai pas manqué. — Pardonnez-moi ; on invite monsieur l'abbé, et... — C'est lui qui s'est manqué à lui-même en invitant l'abbé, en me recevant et avec moi tant d'autres bélîtres [90] tels que moi. — Allons, mon petit Rameau ; il faut demander pardon à monsieur l'abbé. — Je n'ai que faire de son pardon... — Allons ; allons, tout cela s'apaisera... » On me prend par la main, on m'entraîne vers le fauteuil de l'abbé ; j'étends les bras, je contemple l'abbé avec une espèce d'admiration, car qui est-ce qui a jamais demandé pardon à l'abbé ? « L'abbé, lui dis-je ; L'abbé tout ceci est bien ridicule, n'est-il pas vrai ? » Et puis je me mets à rire, et l'abbé aussi. Me voilà donc excusé de ce côté-là ; mais il fallait aborder l'autre, et ce que j'avais à lui dire était une autre paire de manches. Je ne sais plus trop comment je tournai mon excuse... « Monsieur, voilà ce fou. — Il y a trop longtemps qu'il me fait souffrir ; je n'en veux plus entendre parler. — Il est fâché. — Oui je suis très fâché. — Cela ne lui arrivera plus. — Qu'au premier faquin. » Je ne sais s'il était dans un de ces jours d'humeur où Mademoiselle craint d'en approcher et n'ose le toucher qu'avec ses mitaines de velours, ou s'il entendit mal ce que je disais, ou si je dis mal ; ce fut pis qu'auparavant. Que diable, est-ce qu'il ne me connaît pas ? Est-ce qu'il ne sait pas que je suis comme les enfants, et qu'il y a des circonstances où je laisse tout aller sous moi ? Et puis, je crois, Dieu me pardonne, que je n'aurais pas un moment de relâche. On userait un pantin d'acier à tirer la ficelle du matin au soir et du soir au matin. Il faut que je les désennuie ; c'est la condition ; mais il faut que je m'amuse quelquefois. Au milieu de cet imbroglio, il me passa par la tête une pensée funeste, une pensée qui me donna de la morgue, une pensée qui m'inspira de la fierté et de l'insolence : c'est qu'on ne pouvait se passer de moi, que j'étais un homme essentiel.

MOI. — Oui, je crois que vous leur êtes très utile, mais qu'ils vous le sont encore davantage. Vous ne retrouverez pas, quand vous voudrez, une aussi bonne maison ; mais eux, pour un fou qui leur manque, ils en retrouveront cent.

LUI. — Cent fous comme moi ! Monsieur le philosophe, ils ne sont pas si communs. Oui des plats fous. On est plus difficile en sottise qu'en talent ou en vertu. Je suis rare dans mon espèce, oui, très rare. A présent qu'ils ne m'ont plus, que font-ils ? Ils s'ennuient comme des chiens. Je suis un sac inépuisable d'impertinences. J'avais à chaque instant une boutade qui les faisait rire aux larmes, j'étais pour eux les Petites Maisons tout entières.

MOI. — Aussi vous aviez la table, le lit, l'habit, veste et culotte, les souliers, et la pistole par mois.

LUI. — Voilà le beau côté. Voilà le bénéfice ; mais les charges, vous n'en dites mot. D'abord, s'il était bruit d'une pièce nouvelle, quelque temps qu'il fît, il fallait fureter dans tous les greniers de Paris jusqu'à ce que j'en eusse trouvé l'auteur ; que je me procurasse la lecture de l'ouvrage, et que j'insinuasse adroitement qu'il y avait un rôle qui serait supérieurement rendu par quelqu'un de ma connaissance. « Et par qui, s'il vous plaît ? — Par qui ? belle question ! Ce sont les grâces, la gentillesse, la finesse. — Vous voulez dire, mademoiselle Dangeville ? Par hasard la connaîtriez-vous ? — Oui, un peu ; mais ce n'est pas elle. — Et qui donc ? » Je nommais tout bas. « Elle ! — Oui, elle », répétais-je un peu honteux ; car j'ai quelquefois de la pudeur ; et à ce nom répété, il fallait voir comme la physionomie du poète s'allongeait, et d'autres fois comme on m'éclatait au nez. Cependant, bon gré, mal gré qu'il en eût, il fallait que j'amenasse mon homme à dîner ; et lui qui craignait de s'engager, rechignait, remerciait. Il fallait voir comme j'étais traité, quand je ne réussissais pas dans ma négociation : j'étais un butor, un sot, un balourd, je n'étais bon à rien ; je ne valais pas le verre d'eau qu'on me donnait à boire. C'était bien pis lorsqu'on jouait, et qu'il fallait aller intrépidement, au milieu des huées d'un public qui juge bien, quoi qu'on en dise, faire entendre mes claquements de mains isolés ; attacher les regards sur moi ; quelquefois dérober les sifflets à l'actrice ; et ouïr chuchoter à côté de soi : « C'est un des valets déguisés de celui qui couche ; ce maraud-là se taira-t-il ? » On ignore ce qui peut déterminer à cela, on croit que c'est ineptie, tandis que c'est un motif qui excuse tout.

MOI. — Jusqu'à l'infraction des lois civiles.

LUI. — A la fin cependant j'étais connu, et l'on disait : « Oh ! c'est Rameau. » Ma ressource était de jeter quelques mots ironiques qui sauvassent du ridicule mon applaudissement solitaire, qu'on interprétait à contresens. Convenez qu'il faut un puissant intérêt pour braver ainsi le public assemblé, et que chacune de ces corvées valait mieux qu'un petit écu.

MOI. — Que ne vous faisiez-vous prêter main-forte?

LUI. — Cela m'arrivait aussi, je glanais un peu là-dessus. Avant que de se rendre au lieu du supplice, il fallait se charger la mémoire des endroits brillants, où il importait de donner le ton. S'il m'arrivait de les oublier et de me méprendre, j'en avais le tremblement à mon retour; c'était un vacarme dont vous n'avez pas d'idée. Et puis à la maison une meute de chiens à soigner; il est vrai que je m'étais sottement imposé cette tâche; des chats dont j'avais la surintendance; j'étais trop heureux si *Micou* me favorisait d'un coup de griffe qui déchirât ma manchette ou ma main. *Criquette* est sujette à la colique; c'est moi qui lui frotte le ventre. Autrefois, Mademoiselle avait des vapeurs; ce sont aujourd'hui des nerfs. Je ne parle point d'autres indispositions légères dont on ne se gêne pas devant moi. Pour ceci, passe; je n'ai jamais prétendu contraindre. J'ai lu, je ne sais où, qu'un prince surnommé le grand restait quelquefois appuyé sur le dossier de la chaise percée de sa maîtresse. On en use à son aise avec ses familiers, et j'en étais ces jours-là, plus que personne. Je suis l'apôtre de la familiarité et de l'aisance. Je les prêchais là d'exemple, sans qu'on s'en formalisât; il n'y avait qu'à me laisser aller. Je vous ai ébauché le patron. Mademoiselle commence à devenir pesante; il faut entendre les bons contes qu'ils en font.

MOI. — Vous n'êtes pas de ces gens-là?

LUI. — Pourquoi non?

MOI. — C'est qu'il est au moins indécent de donner des ridicules à ses bienfaiteurs.

LUI. — Mais n'est-ce pas pis encore de s'autoriser de ses bienfaits pour avilir son protégé?

MOI. — Mais si le protégé n'était pas vil par lui-même, rien ne donnerait au protecteur cette autorité.

LUI. — Mais si les personnages n'étaient pas ridicules par eux-mêmes, on n'en ferait pas de bons contes. Et puis est-ce ma faute s'ils s'encanaillent? Est-ce ma faute lorsqu'ils se sont encanaillés, si on les trahit, si on les bafoue ? Quand on se résout à vivre avec des gens comme nous, et qu'on a le sens commun, il y a je ne sais combien de noirceurs auxquelles il faut s'attendre. Quand on nous prend, ne nous connaît-on pas pour ce que nous sommes, pour des âmes intéressées, viles et perfides ? Si l'on nous connaît, tout est bien. Il y a un pacte tacite qu'on nous fera du bien, et que tôt ou tard, nous rendrons le mal pour le bien qu'on nous aura fait. Ce pacte ne subsiste-t-il pas entre l'homme et son singe ou son perroquet ? Brun jette les hauts cris que Palissot, son convive et son ami, ait fait des couplets contre lui. Palissot a dû faire les couplets et c'est Brun qui a tort. Poinsinet jette les hauts cris que Palissot ait mis sur son compte les couplets qu'il avait faits contre Brun. Palissot a dû mettre sur le compte de Poinsinet les couplets qu'il avait faits contre Brun ; et c'est Poinsinet qui a tort. Le petit abbé Rey jette les hauts cris de ce que son ami Palissot lui a soufflé sa maîtresse auprès de laquelle il l'avait introduit. C'est qu'il ne fallait point introduire un Palissot chez sa maîtresse, ou se résoudre à la perdre. Palissot a fait son devoir ; et c'est l'abbé Rey qui a tort. Le libraire David jette les hauts cris de ce que son associé Palissot a couché ou voulu coucher avec sa femme ; la femme du libraire David jette les hauts cris de ce que Palissot a laissé croire à qui l'a voulu qu'il avait couché avec elle ; que Palissot ait couché ou non avec la femme du libraire, ce qui est difficile à décider, car la femme a dû nier ce qui était, et Palissot a pu laisser croire ce qui n'était pas. Quoi qu'il en soit, Palissot a fait son rôle et c'est David et sa femme qui ont tort. Qu'Helvétius [91] jette les hauts cris que Palissot le traduise sur la scène comme un malhonnête homme, lui à qui il doit encore l'argent qu'il lui prêta pour se faire traiter de la mauvaise santé, se nourrir et se vêtir. A-t-il dû se promettre un autre procédé, de la part d'un homme souillé de toutes sortes d'infamies, qui par passe-temps fait abjurer la religion à son ami, qui s'empare du bien de ses associés ; qui n'a ni foi, ni loi, ni sentiment ; qui court à la fortune, *per fas et nefas ;* qui compte ses jours par ses scélératesses ; et qui s'est traduit lui-même sur la scène comme un des plus dangereux coquins, impudence dont je ne crois pas qu'il y ait eu dans le passé un premier exemple, ni qu'il y en ait un second dans l'avenir. Non. Ce n'est donc pas Palissot, mais c'est Helvétius qui a tort. Si l'on mène un jeune provincial à la Ménagerie de Versailles, et qu'il s'avise par sottise, de passer la main à travers les barreaux de la loge du tigre ou de la panthère ; si le jeune homme laisse son bras dans la gueule de l'animal féroce ; qui est-ce qui a tort ? Tout cela est écrit dans le pacte tacite. Tant pis pour celui qui l'ignore ou l'oublie. Combien je justifierais par ce pacte universel et sacré, de gens qu'on accuse de méchanceté ; tandis que c'est soi qu'on devrait accuser de sottise. Oui, grosse comtesse [92] ; c'est vous qui avez tort, lorsque vous rassemblez autour de vous, ce qu'on appelle parmi les gens de votre sorte, des espèces, et que ces espèces vous font des vilenies, vous en font faire, et vous exposent au ressentiment des honnêtes gens. Les honnêtes gens font ce qu'ils doivent ; les espèces aussi ; et c'est vous qui avez tort de les accueillir. Si Bertinhus vivait doucement, paisiblement avec sa maîtresse ; si par l'honnêteté de leurs caractères, ils s'étaient fait des connaissances honnêtes ; s'ils avaient appelé autour d'eux des hommes à talents, des gens connus dans la société par leur vertu ; s'ils avaient réservé pour une petite compagnie éclairée et choisie, les heures de distraction qu'ils auraient dérobées à la douceur d'être ensemble, de s'aimer, de se le dire, dans le silence de la retraite ; croyez-vous qu'on en eût fait ni bons ni mauvais contes. Que leur est-il donc arrivé ? ce qu'ils méritaient. Ils ont été punis de leur imprudence ; et c'est nous que la Providence avait destinés de toute éternité à faire justice des Bertins du jour, et ce sont nos pareils d'entre nos neveux qu'elle a destinés à faire justice des Montsauges et des Bertins à venir. Mais tandis que nous exécutons ses justes décrets sur la sottise, vous qui nous peignez tels que nous sommes, vous exécutez ses justes décrets sur nous. Que penseriez-vous de nous, si nous prétendions avec des mœurs honteuses, jouir de la considération publique ; que nous sommes des insensés. Et ceux qui s'attendent à des procédés honnêtes, de la part de gens nés vicieux, de caractères vils et bas, sont-ils sages? Tout a son vrai loyer dans ce monde. Il y a deux procureurs généraux, l'un à votre porte qui châtie les délits contre la société. La nature est l'autre. Celle-ci connaît de tous les vices qui échappent aux lois. Vous vous livrez à la débauche des femmes; vous serez hydropique. Vous êtes crapuleux; vous serez poumonique. Vous ouvrez votre porte à des marauds, et vous vivez avec eux; vous serez trahis, persiflés, méprisés. Le plus court est de se résigner à l'équité de ces jugements; et de se dire à soi-même, c'est bien fait, de secouer ses oreilles, et de s'amender ou de rester ce qu'on est, mais aux conditions susdites.

MOI. — Vous avez raison.

LUI. — Au demeurant, de ces mauvais contes, moi, je n'en invente aucun; je m'en tiens au rôle de colporteur. Ils disent qu'il y a quelques jours, sur les cinq heures du matin, on entendit un vacarme enragé; toutes les sonnettes étaient en branle; c'étaient les cris interrompus et sourds d'un homme qui étouffe: « A moi, moi, je suffoque; je meurs. » Ces cris partaient de l'appartement du patron. On arrive, on le secourt. Notre grosse créature dont la tête était égarée, qui n'y était plus, qui ne voyait plus, comme il arrive dans ce moment, continuait de presser son mouvement, s'élevait sur ses deux mains, et du plus haut qu'elle pouvait laissait retomber sur les parties casuelles un poids de deux à trois cents livres, animé de toute la vitesse que donne la fureur du plaisir. On eut beaucoup de peine à le dégager de là. Que diable de fantaisie a un petit marteau de se placer sous une lourde enclume.

MOI. — Vous êtes un polisson. Parlons d'autre chose. Depuis que nous causons, j'ai une question sur la lèvre.

LUI. — Pourquoi l'avoir arrêtée là si longtemps?

MOI. — C'est que j'ai craint qu'elle ne fût indiscrète.

LUI. — Après ce que je viens de vous révéler, j'ignore quel secret je puis avoir pour vous.

MOI. — Vous ne doutez pas du jugement que je porte de votre caractère.

LUI. — Nullement. Je suis à vos yeux un être très abject, très méprisable, et je le suis aussi quelquefois aux miens ; mais rarement. Je me félicite plus souvent de mes vices que je ne m'en blâme. Vous êtes plus constant dans votre mépris.

MOI. — Il est vrai ; mais pourquoi me montrer toute votre turpitude.

LUI. — D'abord, c'est que vous en connaissiez une bonne partie, et que je voyais plus à gagner qu'à perdre, à vous avouer le reste.

MOI. — Comment cela, s'il vous plaît.

LUI. — S'il importe d'être sublime en quelque genre, c'est surtout en mal. On crache sur un petit filou ; mais on ne peut refuser une sorte de considération à un grand criminel. Son courage vous étonne. Son atrocité vous fait frémir. On prise en tout l'unité de caractère.

MOI. — Mais cette estimable unité de caractère, vous ne l'avez pas encore. Je vous trouve de temps en temps vacillant dans vos principes. Il est incertain, si vous tenez votre méchanceté de la nature, ou de l'étude ; et si l'étude vous a porté aussi loin qu'il est possible.

LUI. — J'en conviens ; mais j'y ai fait de mon mieux. N'ai-je pas eu la modestie de reconnaître des êtres plus parfaits que moi ? Ne vous ai-je pas parlé de Bouret avec l'admiration la plus profonde ? Bouret est le premier homme du monde dans mon esprit.

MOI. — Mais immédiatement après Bouret ; c'est vous.

LUI. — Non.

MOI. — C'est donc Palissot ?

LUI. — C'est Palissot, mais ce n'est pas Palissot seul.

MOI. — Et qui peut être digne de partager le second rang avec lui ?

LUI. — Le renégat d'Avignon.

MOI. — Je n'ai jamais entendu parler de ce renégat d'Avignon ; mais ce doit être un homme bien étonnant.

LUI. — Aussi l'est-il.

MOI. — L'histoire des grands personnages m'a toujours intéressé.

LUI. — Je le crois bien. Celui-ci vivait chez un bon et honnête de ces descendants d'Abraham, promis au père des Croyants, en nombre égal à celui des étoiles.

MOI. — Chez un Juif?

LUI. — Chez un Juif. Il en avait surpris d'abord la commisération, ensuite la bienveillance, enfin la confiance la plus entière. Car voilà comme il en arrive toujours. Nous comptons tellement sur nos bienfaits, qu'il est rare que nous cachions notre secret, à celui que nous avons comblé de nos bontés. Le moyen qu'il n'y ait pas des ingrats; quand nous exposons l'homme, à la tentation de l'être impunément. C'est une réflexion juste que notre Juif ne fit pas. Il confia donc au renégat qu'il ne pouvait en conscience manger du cochon. Vous allez voir tout le parti qu'une esprit fécond sut tirer de cet aveu. Quelques mois se passèrent pendant lesquels notre renégat redoubla d'attachement. Quand il crut son Juif bien touché, bien captivé, bien convaincu par ses soins, qu'il n'avait pas un meilleur ami dans toutes les tribus d'Israël... Admirez la circonspection de cet homme. Il ne se hâte pas. Il laisse mûrir la poire, avant que de secouer la branche. Trop d'ardeur pouvait faire échouer son projet. C'est qu'ordinairement la grandeur de caractère résulte de la balance naturelle de plusieurs qualités opposées.

MOI. — Eh laissez là vos réflexions, et continuez votre histoire.

LUI. — Cela ne se peut. Il y a des jours où il faut que je réfléchisse. C'est une maladie qu'il faut abandonner à son cours. Où en étais-je?

MOI. — A l'intimité bien établie, entre le Juif et le renégat.

LUI. — Alors la poire était mûre... Mais vous ne m'écoutez pas. A quoi rêvez-vous?

MOI. — Je rêve à l'inégalité de votre ton; tantôt haut, tantôt bas.

LUI. — Est-ce que le ton de l'homme vicieux peut être un? — Il arrive un soir chez son bon ami, l'air effaré, la voix entrecoupée, le visage pâle comme la mort, tremblant de tous ses membres. « Qu'avez-vous? — Nous sommes perdus. — Perdus, et comment? — Perdus, vous dis-je; perdus sans ressource. — Expliquez-vous. — Un moment, que je me remette de mon effroi. — Allons, remettez-vous », lui dit le Juif ; au lieu de lui dire, tu es un fieffé fripon ; je ne sais ce que tu as à m'apprendre, mais tu es un fieffé fripon ; tu joues la terreur.

MOI. — Et pourquoi devait-il lui parler ainsi ?

LUI. — C'est qu'il était faux, et qu'il avait passé la mesure. Cela est clair pour moi, et ne m'interrompez pas davantage. — « Nous sommes perdus, perdus sans ressource. » Est-ce que vous ne sentez pas l'affectation de ces *perdus* répétés. « Un traître nous a déférés à la sainte Inquisition, vous comme Juif, moi comme renégat, comme un infâme renégat. » Voyez comme le traître ne rougit pas de se servir des expressions les plus odieuses. Il faut plus de courage qu'on ne pense pour s'appeler de son nom. Vous ne savez pas ce qu'il en coûte pour en venir là.

MOI. — Non certes. Mais cet infâme renégat...

LUI. — Est faux ; mais c'est une fausseté bien adroite. Le Juif s'effraye, il s'arrache la barbe, il se roule à terre. Il voit les sbires à sa porte ; il se voit affublé du san bénito[93] ; il voit son autodafé préparé. « Mon ami, mon tendre ami, mon unique ami, quel parti prendre... — Quel parti ? de se montrer, d'affecter la plus grande sécurité, de se conduire comme à l'ordinaire. La procédure de ce tribunal est secrète, mais lente. Il faut user de ses délais pour tout vendre. J'irai louer ou je ferais louer un bâtiment par un tiers ; oui, par un tiers, ce sera le mieux. Nous y déposerons votre fortune ; car c'est à votre fortune principalement qu'ils en veulent ; et nous irons, vous et moi, chercher, sous un autre ciel, la liberté de servir notre Dieu et de suivre en sûreté la loi d'Abraham et de notre conscience. Le point important dans la circonstance périlleuse où nous nous trouvons, est de ne point faire d'imprudence. » Fait et dit. Le bâtiment est loué et pourvu de vivres et de matelots. La fortune du Juif est à bord. Demain, à la pointe du jour, ils mettent à la voile. Ils peuvent souper gaiement et dormir en sûreté. Demain, ils échappent à leurs persécuteurs. Pendant la nuit, le renégat se lève, dépouille le Juif de son portefeuille, de sa bourse et de ses bijoux ; se rend à bord, et le voilà parti.

Et vous croyez que c'est là tout? Bon, vous n'y êtes pas. Lorsqu'on me raconta cette histoire; moi, je devinai ce que je vous ai tu, pour essayer votre sagacité. Vous avez bien fait d'être un honnête homme; vous n'auriez été qu'un friponneau. Jusqu'ici le renégat n'est que cela. C'est un coquin méprisable à qui personne ne voudrait ressembler. Le sublime de sa méchanceté, c'est d'avoir été lui-même le délateur de son bon ami l'israélite, dont la sainte Inquisition s'empara à son réveil, et dont, quelques jours après, on fit un beau feu de joie. Et ce fut ainsi que le renégat devint tranquille possesseur de la fortune de ce descendant maudit de ceux qui ont crucifié Notre Seigneur.

MOI. — Je ne sais lequel des deux me fait le plus d'horreur, ou de la scélératesse de votre renégat, ou du ton dont vous en parlez.

LUI. — Et voilà ce que je vous disais. L'atrocité de l'action vous porte au-delà du mépris; et c'est la raison de ma sincérité. J'ai voulu que vous connussiez jusqu'où j'excellais dans mon art; vous arracher l'aveu que j'étais au moins original dans mon avilissement, me placer dans votre tête sur la ligne des grands vauriens, et m'écrier ensuite, « *Vivat Mascarillus, fourbum imperator*[94]*!* Allons, gai, Monsieur le philosophe; chorus. *Vivat Mascarillus, fourbum imperator!* »

Et là-dessus, il se mit à faire un chant en fugue, tout à fait singulier. Tantôt la mélodie était grave et pleine de majesté; tantôt légère et folâtre; dans un instant il imitait la basse; dans un autre, une des parties du dessus; il m'indiquait de son bras et de son col allongés, les endroits des tenues; et s'exécutait, se composait à lui-même, un chant de triomphe, où l'on voyait qu'il s'entendait mieux en bonne musique qu'en bonnes mœurs.

Je ne savais, moi, si je devais rester ou fuir, rire ou m'indigner. Je restai, dans le dessein de tourner la conversation sur quelque sujet qui chassât de mon âme l'horreur dont elle était remplie. Je commençais à supporter avec peine la présence d'un homme qui discutait une action horrible, un exécrable forfait, comme un connaisseur en peinture ou en poésie, examine les beautés d'un ouvrage de goût; ou comme un moraliste ou un historien relève et fait éclater les circonstances d'une action héroïque. Je devins sombre, malgré moi. Il s'en aperçut et me dit:

LUI. — Qu'avez-vous? est-ce que vous vous trouvez mal?

MOI. — Un peu; mais cela passera.

LUI. — Vous avez l'air soucieux d'un homme tracassé de quelque idée fâcheuse.

MOI. — C'est cela.

Après un moment de silence de sa part et de la mienne, pendant lequel il se promenait en sifflant et en chantant; pour le ramener à son talent, je lui dis: Que faites-vous à présent?

LUI. — Rien.

MOI. — Cela est très fatigant.

LUI. — J'étais déjà suffisamment bête. J'ai été entendre cette musique de Duni[95] et de nos autres jeunes faiseurs; qui m'a achevé.

MOI. — Vous approuvez donc ce genre.

LUI. — Sans doute.

MOI. — Et vous trouvez de la beauté dans ces nouveaux chants?

LUI. — Si j'y en trouve; pardieu, je vous en réponds. Comme cela est déclamé! quelle vérité! quelle expression.

MOI. — Tout art d'imitation a son modèle dans la nature. Quel est le modèle du musicien, quand il fait un chant?

LUI. — Pourquoi ne pas prendre la chose de plus haut? Qu'est-ce qu'un chant?

MOI. — Je vous avouerai que cette question est au-dessus de mes forces. Voilà comme nous sommes tous. Nous n'avons dans la mémoire que des mots que nous croyons entendre, par l'usage fréquent et l'application même juste que nous en faisons; dans l'esprit, que des notions vagues. Quand je prononce le mot chant, je n'ai pas des notions plus nettes que vous, et la plupart de vos semblables, quand ils disent, réputation, blâme, honneur, vice, vertu, pudeur, décence, honte, ridicule.

LUI. — Le chant est une imitation, par les sons d'une échelle inventée par l'art ou inspirée par la nature, comme il vous plaira, ou par la voix ou par l'instrument, des bruits physiques ou des accents de la passion; et vous voyez qu'en changeant là-dedans, les choses à changer, la définition conviendrait exactement à la peinture, à l'éloquence, à la sculpture, et à la poésie. Maintenant, pour en venir à votre question. Quel est le modèle du musicien ou du chant? c'est la déclamation, si le modèle est vivant et pensant; c'est le bruit, si le modèle est inanimé. Il faut considérer la déclamation comme une ligne, et le chant comme une autre ligne qui serpenterait sur la première. Plus cette déclamation, type du chant, sera forte et vraie; plus le chant qui s'y conforme la coupera en un plus grand nombre de points; plus le chant sera vrai; et plus il sera beau. Et c'est ce qu'ont très bien senti nos jeunes musiciens. Quand on entend, *Je suis un pauvre diable* [96], on croit reconnaître la plainte d'un avare; s'il ne chantait pas, c'est sur les mêmes tons qu'il parlerait à la terre, quand il lui confie son or et qu'il lui dit, *O terre, reçois mon trésor*. Et cette petite fille qui sent palpiter son cœur, qui rougit, qui se trouble et qui supplie monseigneur de la laisser partir, s'exprimerait-elle autrement. Il y a dans ces ouvrages, toutes sortes de caractères; une variété infinie de déclamations. Cela est sublime; c'est moi qui vous le dis. Allez, allez entendre le morceau où le jeune homme qui se sent mourir, s'écrie: *Mon cœur s'en va* [97]. — Écoutez le chant; écoutez la symphonie, et vous me direz après quelle différence il y a, entre les vraies voies d'un moribond et le tour de ce chant. Vous verrez si la ligne de la mélodie ne coïncide pas tout entière avec la ligne de la déclamation. Je ne vous parle pas de la mesure qui est encore une des conditions du chant; je m'en tiens à l'expression; et il n'y a rien de plus évident que le passage suivant que j'ai lu quelque part, *musices seminarium accentus* [98]. L'accent est la pépinière de la mélodie. Jugez de là de quelle difficulté et de quelle importance il est de savoir bien faire le récitatif. Il n'y a point de bel air, dont on ne puisse faire un beau récitatif, et point de beau récitatif, dont un habile homme ne puisse tirer un bel air. Je ne voudrais pas assurer que celui qui récite bien, chantera bien; mais je serais surpris que celui qui chante bien, ne sût pas bien réciter. Et croyez tout ce que je vous dis là; car c'est le vrai.

MOI. — Je ne demanderais pas mieux que de vous en croire, si je n'étais arrêté par un petit inconvénient.

LUI. — Et cet inconvénient?

MOI. — C'est que, si cette musique est sublime, il faut que celle du divin Lulli, de Campra, de Destouches, de Mouret[99], et même soit dit entre nous, celle du cher oncle soit un peu plate.

LUI, *s'approchant de mon oreille, me répondit :* — Je ne voudrais pas être entendu; car il y a ici beaucoup de gens qui me connaissent; c'est qu'elle l'est aussi. Ce n'est pas que je me soucie du cher oncle, puisque cher il y a. C'est une pierre. Il me verrait tirer la langue d'un pied, qu'il ne me donnerait pas un verre d'eau; mais il a beau faire à l'octave, à la septième, hon, hon; hin, hin; tu, tu, tu; turelututu, avec un charivari du diable; ceux qui commencent à s'y connaître, et qui ne prennent plus du tintamarre pour de la musique, ne s'accommoderont jamais de cela. On devait défendre par une ordonnance de police, à quelque personne, de quelque qualité ou condition qu'elle fût, de faire chanter le *Stabat*[100] du Pergolèse. Ce *Stabat,* il fallait le faire brûler par la main du bourreau. Ma foi, ces maudits bouffons, avec leur *Servante Maîtresse,* leur *Tracollo,* nous en ont donné rudement dans le cul. Autrefois, un *Trancrède*[101], un *Issé,* une *Europe galante,* les *Indes,* et *Castor,* les *Talents lyriques,* allaient à quatre, cinq, six mois. On ne voyait point la fin des représentations d'une *Armide*. A présent tout cela vous tombe les uns sur les autres, comme des capucins de cartes. Aussi Rebel et Francœur[102] jettent-ils feu et flamme. Ils disent que tout est perdu, qu'ils sont ruinés; et que si l'on tolère plus longtemps cette canaille chantante de la Foire, la musique nationale est au diable; et que l'Académie royale du cul-de-sac[103] n'a qu'à fermer boutique. Il y a bien quelque chose de vrai, là-dedans. Les vieilles perruques qui viennent là depuis trente à quarante ans tous les vendredis, au lieu de s'amuser comme ils ont fait par le passé, s'ennuient et bâillent, sans trop savoir pourquoi. Ils se le demandent et ne sauraient se répondre. Que ne s'adressent-ils à moi ? La prédiction de Duni s'accomplira ; et du train que cela prend, je veux mourir si, dans quatre à cinq ans à dater du *Peintre amoureux de son Modèle*, il y a un chat à fesser dans le célèbre Impasse. Les bonnes gens, ils ont renoncé à leurs symphonies, pour jouer des symphonies italiennes. Ils ont cru qu'ils feraient leurs oreilles à celles-ci, sans conséquence pour leur musique vocale, comme si la symphonie n'était pas au chant, à un peu de libertinage près inspiré par l'étendue de l'instrument et la mobilité des doigts, ce que le chant est à la déclamation réelle. Comme si le violon n'était pas le singe du chanteur, qui deviendra un jour, lorsque le difficile prendra la place du beau, le singe du violon. Le premier qui joua Locatelli, fut l'apôtre de la nouvelle musique. A d'autres, à d'autres. On nous accoutumera à l'imitation des accents de la passion ou des phénomènes de la nature, par le chant et la voix, par l'instrument, car voilà toute l'étendue de l'objet de la musique, et nous conserverons notre goût pour les vols, les lances, les gloires, les triomphes, les victoires ? *Va-t'en voir s'ils viennent, Jean*[104]. Ils ont imaginé qu'ils pleureraient ou riraient à des scènes de tragédie ou de comédie, musiquées ; qu'on porterait à leurs oreilles, les accents de la fureur, de la haine, de la jalousie, les vraies plaintes de l'amour, les ironies, les plaisanteries du théâtre italien ou français ; et qu'ils resteraient admirateurs de *Ragonde* et de *Platée*[105]. Je t'en réponds : tarare, pon pon[106] ; qu'ils éprouveraient sans cesse, avec quelle facilité, quelle flexibilité, quelle mollesse, l'harmonie, la prosodie, les ellipses, les inversions de la langue italienne se prêtaient à l'art, au mouvement, à l'expression, aux tours du chant, et à la valeur mesurée des sons, et qu'ils continueraient d'ignorer combien la leur est raide, sourde, lourde, pesante, pédantesque et monotone. Eh oui, oui. Ils se sont persuadé qu'après avoir mêlé leurs larmes aux pleurs d'une mère qui se désole sur la mort de son fils ; après avoir frémi de l'ordre d'un tyran qui ordonne un meurtre; ils ne s'ennuieraient pas de leur féerie, de leur insipide mythologie, de leurs petits madrigaux doucereux qui ne marquent pas moins le mauvais goût du poète, que la misère de l'art qui s'en accommode. Les bonnes gens! cela n'est pas et ne peut être. Le vrai, le bon, le beau ont leurs droits. On les conteste, mais on finit par admirer. Ce qui n'est pas marqué à ce coin, on l'admire un temps; mais on finit par bâiller. Bâillez donc, messieurs; bâillez à votre aise. Ne vous gênez pas. L'empire de la nature et de ma trinité, contre laquelle les portes de l'enfer ne prévaudront jamais; le vrai qui est le père, et qui engendre le bon qui est le fils; d'où procède le beau qui est le Saint-Esprit, s'établit tout doucement. Le dieu étranger se place humblement sur l'autel à côté de l'idole du pays; peu à peu, il s'y affermit; un beau jour, il pousse du coude son camarade; et patatras, voilà l'idole en bas. C'est comme cela qu'on dit que les Jésuites ont planté le christianisme à la Chine et aux Indes. Et ces Jansénistes ont beau dire, cette méthode politique qui marche à son but, sans bruit, sans effusion de sang, sans martyr, sans un toupet de cheveux arraché, me semble la meilleure.

MOI. — Il y a de la raison, à peu près, dans tout ce que vous venez de dire.

LUI. — De la raison! tant mieux. Je veux que le diable m'emporte, si j'y tâche. Cela va, comme je te pousse. Je suis comme les musiciens de l'Impasse, quand mon oncle parut; si j'adresse à la bonne heure, c'est qu'un garçon charbonnier parlera toujours mieux de son métier que toute une académie, et que tous les Duhamel [107] du monde.

Et puis le voilà qui se met à se promener, en murmurant dans son gosier, quelques-uns des airs de l'*Ile des Fous*, du *Peintre amoureux de son Modèle*, du *Maréchal-ferrant*, de la *Plaideuse* [108], et de temps en temps, il s'écriait, en levant les mains et les yeux au ciel: Si cela est beau, mordieu! Si cela est beau! Comment peut-on porter à sa tête une paire d'oreilles et faire une pareille question. Il commençait à entrer en passion, et à chanter tout bas. Il élevait le ton, à mesure qu'il se passionnait davantage ; vinrent ensuite, les gestes, les grimaces du visage et les contorsions du corps ; et je dis, bon ; voilà la tête qui se perd, et quelque scène nouvelle qui se prépare ; en effet, il part d'un éclat de voix, « *Je suis un pauvre misérable... Monseigneur, Monseigneur, laissez-moi partir... O terre, reçois mon or ; conserve bien mon trésor... Mon âme, mon âme, ma vie, O terre !... Le voilà le petit ami, le voilà le petit ami ! Aspettare e non venire... A Zerbina penserete... Sempre in contrasti con te si sta* [109]... » Il entassait et brouillait ensemble trente airs italiens, français, tragiques, comiques, de toutes sortes de caractères. Tantôt avec une voix de basse-taille, il descendait jusqu'aux enfers ; tantôt s'égosillant et contrefaisant le fausset, il déchirait le haut des airs, imitant de la démarche, du maintien, du geste, les différents personnages chantants ; successivement furieux, radouci, impérieux, ricaneur. Ici, c'est une jeune fille qui pleure, et il en rend toute la minauderie ; là il est prêtre, il est roi, il est tyran, il menace, il commande, il s'emporte, il est esclave, il obéit. Il s'apaise, il se désole, il se plaint, il rit ; jamais hors de ton, de mesure, du sens des paroles et du caractère de l'air. Tous les pousse-bois avaient quitté leurs échiquiers et s'étaient rassemblés autour de lui. Les fenêtres du café étaient occupées, en dehors, par les passants qui s'étaient arrêtés au bruit. On faisait des éclats de rire à entrouvrir le plafond. Lui n'apercevait rien ; il continuait, saisi d'une aliénation d'esprit, d'un enthousiasme si voisin de la folie qu'il est incertain qu'il en revienne ; s'il ne faudra pas le jeter dans un fiacre et le mener droit aux Petites-Maisons. En chantant un lambeau des *Lamentations* [110] de Jomelli, il répétait avec une précision, une vérité et une chaleur incroyable les plus beaux endroits de chaque morceau ; ce beau récitatif obligé où le prophète peint la désolation de Jérusalem, il l'arrosa d'un torrent de larmes qui en arrachèrent de tous les yeux. Tout y était, et la délicatesse du chant, et la force de l'expression, et la douleur. Il insistait sur les endroits où le musicien s'était particulièrement montré un grand maître. S'il quittait la partie du chant, c'était pour prendre celle des instruments qu'il laissait subitement pour revenir à la voix, entrelaçant l'une à l'autre de manière à conserver les liaisons et l'unité du tout ; s'emparant de nos âmes et les tenant suspendues dans la situation la plus singulière que j'aie jamais éprouvée... Admirais-je ? Oui, j'admirais ! Étais-je touché de pitié ? J'étais touché de pitié ; mais une teinte de ridicule était fondue dans ces sentiments et les dénaturait.

Mais vous vous seriez échappé en éclats de rire à la manière dont il contrefaisait les différents instruments. Avec des joues renflées et bouffies, et un son rauque et sombre, il rendait les cors et les bassons ; il prenait un son éclatant et nasillard pour les hautbois ; précipitant sa voix avec une rapidité incroyable pour les instruments à corde dont il cherchait les sons les plus approchés ; il sifflait les petites flûtes, il recoulait les traversières, criant, chantant, se démenant comme un forcené ; faisant lui seul, les danseurs, les danseuses, les chanteurs, les chanteuses, tout un orchestre, tout un théâtre lyrique, et se divisant en vingt rôles divers, courant, s'arrêtant, avec l'air d'un énergumène, étincelant des yeux, écumant de la bouche. Il faisait une chaleur à périr ; et la sueur qui suivait les plis de son front et la longueur de ses joues, se mêlait à la poudre de ses cheveux, ruisselait, et sillonnait le haut de son habit. Que ne lui vis-je pas faire ? Il pleurait, il riait, il soupirait ; il regardait, ou attendri, ou tranquille, ou furieux ; c'était une femme qui se pâme de douleur ; c'était un malheureux livré à tout son désespoir ; un temple qui s'élève ; des oiseaux qui se taisent au soleil couchant ; des eaux ou qui murmurent dans un lieu solitaire et frais, ou qui descendent en torrent du haut des montagnes ; un orage ; une tempête, la plainte de ceux qui vont périr, mêlée au sifflement des vents, au fracas du tonnerre ; c'était la nuit, avec ses ténèbres ; c'était l'ombre et le silence ; car le silence même se peint par des sons. Sa tête était tout à fait perdue. Épuisée de fatigue, tel qu'un homme qui sort d'un profond sommeil ou d'une longue distraction ; il resta immobile, stupide, étonné. Il tournait ses regards autour de lui, comme un homme égaré qui cherche à reconnaître le lieu où il se trouve. Il attendait le retour de ses forces et de ses esprits ; il essuyait machinalement son visage. Semblable à celui qui verrait à son réveil, son lit environné d'un grand nombre de personnes ; dans un entier oubli ou dans une profonde ignorance de ce qu'il a fait, il s'écria dans le premier moment : Eh bien, Messieurs, qu'est-ce qu'il y a ? D'où viennent vos ris et votre surprise ? Qu'est-ce qu'il y a ? Ensuite il ajouta, voilà ce qu'on doit appeler de la musique et un musicien. Cependant, Messieurs, il ne faut pas mépriser certains morceaux de Lulli. Qu'on fasse mieux la scène, *« Ah ! j'attendrai*[111] » sans changer les paroles ; j'en défie. Il ne faut pas mépriser quelques endroits de Campra, les airs de violon de mon oncle, ses gavottes ; ses entrées de soldats, de prêtres, de sacrificateurs... *« Pâles flambeaux*[112], *nuit plus affreuse que les ténèbres... Dieux du Tartare, Dieu de l'oubli.* » Là, il enflait sa voix ; il soutenait ses sons ; les voisins se mettaient aux fenêtres ; nous mettions nos doigts dans nos oreilles. Il ajoutait, c'est ici qu'il faut des poumons ; un grand organe ; un volume d'air. Mais avant peu, serviteur à l'Assomption ; le Carême et les Rois sont passés. Ils ne savent pas encore ce qu'il faut mettre en musique, ni par conséquent ce qui convient au musicien. La poésie lyrique est encore à naître. Mais ils y viendront ; à force d'entendre le Pergolèse, le Saxon[113], Terradoglias, Traetta, et les autres ; à force de lire le Métastase, il faudra bien qu'ils y viennent.

MOI. — Quoi donc, est-ce que Quinault, La Motte, Fontenelle n'y ont rien entendu.

LUI. — Non pour le nouveau style. Il n'y a pas six vers de suite dans tous leurs charmants poèmes qu'on puisse musiquer. Ce sont des sentences ingénieuses ; des madrigaux légers, tendres et délicats ; mais pour savoir combien cela est vide de ressource pour notre art, le plus violent de tous, sans en excepter celui de Démosthène, faites-vous réciter ces morceaux, combien ils vous paraîtront, froids, languissants, monotones. C'est qu'il n'y a rien là qui puisse servir de modèle au chant. J'aimerais autant avoir à musiquer les *Maximes de La Rochefaucauld,* ou les *Pensées de Pascal.* C'est au cri animal de la passion, à dicter la ligne qui nous convient. Il faut que ces expressions soient pressées les unes sur les autres ; il faut que la phrase soit courte ; que le sens en soit coupé, suspendu ; que le musicien puisse disposer du tout et de chacune de ses parties ; en omettre un mot, ou le répéter ; y en ajouter un qui lui manque ; la tourner et retourner, comme un polype, sans la détruire ; ce qui rend la poésie lyrique française beaucoup plus difficile que dans les langues à inversions qui présentent d'elles-mêmes tous ces avantages...

« *Barbare, cruel, plonge ton poignard dans mon sein. Me voilà prête à recevoir le coup fatal. Frappe. Ose... Ah, je languis, je meurs... Un feu secret s'allume dans mes sens... Cruel amour, que veux-tu de moi... Laisse-moi la douce paix dont j'ai joui... Rends-moi la raison...* » Il faut que les passions soient fortes ; la tendresse du musicien et du poète lyrique doit être extrême. L'air est presque toujours la péroraison de la scène. Il nous faut des exclamations, des interjections, des suspensions, des interruptions, des affirmations, des négations ; nous appelons, nous invoquons, nous crions, nous gémissons, nous pleurons, nous rions franchement. Point d'esprit, point d'épigrammes ; point de ces jolies pensées. Cela est trop loin de la simple nature. Or n'allez pas croire que le jeu des acteurs de théâtre et leur déclamation puissent nous servir de modèles. Fi donc. Il nous le faut plus énergique, moins maniéré, plus vrai. Les discours simples, les voix communes de la passion, nous sont d'autant plus nécessaires que la langue sera plus monotone, aura moins d'accent. Le cri animal ou de l'homme passionné leur en donne.

Tandis qu'il me parlait ainsi, la foule qui nous environnait, ou n'entendait rien ou prenant peu d'intérêt à ce qu'il disait, parce qu'en général l'enfant comme l'homme, et l'homme comme l'enfant aime mieux s'amuser que s'instruire, s'était retirée ; chacun était à son jeu ; et nous étions restés seuls dans notre coin. Assis sur une banquette, la tête appuyée contre le mur, les bras pendants, les yeux à demi-fermés, il me dit : Je ne sais ce que j'ai ; quand je suis venu ici, j'étais frais et dispos ; et me voilà roué, brisé, comme si j'avais fait dix lieues. Cela m'a pris subitement.

MOI. — Voulez-vous vous rafraîchir?

LUI. — Volontiers. Je me sens enroué. Les forces me manquent; et je souffre un peu de la poitrine. Cela m'arrive presque tous les jours, comme cela; sans que je sache pourquoi.

MOI. — Que voulez-vous?

LUI. — Ce qui vous plaira. Je ne suis pas difficile. L'indigence m'a appris à m'accommoder de tout.

On nous sert de la bière, de la limonade. Il en remplit un grand verre qu'il vide deux ou trois fois de suite. Puis comme un homme ranimé; il tousse fortement, il se démène, il reprend:

Mais à votre avis, Seigneur philosophe, n'est-ce pas une bizarrerie bien étrange, qu'un étranger, un Italien, un Duni vienne nous apprendre à donner de l'accent à notre musique, à assujettir notre chant à tous les mouvements, à toutes les mesures, à tous les intervalles, à toutes les déclamations, sans blesser la prosodie. Ce n'était pourtant pas la mer à boire. Quiconque avait écouté un gueux lui demander l'aumône dans la rue, un homme dans le transport de la colère, une femme jalouse et furieuse, un amant désespéré, un flatteur, oui un flatteur radoucissant son ton, traînant ses syllabes, d'une voix mielleuse; en un mot une passion, n'importe laquelle, pourvu que par son énergie, elle méritât de servir de modèle au musicien, aurait dû s'apercevoir de deux choses: l'une que les syllabes, longues ou brèves, n'ont aucune durée fixe, pas même de rapport déterminé entre leurs durées; que la passion dispose de la prosodie, presque comme il lui plaît; qu'elle exécute les plus grands intervalles, et que celui qui s'écrie dans le fort de sa douleur: « Ah, malheureux que je suis », monte la syllabe d'exclamation au ton le plus élevé et le plus aigu, et descend les autres aux tons les plus graves et les plus bas, faisant l'octave ou même un plus grand intervalle, et donnant à chaque son la quantité qui convient au tour de la mélodie; sans que l'oreille soit offensée, sans que ni la syllabe longue, ni la syllabe brève aient conservé la longueur ou la brièveté du discours tranquille. Quel chemin nous avons fait depuis le temps où nous citions la parenthèse d'*Armide, Le vain-*

queur de Renaud, si quelqu'un le peut être, l'*Obéissons sans balancer,* des *Indes galantes,* comme des prodiges de déclamation musicale ! A présent, ces prodiges-là me font hausser les épaules de pitié. Du train dont l'art s'avance, je ne sais où il aboutira. En attendant, buvons un coup.

Il en boit deux, trois, sans savoir ce qu'il faisait. Il allait se noyer, comme s'il s'était épuisé, sans s'en apercevoir, si je n'avais déplacé la bouteille qu'il cherchait de distraction. Alors je lui dis :

MOI. — Comment se fait-il qu'avec un tact aussi fin, une si grande sensibilité pour les beautés de l'art musical ; vous soyez aussi aveugle sur les belles choses en morale, aussi insensible aux charmes de la vertu ?

LUI. — C'est apparemment qu'il y a pour les unes un sens que je n'ai pas ; une fibre qui ne m'a point été donnée, une fibre lâche qu'on a beau pincer et qui ne vibre pas ; ou peut-être c'est que j'ai toujours vécu avec de bons musiciens et de méchantes gens ; d'où il est arrivé que mon oreille est devenue très fine, et que mon cœur est devenu sourd. Et puis c'est qu'il y avait quelque chose de race. Le sang de mon père et le sang de mon oncle est le même sang. Mon sang est le même que celui de mon père. La molécule paternelle était dure et obtuse ; et cette maudite molécule première s'est assimilé tout le reste.

MOI. — Aimez-vous votre enfant ?

LUI. — Si je l'aime, le petit sauvage. J'en suis fou.

MOI. — Est-ce que vous ne vous occuperez pas sérieusement d'arrêter en lui l'effet de la maudite molécule paternelle.

LUI. — J'y travaillerais, je crois, bien inutilement. S'il est destiné à devenir un homme de bien, je n'y nuirai pas. Mais si la molécule voulait qu'il fût un vaurien comme son père, les peines que j'aurais prises pour en faire un homme honnête lui seraient très nuisibles ; l'éducation croisant sans cesse la pente de la molécule, il serait tiré comme par deux forces contraires, et marcherait tout de guingois, dans le chemin de la vie, comme j'en vois une infinité, également gauches dans le bien et dans le mal ; c'est ce que nous appelons des espèces, de toutes les épithètes la plus redoutable, parce qu'elle marque la médiocrité, et le dernier degré du mépris. Un grand vaurien est un grand vaurien, mais n'est point une espèce. Avant que la molécule paternelle n'eût repris le dessus et ne l'eût amené à la parfaite abjection où j'en suis, il lui faudrait un temps infini : il perdrait ses plus belles années. Je n'y fais rien à présent. Je le laisse venir. Je l'examine. Il est déjà gourmand, patelin, filou, paresseux, menteur. Je crains bien qu'il ne chasse de race.

MOI. — Et vous en ferez un musicien, afin qu'il ne manque rien à la ressemblance ?

LUI. — Un musicien ! un musicien ! quelquefois je le regarde, en grinçant les dents ; et je dis, si tu devais jamais savoir une note, je crois que je te tordrais le col.

MOI. — Et pourquoi cela, s'il vous plaît ?

LUI. — Cela ne mène à rien.

MOI. — Cela mène à tout.

LUI. — Oui, quand on excelle ; mais qui est-ce qui peut se promettre de son enfant qu'il excellera ? Il y a dix mille à parier contre un qu'il ne serait qu'un misérable racleur de cordes, comme moi. Savez-vous qu'il serait peut-être plus aisé de trouver un enfant propre à gouverner un royaume, à faire un grand roi qu'un grand violon.

MOI. — Il me semble que les talents agréables, même médiocres, chez un peuple sans mœurs, perdu de débauche et de luxe, avancent rapidement un homme dans le chemin de la fortune. Moi qui vous parle, j'ai entendu la conversation qui suit, entre une espèce de protecteur et une espèce de protégé. Celui-ci avait été adressé au premier, comme à un homme obligeant qui pourrait le servir. — Monsieur, que savez-vous ? — Je sais passablement les mathématiques. — Hé bien, montrez les mathématiques ; après vous être crotté dix à douze ans sur le pavé de Paris, vous aurez droit à quatre cents livres de rente. — J'ai étudié les lois, et je suis versé dans le droit. — Si Puffendorf et Grotius [114] revenaient au monde, ils mourraient de faim, contre une borne. — Je sais très bien l'histoire et la géographie. — S'il y avait des parents qui eussent à cœur la bonne éducation de leurs enfants, votre fortune serait faite ; mais il n'y en a point. — Je suis assez bon musicien. — Et que ne disiez-vous cela d'abord ! Et pour vous faire voir le parti qu'on peut tirer de ce dernier talent, j'ai une fille. Venez tous les jours depuis sept heures et demie du soir, jusqu'à neuf ; vous lui donnerez leçon, et je vous donnerai vingt-cinq louis par an. Vous déjeunerez, dînerez, goûterez, souperez avec nous. Le reste de votre journée vous appartiendra. Vous en disposerez à votre profit.

LUI. — Et cet homme qu'est-il devenu.

MOI. — S'il eût été sage, il eût fait fortune, la seule chose qu'il paraît que vous ayez en vue.

LUI. — Sans doute. De l'or, de l'or. L'or est tout ; et le reste, sans or, n'est rien. Aussi au lieu de lui farcir la tête de belles maximes qu'il faudrait qu'il oubliât, sous peine de n'être qu'un gueux ; lorsque je possède un louis, ce qui ne m'arrive pas souvent, je me plante devant lui. Je tire le louis de ma poche. Je le lui montre avec admiration. J'élève les yeux au ciel. Je baise le louis devant lui. Et pour lui faire entendre mieux encore l'importance de la pièce sacrée, je lui bégaye de la voix ; je lui désigne du doigt tout ce qu'on en peut acquérir, un beau fourreau, un beau toquet, un bon biscuit. Ensuite je mets le louis dans ma poche. Je me promène avec fierté ; je relève la basque de ma veste ; je frappe de la main sur mon gousset ; et c'est ainsi que je lui fais concevoir que c'est du louis qui est là, que naît l'assurance qu'il me voit.

MOI. — On ne peut rien de mieux. Mais s'il arrivait que, profondément pénétré de la valeur du louis, un jour...

LUI. — Je vous entends. Il faut fermer les yeux là-dessus. Il n'y a point de principe de morale qui n'ait son inconvénient. Au pis aller, c'est un mauvais quart d'heure, et tout est fini.

MOI. — Même d'après des vues si courageuses et si sages, je persiste à croire qu'il serait bon d'en faire un musicien. Je ne connais pas de moyen d'approcher plus rapidement des grands, de servir leurs vices, et de mettre à profit les siens.

LUI. — Il est vrai ; mais j'ai des projets d'un succès plus prompt et plus sûr. Ah ! si c'était aussi bien une fille !

Mais comme on ne fait pas ce qu'on veut, il faut prendre ce qui vient; en tirer le meilleur parti; et pour cela, ne pas donner bêtement, comme la plupart des pères qui ne feraient rien de pis, quand ils auraient médité le malheur de leurs enfants, l'éducation de Lacédémone, à un enfant destiné à vivre à Paris. Si elle est mauvaise, c'est la faute des mœurs de ma nation, et non la mienne. En répondra qui pourra. Je veux que mon fils soit heureux; ou ce qui revient au même honoré, riche et puissant. Je connais un peu les voies les plus faciles d'arriver à ce but; et je les lui enseignerai de bonne heure. Si vous me blâmez, vous autres sages, la multitude et le succès m'absoudront. Il aura de l'or; c'est moi qui vous le dis. S'il en a beaucoup, rien ne lui manquera, pas même votre estime et votre respect.

MOI. — Vous pourriez vous tromper.

LUI. — Ou il s'en passera, comme bien d'autres.

Il y avait dans tout cela beaucoup de ces choses qu'on pense, d'après lesquelles on se conduit; mais qu'on ne dit pas. Voilà, en vérité, la différence la plus marquée entre mon homme et la plupart de nos entours. Il avouait les vices qu'il avait, que les autres ont; mais il n'était pas hypocrite. Il n'était ni plus ni moins abominable qu'eux; il était seulement plus franc, et plus conséquent; et quelquefois profond dans sa dépravation. Je tremblais de ce que son enfant deviendrait sous un pareil maître. Il est certain que d'après des idées d'institution aussi strictement calquées sur nos mœurs, il devait aller loin, à moins qu'il ne fût prématurément arrêté en chemin.

LUI. — Ho ne craignez rien, me dit-il. Le point important; le point difficile auquel un bon père doit surtout s'attacher; ce n'est pas de donner à son enfant des vices qui l'enrichissent, des ridicules qui le rendent précieux aux grands; tout le monde le fait, sinon de système comme moi, mais au moins d'exemple et de leçon; mais de lui marquer la juste mesure, l'art d'esquiver à la honte, au déshonneur et aux lois; ce sont des dissonances dans l'harmonie sociale qu'il faut savoir placer, préparer et sauver. Rien de si plat qu'une suite d'accords parfaits. Il faut quelque chose qui pique, qui sépare le faisceau, et qui en éparpille les rayons.

MOI. — Fort bien. Par cette comparaison, vous me ramenez des mœurs, à la musique dont je m'étais écarté malgré moi ; et je vous en remercie ; car, à ne vous rien celer, je vous aime mieux musicien que moraliste.

LUI. — Je suis pourtant bien subalterne en musique, et bien supérieur en morale.

MOI. — J'en doute ; mais quand cela serait, je suis un bon homme, et vos principes ne sont pas les miens.

LUI. — Tant pis pour vous. Ah si j'avais vos talents.

MOI. — Laissons mes talents ; et revenons aux vôtres.

LUI. — Si je savais m'énoncer comme vous. Mais j'ai un diable de ramage saugrenu, moitié des gens du monde et des lettres, moitié de la Halle.

MOI. — Je parle mal. Je ne sais que dire la vérité ; et cela ne prend pas toujours, comme vous savez.

LUI. — Mais ce n'est pas pour dire la vérité ; au contraire, c'est pour bien dire le mensonge que j'ambitionne votre talent. Si je savais écrire ; fagoter un livre, tourner une épître dédicatoire, bien enivrer un sot de son mérite ; m'insinuer auprès des femmes.

MOI. — Et tout cela, vous le savez mille fois mieux que moi. Je ne serais pas même digne d'être votre écolier.

LUI. — Combien de grandes qualités perdues, et dont vous ignorez le prix !

MOI. — Je recueille tout celui que j'y mets.

LUI. — Si cela était, vous n'auriez pas cet habit grossier, cette veste d'étamine, ces bas de laine, ces souliers épais, et cette antique perruque.

MOI. — D'accord. Il faut être bien maladroit, quand on n'est pas riche, et que l'on se permet tout pour le devenir. Mais c'est qu'il y a des gens comme moi qui ne regardent pas la richesse, comme la chose du monde la plus précieuse ; gens bizarres.

LUI. — Très bizarres. On ne naît pas avec cette tournure-là. On se la donne ; car elle n'est pas dans la nature.

MOI. — De l'homme ?

LUI. — De l'homme. Tout ce qui vit, sans l'en excepter, cherche son bien-être aux dépens de qui il appartiendra ; et je suis sûr que, si je laissais venir le petit sauvage, sans lui parler de rien : il voudrait être richement vêtu, splendidement nourri, chéri des hommes, aimé des femmes, et rassembler sur lui tous les bonheurs de la vie.

MOI. — Si le petit sauvage était abandonné à lui-même ; qu'il conservât toute son imbécillité et qu'il réunît au peu de raison de l'enfant au berceau, la violence des passions de l'homme de trente ans, il tordrait le col à son père, et coucherait avec sa mère.

LUI. — Çela prouve la nécessité d'une bonne éducation ; et qui est-ce qui la conteste ? et qu'est-ce qu'une bonne éducation, sinon celle qui conduit à toutes sortes de jouissances, sans péril, et sans inconvénient.

MOI. — Peu s'en faut que je ne sois de votre avis ; mais gardons-nous de nous expliquer.

LUI. — Pourquoi.

MOI. — C'est que je crains que nous ne soyons d'accord qu'en apparence ; et que, si nous entrons une fois, dans la discussion des périls et des inconvénients à éviter, nous ne nous entendions plus.

LUI. — Et qu'est-ce que cela fait ?

MOI. — Laissons cela, vous dis-je. Ce que je sais là-dessus, je ne vous l'apprendrais pas ; et vous m'instruirez plus aisément de ce que j'ignore et que vous savez en musique. Cher Rameau, parlons musique, et dites-moi comment il est arrivé qu'avec la facilité de sentir, de retenir et de rendre les plus beaux endroits des grands maîtres ; avec l'enthousiasme qu'ils vous inspirent et que vous transmettez aux autres, vous n'avez rien fait qui vaille.

Au lieu de me répondre, il se mit à hocher de la tête, et levant le doigt au ciel, il ajouta, et l'astre ! l'astre ! Quand la nature fit Leo, Vinci [115], Pergolèse, Duni, elle sourit. Elle prit un air imposant et grave, en formant le cher oncle Rameau qu'on aura appelé pendant une dizaine d'années le grand Rameau et dont bientôt on ne parlera plus. Quand elle fagota son neveu, elle fit la grimace et puis la grimace, et puis la grimace encore ; et en disant ces mots, il faisait toutes sortes de grimaces du visage ; c'était le mépris, le dédain, l'ironie ; et il semblait pétrir entre ses doigts un morceau de pâte, et sourire aux formes ridicules qu'il lui donnait. Cela fait, il jeta la pagode hétéroclite loin de lui ; et il dit : C'est ainsi qu'elle me fit et qu'elle me jeta, à côté d'autres pagodes, les unes à gros ventres ratatinés, à cols courts, à gros yeux hors de la tête, apoplectiques ; d'autres à cols obliques ; il y en avait de sèches, à l'œil vif, au nez crochu : toutes se mirent à crever de rire, en me voyant ; et moi, de mettre mes deux poings sur mes côtes et à crever de rire, en les voyant ; car les sots et les fous s'amusent les uns des autres ; ils se cherchent, ils s'attirent. Si, en arrivant là, je n'avais pas trouvé tout fait le proverbe qui dit que *l'argent des sots est le patrimoine des gens d'esprit,* on me le devrait. Je sentis que nature avait mis ma légitime dans la bourse des pagodes : et j'inventai mille moyens de m'en ressaisir.

MOI. — Je sais ces moyens ; vous m'en avez parlé, et je les ai fort admirés. Mais entre tant de ressource, pourquoi n'avoir pas tenté celle d'un bel ouvrage ?

LUI. — Ce propos est celui d'un homme du monde à l'abbé Le Blanc... L'abbé disait : « La marquise de Pompadour me prend sur la main ; me porte jusque sur le seuil de l'Académie ; là elle retire sa main. Je tombe, et je me casse les deux jambes. » L'homme du monde lui répondait : « Eh bien, l'abbé, il faut se relever, et enfoncer la porte d'un coup de tête. » L'abbé lui répliquait : « C'est ce que j'ai tenté ; et savez-vous ce qui m'en est revenu, une bosse au front. »

Après cette historiette, mon homme se mit à marcher la tête baissée, l'air pensif et abattu ; il soupirait, pleurait, se désolait, levait les mains et les yeux, se frappait la tête du poing, à se briser le front ou les doigts, et il ajoutait : Il me semble qu'il y a pourtant là quelque chose ; mais j'ai beau frapper, secouer, il ne sort rien. Puis il recommençait à secouer sa tête et à se frapper le front de plus belle, et il disait, ou il n'y a personne, ou l'on ne veut pas répondre.

Un instant après, il prenait un air fier, il relevait sa tête, il s'appliquait la main droite sur le cœur ; il marchait et disait : Je sens, oui, je sens. Il contrefaisait l'homme qui s'irrite, qui s'indigne, qui s'attendrit, qui commande, qui supplie, et prononçait, sans préparation des discours de colère, de commisération, de haine, d'amour; il esquissait les caractères des passions avec une finesse et une vérité surprenantes. Puis il ajoutait: C'est cela, je crois. Voilà que cela vient; voilà ce que c'est que de trouver un accoucheur qui sait irriter, précipiter les douleurs et faire sortir l'enfant; seul, je prends la plume; je veux écrire. Je me ronge les ongles; je m'use le front. Serviteur. Bonsoir. Le dieu est absent; je m'étais persuadé que j'avais du génie; au bout de ma ligne, je lis que je suis un sot, un sot, un sot. Mais le moyen de sentir, de s'élever, de penser, de peindre fortement, en fréquentant avec des gens, tels que ceux qu'il faut voir pour vivre; au milieu des propos qu'on tient, et de ceux qu'on entend; et de ce commérage: « Aujourd'hui, le boulevard était charmant. Avez-vous entendu la petite Marmotte [116]? Elle joue à ravir. Monsieur un tel avait le plus bel attelage gris pommelé qu'il soit possible d'imaginer. La belle madame celle-ci commence à passer. Est-ce qu'à l'âge de quarante-cinq ans, on porte une coiffure comme celle-là. La jeune une telle est couverte de diamants qui ne lui coûtent guère. — Vous voulez dire qui lui coûtent cher? — Mais non. — Où l'avez-vous vue? — A *L'Enfant d'Arlequin perdu et retrouvé* [117]. La scène du désespoir a été jouée comme elle ne l'avait pas encore été. Le Polichinelle de la Foire [118] a du gosier, mais point de finesse, point d'âme. Madame une telle est accouchée de deux enfants à la fois. Chaque père aura le sien. » Et vous croyez que cela dit, redit et entendu tous les jours, échauffe et conduit aux grandes choses?

MOI. — Non. Il vaudrait mieux se renfermer dans son grenier, boire de l'eau, manger du pain sec, et se chercher soi-même.

LUI. — Peut-être; mais je n'en ai pas le courage; et puis sacrifier son bonheur à un succès incertain. Et le nom que je porte donc? Rameau! s'appeler Rameau, cela est gênant. Il n'en est pas des talents comme de la noblesse qui se transmet et dont l'illustration s'accroît en passant du grand-père au père, du père au fils, du fils à son petit-fils, sans que l'aïeul impose quelque mérite à son descendant. La vieille souche se ramifie en une énorme tige de sots; mais qu'importe? Il n'en est pas ainsi du talent. Pour n'obtenir que la renommée de son père, il faut être plus habile que lui. Il faut avoir hérité de sa fibre. La fibre m'a manqué; mais le poignet s'est dégourdi; l'archet marche, et le pot bout. Si ce n'est pas de la gloire; c'est du bouillon.

MOI. — A votre place, je ne me le tiendrais pas pour dit; j'essaierais.

LUI. — Et vous croyez que je n'ai pas essayé. Je n'avais pas quinze ans, lorsque je me dis, pour la première fois: Qu'as-tu Rameau? tu rêves. Et à quoi rêves-tu? que tu voudrais bien avoir fait ou faire quelque chose qui excitât l'admiration de l'univers. Hé, oui; il n'y a qu'à souffler et remuer les doigts. Il n'y a qu'à ourler le bec, et ce sera une cane. Dans un âge plus avancé, j'ai répété le propos de mon enfance. Aujourd'hui je le répète encore; et je reste autour de la statue de Memnon.

MOI. — Que voulez-vous dire avec votre statue de Memnon?

LUI. — Cela s'entend, ce me semble. Autour de la statue de Memnon [119], il y en avait une infinité d'autres également frappées des rayons du soleil; mais la sienne était la seule qui résonnât. Un poète, c'est de Voltaire; et puis qui encore? de Voltaire; et le troisième, de Voltaire; et le quatrième, de Voltaire. Un musicien, c'est Rinaldo da Capoua [120], c'est Hasse; c'est Pergolèse; c'est Alberti; c'est Tartini; c'est Locatelli; c'est Terradoglias; c'est mon oncle; c'est ce petit Duni qui n'a ni mine, ni figure; mais qui sent, mordieu, qui a du chant et de l'expression. Le reste, autour de ce petit nombre de Memnons, autant de paires d'oreilles fichées au bout d'un bâton. Aussi sommes-nous gueux, si gueux que c'est une bénédiction. Ah, Monsieur le philosophe, la misère est une terrible chose. Je la vois accroupie, la bouche béante, pour recevoir quelques gouttes de l'eau glacée qui s'échappe du tonneau des Danaïdes. Je ne sais si elle aiguise l'esprit du philosophe; mais elle refroidit diablement la tête du poète. On ne chante pas bien sous ce tonneau. Trop heureux encore, celui qui peut s'y placer.

J'y étais ; et je n'ai pas su m'y tenir. J'avais déjà fait cette sottise une fois. J'ai voyagé en Bohème, en Allemagne, en Suisse, en Hollande, en Flandre ; au diable, au vert.

MOI. — Sous le tonneau percé.

LUI. — Sous le tonneau percé ; c'était un Juif opulent et dissipateur qui aimait la musique et mes folies. Je musiquais, comme il plaît à Dieu ; je faisais le fou ; je ne manquais de rien. Mon Juif était un homme qui savait sa loi et qui l'observait raide comme une barre, quelquefois avec l'ami, toujours avec l'étranger. Il se fit une mauvaise affaire qu'il faut que je vous raconte, car elle est plaisante. Il y avait à Utrecht une courtisane charmante. Il fut tenté de la chrétienne ; il lui dépêcha un grison[121], avec une lettre de change assez forte. La bizarre créature rejeta son offre. Le Juif en fut désespéré. Le grison lui dit : « Pourquoi vous affliger ainsi ? vous voulez coucher avec une jolie femme ; rien n'est plus aisé, et même de coucher avec une plus jolie que celle que vous poursuivez. C'est la mienne, que je vous céderai au même prix. » Fait et dit. Le grison garde la lettre de change, et mon Juif couche avec la femme du grison. L'échéance de la lettre de change arrive. Le Juif la laisse protester et s'inscrit en faux. Procès. Le Juif disait : jamais cet homme n'osera dire à quel titre il possède ma lettre, et je ne la paierai pas. A l'audience, il interpelle le grison : « Cette lettre de change, de qui la tenez-vous ? — De vous. — Est-ce pour de l'argent prêté ? — Non. — Est-ce pour fourniture de marchandise ? — Non. — Est-ce pour services rendus ? — Non. Mais il ne s'agit point de cela. J'en suis possesseur. Vous l'avez signée, et vous l'acquitterez. — Je ne l'ai point signée. — Je suis donc un faussaire ? — Vous ou un autre dont vous êtes l'agent. — Je suis un lâche, mais vous êtes un coquin. Croyez-moi, ne me poussez pas à bout. Je dirai tout. Je me déshonorerai, mais je vous perdrai. » Le Juif ne tint compte de la menace ; et le grison révéla toute l'affaire, à la séance qui suivit. Ils furent blâmés tous les deux ; et le Juif condamné à payer la lettre de change, dont la valeur fut appliquée au soulagement des pauvres. Alors je me séparai de lui. Je revins ici. Quoi faire ? car il fallait périr de misère, ou faire quelque chose. Il me passa toutes sortes de projets par la tête. Un jour, je partais le lendemain pour me jeter dans une troupe de province, également bon ou mauvais pour le théâtre ou pour l'orchestre ; le lendemain, je songeais à me faire peindre un de ces tableaux attachés à une perche qu'on plante dans un carrefour, et où j'aurais crié à tue-tête : « Voilà la ville où il est né ; le voilà qui prend congé de son père l'apothicaire ; le voilà qui arrive dans la capitale, cherchant la demeure de son oncle ; le voilà aux genoux de son oncle qui le chasse ; le voilà avec un Juif, et caetera et caetera. Le jour suivant, je me levais bien résolu de m'associer aux chanteurs des rues ; ce n'est pas ce que j'aurais fait de plus mal ; nous serions allés concerter sous les fenêtres du cher oncle qui en serait crevé de rage. Je pris un autre parti.

Là il s'arrêta, passant successivement de l'attitude d'un homme qui tient un violon, serrant les cordes à tour de bras, à celle d'un pauvre diable exténué de fatigue, à qui les forces manquent, dont les jambes flageolent, prêt à expirer, si on ne lui jette un morceau de pain ; il désignait son extrême besoin, par le geste d'un doigt dirigé vers sa bouche entrouverte ; puis il ajouta : Cela s'entend. On me jetait le lopin. Nous nous le disputions à trois ou quatre affamés que nous étions ; et puis pensez grandement ; faites de belles choses au milieu d'une pareille détresse.

MOI. — Cela est difficile.

LUI. — De cascade en cascade, j'étais tombé là. J'y étais comme un coq en pâte. J'en suis sorti. Il faudra derechef scier le boyau, et revenir au geste du doigt vers la bouche béante. Rien de stable dans ce monde. Aujourd'hui, au sommet ; demain au bas de la roue. De maudites circonstances nous mènent ; et nous mènent fort mal.

Puis buvant un coup qui restait au fond de la bouteille et s'adressant à son voisin : Monsieur, par charité, une petite prise. Vous avez là une belle boîte ? Vous n'êtes pas musicien ? — Non. — Tant mieux pour vous ; car ce sont de pauvres bougres bien à plaindre. Le sort a voulu que je le fusse, moi ; tandis qu'il y a, à Montmartre peut-être, dans un moulin, un meunier, un valet de meunier qui n'entendra jamais que bruit du cliquet, et qui aurait trouvé les plus beaux chants. Rameau, au moulin? au moulin, c'est là ta place.

MOI. — A quoi que ce soit que l'homme s'applique, la Nature l'y destinait.

LUI. — Elle fait d'étranges bévues. Pour moi je ne vois pas de cette hauteur où tout se confond, l'homme qui émonde un arbre avec des ciseaux, la chenille qui en ronge la feuille, et d'où l'on ne voit que deux insectes différents, chacun à son devoir. Perchez-vous sur l'épicycle de Mercure [122], et de là, distribuez, si cela vous convient, et à l'imitation de Réaumur [123], lui la classe des mouches en couturières, arpenteuses, faucheuses, vous, l'espèce des hommes, en hommes menuisiers, charpentiers, couvreurs, danseurs, chanteurs, c'est votre affaire. Je ne m'en mêle pas. Je suis dans ce monde et j'y reste. Mais s'il est dans la nature d'avoir appétit; car c'est toujours à l'appétit que j'en reviens, à la sensation qui m'est toujours présente, je trouve qu'il n'est pas du bon ordre de n'avoir pas toujours de quoi manger. Que diable d'économie, des hommes qui regorgent de tout, tandis que d'autres qui ont un estomac importun comme eux, une faim renaissante comme eux, et pas de quoi mettre sous la dent. Le pis, c'est la posture contrainte où nous tient le besoin. L'homme nécessiteux ne marche pas comme un autre; il saute, il rampe, il se tortille, il se traîne; il passe sa vie à prendre et à exécuter des positions.

MOI. — Qu'est-ce que des positions?

LUI. — Allez le demander à Noverre [124]. Le monde en offre bien plus que son art n'en peut imiter.

MOI. — Et vous voilà, aussi, pour me servir de votre expression, ou de celle de Montaigne, *perché sur l'épicycle de Mercure,* et considérant les différentes pantomimes de l'espèce humaine.

LUI. — Non, non, vous dis-je. Je suis trop lourd pour m'élever si haut. J'abandonne aux grues le séjour des brouillards. Je vais terre à terre. Je regarde autour de moi; et je prends mes positions, ou je m'amuse des positions que je vois prendre aux autres. Je suis excellent pantomime; comme vous en allez juger.

Puis il se met à sourire, à contrefaire l'homme admirateur, l'homme suppliant, l'homme complaisant; il a le pied droit en avant, le gauche en arrière, le dos courbé, la tête relevée, le regard comme attaché sur d'autres yeux, la bouche entrouverte, les bras portés vers quelque objet; il attend un ordre, il le reçoit; il part comme un trait; il revient, il est exécuté; il en rend compte. Il est attentif à tout; il ramasse ce qui tombe; il place un oreiller ou un tabouret sous des pieds; il tient une soucoupe, il approche une chaise, il ouvre une porte; il ferme une fenêtre; il tire des rideaux; il observe le maître et la maîtresse; il est immobile, les bras pendants; les jambes parallèles; il écoute; il cherche à lire sur des visages; et il ajoute: Voilà ma pantomime, à peu près la même que celle des flatteurs, des courtisans, des valets et des gueux.

Les folies de cet homme, les contes de l'abbé Galiani [125], les extravagances de Rabelais, m'ont quelquefois fait rêver profondément. Ce sont trois magasins où je me suis pourvu de masques ridicules que je place sur le visage des plus graves personnages; et je vois Pantalon [126] dans un prélat, un satyre dans un président, un pourceau dans un cénobite, une autruche dans un ministre, une oie dans son premier commis.

MOI. — Mais à votre compte, dis-je à mon homme, il y a bien des gueux dans ce monde-ci; et je ne connais personne qui ne sache quelques pas de votre danse.

LUI. — Vous avez raison. Il n'y a dans tout un royaume qu'un homme qui marche. C'est le souverain. Tout le reste prend des positions.

MOI. — Le souverain? encore y a-t-il quelque chose à dire? Et croyez-vous qu'il ne se trouve pas, de temps en temps, à côté de lui, un petit pied, un petit chignon, un petit nez qui lui fasse faire un peu de la pantomime? Quiconque a besoin d'un autre, est indigent et prend une position. Le roi prend une position devant sa maîtresse et devant Dieu; il fait son pas de pantomime. Le ministre fait le pas de courtisan, de flatteur, de valet ou de gueux devant son roi. La foule des ambitieux danse vos positions, en cent manières plus viles les unes que les autres, devant le ministre. L'abbé de condition en rabat, et en manteau long, au moins une fois la semaine, devant le dépositaire de la feuille des bénéfices. Ma foi, ce que vous appelez la pantomime des gueux, est le grand branle de la terre. Chacun a sa petite Hus et son Bertin.

LUI. — Cela me console.

Mais tandis que je parlais, il contrefaisait à mourir de rire, les positions des personnages que je nommais ; par exemple, pour le petit abbé, il tenait son chapeau sous le bras, et son bréviaire de la main gauche ; de la droite, il relevait la queue de son manteau ; il s'avançait la tête un peu penchée sur l'épaule, les yeux baissés, imitant si parfaitement l'hypocrite que je crus voir l'auteur des Réfutations [127] devant l'évêque d'Orléans. Aux flatteurs, aux ambitieux, il était ventre à terre. C'était Bouret, au contrôle général.

MOI. — Cela est supérieurement exécuté, lui dis-je. Mais il y a pourtant un être dispensé de la pantomime. C'est le philosophe qui n'a rien et qui ne demande rien.

LUI. — Et où est cet animal-là ? S'il n'a rien il souffre ; s'il ne sollicite rien, il n'obtiendra rien, et il souffrira toujours.

MOI. — Non. Diogène se moquait des besoins.

LUI. — Mais, il faut être vêtu.

MOI. — Non. Il allait tout nu.

LUI. — Quelquefois il faisait froid dans Athènes.

MOI. — Moins qu'ici.

LUI. — On y mangeait.

MOI. — Sans doute.

LUI. — Aux dépens de qui ?

MOI. — De la nature. A qui s'adresse le sauvage ? à la terre, aux animaux, aux poissons, aux arbres, aux herbes, aux racines, aux ruisseaux.

LUI. — Mauvaise table.

MOI. — Elle est grande.

LUI. — Mais mal servie.

MOI. — C'est pourtant celle qu'on dessert, pour couvrir les nôtres.

LUI. — Mais vous conviendrez que l'industrie de nos cuisiniers, pâtissiers, rôtisseurs, traiteurs, confiseurs y met un peu du sien. Avec la diète austère de votre Diogène, il ne devait pas avoir des organes fort indociles.

MOI. — Vous vous trompez. L'habit du cynique était autrefois, notre habit monastique avec la même vertu. Les cyniques étaient les carmes et les cordeliers d'Athènes.

LUI. — Je vous y prends. Diogène a donc aussi dansé la pantomime; si ce n'est devant Périclès, du moins devant Laïs ou Phryné.

MOI. — Vous vous trompez encore. Les autres achetaient bien cher la courtisane qui se livrait à lui pour le plaisir.

LUI. — Mais s'il arrivait que la courtisane fût occupée, et le cynique pressé?

MOI. — Il rentrait dans son tonneau, et se passait d'elle.

LUI. — Et vous me conseilleriez de l'imiter?

MOI. — Je veux mourir, si cela ne vaudrait mieux que de ramper, de s'avilir, et se prostituer.

LUI. — Mais il me faut un bon lit, une bonne table, un vêtement chaud en hiver; un vêtement frais, en été; du repos, de l'argent, et beaucoup d'autres choses, que je préfère de devoir à la bienveillance, plutôt que de les acquérir par le travail.

MOI. — C'est que vous êtes un fainéant, un gourmand, un lâche, une âme de boue.

LUI. — Je crois vous l'avoir dit.

MOI. — Les choses de la vie ont un prix sans doute; mais vous ignorez celui du sacrifice que vous faites pour les obtenir. Vous dansez, vous avez dansé et vous continuerez de danser la vile pantomime.

LUI. — Il est vrai. Mais il m'en a peu coûté, et il ne m'en coûte plus rien pour cela. Et c'est par cette raison que je ferais mal de prendre une autre allure qui me peinerait, et que je ne garderais pas. Mais, je vois à ce que vous me dites là que ma pauvre petite femme était une espèce de philosophe. Elle avait du courage comme un lion. Quelquefois nous manquions de pain, et nous étions sans le sol. Nous avions vendu presque toutes nos nippes. Je m'étais jeté sur les pieds de notre lit, là je me creusais à chercher quelqu'un qui me prêtât un écu que je ne lui rendrais pas. Elle, gaie comme un pinson, se mettait à son clavecin, chantait et s'accompagnait. C'était un gosier de rossignol ; je regrette que vous ne l'ayez pas entendue. Quand j'étais de quelque concert, je l'emmenais avec moi. Chemin faisant, je lui disais : « Allons, madame, faites-vous admirer ; déployez votre talent et vos charmes. Enlevez. Renversez. » Nous arrivions ; elle chantait, elle enlevait, elle renversait. Hélas, je l'ai perdue, la pauvre petite. Outre son talent, c'est qu'elle avait une bouche à recevoir à peine le petit doigt ; des dents, une rangée de perles ; des yeux, des pieds, une peau, des joues, des tétons, des jambes de cerf, des cuisses et des fesses à modeler. Elle aurait eu, tôt ou tard, le fermier général, tout au moins. C'était une démarche, une croupe ! ah Dieu, quelle croupe !

Puis le voilà qui se met à contrefaire la démarche de sa femme ; il allait à petits pas ; il portait sa tête au vent ; il jouait de l'éventail ; il se démenait de la croupe ; c'était la charge de nos petites coquettes la plus plaisante et la plus ridicule.

Puis, reprenant la suite de son discours, il ajoutait : Je la promenais partout, aux Tuileries, au Palais-Royal, aux Boulevards. Il était impossible qu'elle me demeurât. Quand elle traversait la rue, le matin, en cheveux, et en pet-en-l'air [128] ; vous vous seriez arrêté pour la voir, et vous l'auriez embrassée entre quatre doigts, sans la serrer. Ceux qui la suivaient, qui la regardaient trotter avec ses petits pieds ; et qui mesuraient cette large croupe dont ses jupons légers dessinaient la forme, doublaient le pas ; elle les laissait arriver ; puis elle détournait prestement sur eux, ses deux grands yeux noirs et brillants qui les arrêtaient tout court. C'est que l'endroit de la médaille ne déparait pas le revers. Mais hélas je l'ai perdue ; et mes espérances de fortune se sont toutes évanouies avec elle. Je ne l'avais prise que pour cela, je lui avais confié mes projets ; et elle avait trop de sagacité pour n'en pas concevoir la certitude, et trop de jugement pour ne les pas approuver.

Et puis le voilà qui sanglote et qui pleure, en disant :

Non, non, je ne m'en consolerai jamais. Depuis, j'ai pris le rabat et la calotte.

MOI. — De douleur ?

LUI. — Si vous le voulez. Mais le vrai, pour avoir mon écuelle sur ma tête... Mais voyez un peu l'heure qu'il est, car il faut que j'aille à l'Opéra.

MOI. — Qu'est-ce qu'on donne ?

LUI. — Le Dauvergne [129]. Il y a d'assez belles choses dans sa musique ; c'est dommage qu'il ne les ait pas dites le premier. Parmi ces morts, il y en a toujours quelques-uns qui désolent les vivants. Que voulez-vous ? *Quisque suos patimur manes* [130].

Mais il est cinq heures et demie. J'entends la cloche qui sonne les vêpres de l'abbé de Canaye [131] et les miennes. Adieu, monsieur le philosophe. N'est-il pas vrai que je suis toujours le même ?

MOI. — Hélas oui, malheureusement.

LUI. — Que j'aie ce malheur-là seulement encore une quarantaine d'années. Rira bien qui rira le dernier.

NOTES

N.B. La leçon adoptée ici est celle du manuscrit Monval lu par Roland Desné (la ponctuation est respectée, l'orthographe modernisée).

1. « ... Né sous l'influence maligne de tous les Vertumnes réunis. » Vertumne est le dieu du changement de temps et des saisons. La satire d'Horace s'applique à un certain Priscus, personnage aussi changeant et variable que le ciel. Cet exergue annonce le thème de l'inconstance cher à Diderot et redouble, après le titre, la référence au genre de la satire (voir à ce sujet les travaux de Ernst Curtius et Herbert Dieckmann).

2. Il s'agit du Palais-Royal de 1760, avant la construction des arcades. C'était un lieu de promenade favorable à toutes les rencontres et maintes fois décrit comme tel par L.-S. Mercier (*Les Entretiens du Palais-Royal* de 1786), Rétif, etc. Diderot aimait aller s'asseoir sur « le banc de l'allée d'Argenson », comme l'atteste la correspondance de 1759.

3. Rey est le propriétaire du café de la Régence où se rencontrent les joueurs d'échecs. Diderot admirait beaucoup Légal, un des meilleurs « pousse-bois » de l'époque. Philidor, auteur de l'*Analyse des échecs* (1749), annonce ici le thème de l'échec et du gaspillage. Diderot lui reprochait de sacrifier son talent de musicien à la passion du jeu. De même qu'on a pu faire référence au jeu de tarots pour *Jacques le fataliste,* Yoichi Sumi (dans son excellent livre *Le Neveu de Rameau, caprices et logiques du jeu)* a mis en rapport le modèle de l'échiquier et la structure de l'œuvre (schéma des pronoms personnels et de l'énonciation).

4. Le dîner (notre déjeuner actuel) pouvait se prendre jusqu'à trois heures de l'après-midi.

5. Il s'agit du Cours-la-Reine tracé en 1628 par Marie de Médicis en aval des Tuileries. Les Champs-Élysées ne deviennent la promenade à la mode qu'après 1770.

6. Depuis longtemps.

7. Jean-Philippe Rameau (1683-1764) a traité avec un génie égal tous les grands genres encore à la mode au milieu du XVIIIe siècle : tragédies lyriques *(Hippolyte et Aricie, Castor et Pollux, Dardanus)* ;

comédies-ballets (*Platée, Les Paladins*, etc.); opéras-ballets (*Les Indes galantes, Les Fêtes d'Hébé, Zaïs, Naïs*, etc.). La célébration du tricentenaire de la naissance de ce musicien dont la postérité a souffert des polémiques des Philosophes et particulièrement des attaques de Rousseau, se prépare comme une réhabilitation. La création mondiale des *Boréades*, à Aix-en-Provence en juillet 1982, en a été la première manifestation très éclatante. On pourra consulter l'ouvrage classique de Cuthbert Girdlestone (*Jean-Philippe Rameau, sa vie, son œuvre,* chez Desclée de Brouwer, 1962) et, à propos des rapports de Rameau et des philosophes, les travaux de Catherine Kintzler qui a publié (éditions Stock) les écrits théoriques sur la musique de Rousseau et de Rameau. On trouvera une discographie de Rameau (à jour et descriptive) dans le nº 22 (juillet 1982) de la revue *Harmonie-Opéra*.

8. Lulli (1632-1687) né à Florence.

9. Claude-Henri de Bissy (1721-1780) académicien depuis 1750.

10. Grande interprète de Voltaire (1723-1802) illustrant dans le *Paradoxe sur le comédien* la catégorie de l'acteur de sang-froid opposé à celle de l'acteur inspiré. Dans le contexte du débat sur le génie, le travail et la méthode sont présentés ici comme des qualités négatives.

11. Courtisane grecque du IVe siècle av. J.-C.

12. Allusion ironique au système de la « basse fondamentale » de Rameau.

13. Bruit, chahut.

14. Tant bien que mal.

15. Choiseul, qui reprochait aux Philosophes leur admiration pour le roi de Prusse pendant la guerre de Sept Ans (Cf. la lettre à Falconet du 15 mai 1767, G. Roth, VII, p. 56).

16. Mot ancien. Refuge des truands où l'on expose les enfants et où il arrive qu'on les noie.

17. Antoine-Claude Briasson associé (pour la publication de l'*Encyclopédie*) avec Lebreton, coupable, lui, d'avoir trahi Diderot en censurant sans le prévenir certains articles.

18. Marchand d'étoffe. L'homme de génie qui est plutôt associé au malheur dans le *Salon de 1767*, ne saurait avoir l'allure d'un heureux négociant et d'un héros de drame bourgeois.

19. Son entourage.

20. Cela est à entendre comme antiphrase. Duclos, secrétaire de l'Académie française, était célèbre par sa rudesse. La *Correspondance littéraire* d'avril 1770 présente l'abbé Trublet comme un « peseur d'œufs de mouches », « une bête de beaucoup d'esprit », un homme « flagorneur et bas dans ses manières ». Quant à l'abbé d'Olivet, Diderot et d'Alembert le considéraient comme un dangereux hypocrite.

21. Héroïne de la tragédie de Voltaire (1743).

22. Diderot oppose *Mahomet* (tragédie de 1742) où Voltaire fait

courageusement le procès du fanatisme, à l'éloge de Maupeou qui lui apparaît comme une lâcheté (le chancelier avait supprimé les Parlements en 1771).

23. Il s'agit de l'air de l'Envie dans le prologue du *Temple de la gloire* (opéra-ballet de 1745).

24. Charles Palissot de Montenoi (1730-1814) appartenait au clan anti-philosophique qui recherchait, à Nancy, la protection du roi Stanislas. Protégé de Choiseul, il se moque des Philosophes dans deux comédies (*Le Cercle ou les Originaux* en 1755, et *Les Philosophes* en 1760). Diderot est sa cible préférée, surtout dans *Les Petites Lettres sur de grands philosophes* de 1757.

— Antoine-Henri Poinsinet (1734-1769), personnage grotesque et bohème, fait jouer aux Italiens en juillet 1760 une farce mettant en scène Diderot (intitulée *Le Petit Philosophe*) et en 1764, *Le Cercle,* reprise et parodie de la pièce de Palissot.

— Élie-Catherine Fréron (1719-1776) a constamment attaqué les encyclopédistes dans son *Année littéraire,* journal à la tête duquel son fils lui succède en 1776.

— L'abbé Joseph Delaporte (1718-1779) ancien collaborateur de Fréron, qui fonde *L'Observateur littéraire* (1758-1761).

25. Dans ses *Trois siècles de la littérature française* (1772), sorte de palmarès et de Panthéon littéraires, l'abbé Sabatier de Castres (1742-1817) fait une bien mauvaise place à Diderot.

26. Dehors. S'emploie pour les chiens selon le Dictionnaire de l'Académie.

27. Déchets et aliments de rebut que les regrattiers revendaient aux pauvres.

28. L'hôtel de Soubise (aujourd'hui les Archives nationales) avait les plus grandes écuries de Paris. C'était un refuge pour les vagabonds. Robbé (1712-1792) était l'auteur d'un poème intitulé *La Vérole*.

29. Mlle Hus, comédienne (1734-1805), avait imposé la comédie *Les Philosophes* de Palissot à la Comédie-Française, alors que Mlle Clairon soutenait le parti des Philosophes. Voici la note de Chevrier dans son catalogue des acteurs (de l'*Almanach des gens d'esprit... pour l'année 1762*) : « Mademoiselle Hus joue depuis neuf ans quantité de petits bouts de rôles; son nom est plus célèbre par les amours, les fureurs, les prodigalités, les abandons et les retours de M. Bertin que par ses propres talents; madame sa mère a fait en 1756 une comédie dans laquelle elle eut la complaisance de peindre sa fille et son amant... il n'est pas hors de propos d'observer que M. Bertin était le Plutus de la comédie, et le Marquis de la V... l'amour. »

30. Fils du directeur des Eaux de Passy, Viellard était voisin de la maison de campagne où Bertin et sa maîtresse passaient l'été (cf. la lettre de Diderot à Sophie Volland du 12 septembre 1761).

31. On n'a jamais retrouvé ces pièces de musique imitative *(Le Général d'armée, Le Voltaire, Le Menuet encyclopédique)* seulement

connus par la description de Fréron dans un article de *L'Année littéraire* du 27 octobre 1757.

32. A propos de rien.

33. L'abbé Bergier a publié en 1771 un *Examen du matérialisme* contre d'Holbach. Mme de La Marck protégeait Palissot qui lui dédia ses *Petites Lettres sur de grands philosophes*.

34. Manteau d'étoffe grossière.

35. Canne à la mode dont la pomme était en métal précieux (corbin est un ancien nom pour corbeau).

36. Nom de diamant ou plutôt camées à l'effigie des grands hommes. Barbey d'Aurevilly (dans son *Goethe et Diderot*) se moque des portraits sur des tabatières et du culte fétichiste des grands hommes quand il se manifeste dans des bibelots et des reliques. Herbert Dieckmann et Jean Seznec ont noté ce goût de la pierre gravée chez Diderot dont plusieurs lettres autographes à Falconet et à Sophie, scellées de cire rouge, portent en empreinte le profil de Socrate (cf. Jean Seznec, *Essais sur Diderot et l'Antiquité,* Oxford, 1957, p. 21).

37. Musicien de peu de talent, qui peut cependant lire couramment la musique.

38. « O fumier précieux », adage des agronomes de l'Antiquité.

39. Célèbre financier (1651-1739).

40. Pupilles des deux orphelinats de Paris utilisés pour les enterrements des riches.

41. Pietro Locatelli, de Bergame (1693-1764), violoniste qui a fondé le Concert spirituel d'Amsterdam et dont les œuvres exigent une grande virtuosité.

42. Concert établi en 1725 par Anne-Dunican Philidor, au château des Tuileries, où se produisait les solistes virtuoses comme Domenico et Ludovico Ferrari (en 1754 et 1758) et le violoniste Chiabran en 1751.

43. Compositeurs italiens appréciés de Diderot. Galuppi, qui séjourna en Russie à l'invitation de Catherine II, fut un des créateurs de l'opéra-bouffe.

44. Un triton est un intervalle de trois tons ; une quinte superflue est un intervalle de trois tons et demi ; le genre enharmonique s'oppose au genre diatonique (Pour toutes ces définitions, voir le *Dictionnaire de musique* de Jean-Jacques Rousseau).

45. Allée du Luxembourg, à l'écart et fréquentée par les amoureux.

46. En 1757, âgé de 41 ans, Rameau avait épousé la fille d'un maître tailleur âgée de 24 ans qui meurt en 1761.

47. Marie-Angélique Diderot est née en 1753.

48. Diderot fit donner des leçons d'harmonie à sa fille par l'Alsacien Bemetzrieder. En 1771 paraissent les *Leçons de clavecin et principes d'harmonie par M. Bemetzrieder*. Diderot écrit la préface et donne à

l'ouvrage une structure dramatique ternaire avec trois personnages (Angélique, son père et le professeur). Dans cette œuvre, Diderot veut concilier la mélodie (expression du génie inspiré) et la logique de l'harmonie.

49. Marie-Jeanne Lemière (1733-1786) débute à l'Opéra en 1750. Maîtresse du prince de Conti, elle épouse le chanteur Larrivée en 1762.

50. Madeleine-Sophie Arnould (1740-1802) débute à l'Opéra en 1757. Diderot évoque dans des lettres à Sophie Volland de septembre 1761, la rupture avec le comte de Lauraguais, fils de famille extravagant. Passionné de chimie, il annonça en 1764 qu'il avait découvert la véritable pâte à porcelaine de Chine. Un ami de Diderot, Montamy, avait tâché lui aussi de découvrir ce secret de fabrique.

51. Louis-Auguste Bertin de Blagny, Trésorier des fonds particuliers du roi à partir de 1742, élu à l'Académie des Inscriptions.

52. L'acteur Préville (1721-1799) avait débuté à la Comédie-Française en 1753, et s'était rendu célèbre par cette pièce de Boursault où il tenait plusieurs rôles et excellait dans la pantomime. Voici la note de Chevrier (*op. cit.*, note 29) : « Cet acteur a de la vérité et de la gaieté dans son jeu ; on a remis pour lui la mauvaise comédie du *Mercure galant* qui tomba tout à plat lorsque l'estimable Lanoue la fit remettre en 1745. Préville, qui y fit en 1752 sept rôles avec une variété pleine d'intelligence, la porta aux nues, et elle valut prodigieusement de l'argent à la Comédie pendant tout l'hiver de 1753. »

53. La Dumesnil (1714-1803) a débuté en 1737. « Elle joue depuis vingt-cinq ans les rôles de reines et de mères », dit Chevrier. On ne sait si son air égaré (que note une seconde fois Diderot dans *Le Paradoxe sur le comédien),* tient à une grande force d'inspiration ou à un délire de caractère bacchique, car, selon *Les Mémoires de Bachaumont* du 30 janvier 1762, elle « boit comme un cocher » et « son laquais lorsqu'elle joue, est toujours dans la coulisse, la bouteille à la main, pour l'abreuver ».

54. Allusion au livre de Chevrier *Le Colporteur,* dont le héros appelé Brochure vient raconter les ragots et les potins à Mme de Sarmé.

55. Maître à danser du roi.

56. Deux symboles de la vicissitude et de la circulation des biens. En « restituant », on rétablit un certain équilibre en obéissant au principe de l'économie sociale. La Deschamps, danseuse légère, dut vendre son luxueux hôtel en 1760. La Guimard lui succéda et fit construire à son tour un hôtel qu'elle vendit à la loterie.

57. Ce qu'on prend au-delà de ses droits, escamotage de prestidigitateur (expression nouvelle au milieu de XVIIIe siècle).

58. Un parvenu.

59. Le Gendre de Villmorien, fermier général.

60. Il s'agit de *L'Ecclésiaste* plaisamment interprété (« Jouis de la vie… Tout est vanité… »).

61. Il s'agit du père Hoop rencontré chez le baron d'Holbach (cf. la lettre à Sophie Volland du 12 octobre 1760).

62. Terme populaire emprunté au vocabulaire du vétérinaire (châtrer).

63. Tous les nouvellistes le décrivent comme un mauvais sujet, vrai cadet de gueuserie.

64. Chiquenaude, et nom d'une pâtisserie sèche.

65. Deux ouvrages dont les illustrations pornographiques sont des classiques du genre, et ont été réalisées par le comte de Caylus pour le premier (1744), et par Annibal Carrache pour le second au XVIe siècle.

66. Bénédictin de Reims, fabricant d'instrument d'optique. On ne sait quelle dent Diderot a contre lui.

67. Hôpital d'aliénés jusqu'en 1800.

68. Personnage du *Roman comique* de Scarron (1657), femme de « trente quintaux ».

69. De plus.

70. François-Thomas de Baculard d'Arnaud (1718-1805). Compagnon de bohème du jeune Diderot dans les années 40, auteur de drames et de romans sentimentaux, protégé par Frédéric II. Il adapta pour le théâtre, le *Comte de Comminges* de Mme de Tencin (1764).

71. Bombe de gros calibre, inventé par le volumineux comte de Comminges, aide de camp de Louis XIV.

72. Étienne-Michel Bourret (1710-1777), fermier général associé à Choiseul dans la répression des « Cacouacs », protecteur des anti-philosophes, beau-père de Le Gendre de Villmorien cité plus haut. Vil spéculateur de la « troupe villmorienne », si l'on en croit la critique de D'Argenson.

73. Robe de magistrat et habit d'intérieur.

74. Petite pâtisserie.

75. C'est le thème célèbre de Bélisaire traité par Marmontel et David. Créé en 1693 par Louis XIV, l'ordre de Saint-Louis permettait aux vieux officiers d'avoir une pension.

76. Claudine-Alexandrine de Guérin de Tencin (1682-1749) dont d'Alembert est le fils naturel, a tenu un Salon célèbre. Son frère, archevêque de Lyon en 1740, eut comme secrétaire l'abbé Trublet.

77. Voici le portrait tout à fait sage qu'en donne Chevrier (*op. cit.)* : « Mademoiselle Dangeville joue depuis trente-deux ans les rôles de soubrette avec une vérité et une finesse qui ont réuni tous les suffrages en sa faveur : elle a deux époques singulières dans sa vie ; un Américain amoureux d'elle, voyant que ses instances et son or ne pouvaient émouvoir l'actrice, devint fou ; un Français qui avait éprouvé d'elle les mêmes rigueurs, ne fut pas plus sage et se jeta dans un puits. Mademoiselle Dangeville, qui jouit d'une fortune aisée qui peut être le fruit de

son économie, a toujours mené une vie très régulière ; on lui a soupçonné quelques amants, mais on n'aurait pu affirmer qu'elle en avait. »

78. C'étaient les droits qui revenaient au roi pour les charges de judicature et de finance, quand elles changeaient de titulaire. Ce terme donne lieu à une astuce rabelaisienne sur Bertin.

79. Mot de Perse repris par Rabelais dans le *Quart Livre* (« le ventre est pourvoyeur du génie »).

80. *Zarès,* la première tragédie de Palissot (1757) qui tomba au bout de trois représentations.

81. Cette pièce sombra elle aussi au bout de cinq soirées.

82. *La Femme Docteur ou la théologie janséniste tombée en quenouille,* comédie du père Bougeaut (de 1731). L'accusation de plagiat est ainsi retournée contre Palissot.

83. Jean-Bernard Le Blanc (1707-1781), protégé de Mme de Pompadour, adversaire des Philosophes.

84. Charles Batteux (1713-1780) académicien depuis 1761, auteur de *Les Beaux Arts réduits à un même principe* (1746), esthéticien apprécié de Diderot. Épinglé ici en raison de son amitié pour l'abbé d'Olivet.

85. L'Opéra-Comique, en faillite, fusionna avec la Comédie italienne en 1762.

86. Au thème du colporteur si important dans *Le Neveu de Rameau,* est associé le personnage du journaliste. Diderot ne mentionne ici que les journaux hostiles aux Philosophes, rédigés par Fréron *(L'Année littéraire),* l'abbé Delaporte *(L'Observateur littéraire),* Abraham Chaumeix *(Le Censeur hebdomadaire).*

87. Pour le fiacre, sinon il fallait avoir recours au Savoyard décrotteur.

88. Claude-Joseph Dorat (1734-1780) petit maître sans talent, hostile aux Philosophes.

89. Utilisation du latin, comme chez Rétif de la Bretonne, pour un jeu de mots obscène sur les « parties casuelles » : ... « moi qui siège toujours comme un vit majestueux entre deux couilles ».

89. Utilisation de l'italien, comme chez Rétif de la Bretonne, pour un jeu de mots obscène sur les « parties casuelles » : ... « moi qui siège toujours comme un vit majestueux entre deux couilles ».

90. Fainéant qui mendie.

91. Palissot se défendait d'avoir mis en scène Helvétius (1715-1771), son ancien protecteur, dans la comédie des *Philosophes.*

92. Mme de La Mark dont il a déjà été question.

93. Vêtement revêtu par les accusés pour l'autodafé.

94. Citation de Molière (*L'Étourdi,* II, 8).

95. Egidio Romuald Duni (1709-1775) vint à Paris en 1733 et s'y établit en 1756. Il triomphe à l'Opéra-Comique avec *Le Peintre amoureux de son modèle* en 1758, et se consacre à l'opéra-bouffe. Ami de Goldoni et de Pergolèse, il est apprécié par les Philosophes, mais en 1770 sa gloire s'efface au profit de Philidor et de Grétry.

96. Ariette de *L'Ile des fous* de Duni créé à la Comédie italienne en 1760.

97. Air tiré du *Jardinier et son seigneur* de Philidor. La petite fille qui chante « Monseigneur laissez-moi partir », vient du *Jardinier et son seigneur* de Philidor, joué en 1761. L'air *Mon cœur s'en va* est tiré du *Maréchal-Ferrant* (du même Philidor) opéra-comique représenté à la foire Saint-Laurent en 1761.

98. L'accent est le principe de la musique. Cette théorie de l'expression et de l'accent est aussi présente dans le *Salon de 1767*.

99. Représentants de la musique française. André Campra (1660-1744) auteur d'opéras et de divertissements de cour ; André Cardinal Destouches (1672-1749) célèbre par ses opéras et surtout *Omphale* (1701) ; Jean-Joseph Mouret (1682-1738) illustre par ses concerts de musique de chambre.

100. Le *Stabat* est l'œuvre la plus célèbre de Pergolèse (1710-1736) dont la *Serva Padrona* (1733) fut donnée à Paris en 1746 et en 1752 par les Bouffons italiens (accueillis de 1752 à 1759 par l'Opéra), ce qui fut le signal de la fameuse « Querelle des Bouffons ». *Tracallo medico ignorante* (1734), intermède de Pergolèse donné à Paris en 1753.

101. Voici maintenant l'ancien répertoire français dont les Italiens ont fait passer la mode. *Tancrède* (1702) et *L'Europe galante* (1697) sont des ballets héroïques de Campra ; *Issé* (1697) est une œuvre de Destouches ; *Les Indes galantes* (1735), *Castor et Pollux* (1737), *Les Fêtes d'Hébé* (1739) de Rameau. *Armide* (1686, paroles de Quinaut, musique de Lulli) avait eu du succès jusqu'aux reprises de 1761 et 1764.

102. François Rebel (1701-1775) et François Francœur (1698-1797) dirigèrent l'Opéra de 1757 à 1767, et s'inquiétèrent de la vogue grandissante du vaudeville et de l'opéra-comique dont la troupe était installée à la foire Saint-Laurent.

103. On arrivait à l'Opéra par une impasse. Les partisans de la musique italienne eurent ainsi l'occasion de ce jeu de mots.

104. Vieille chanson dont le refrain signifie : « compte là-dessus ».

105. *Les Amours de Ragonde*, comédie de Philippe Néricault Destouches mise en musique par Mouret (1742) apparaissait comme absolument contraire au nouveau goût en 1773. *Platée*, comédie-ballet de Rameau (1749), farce mythologique, parodiant les ariettes à l'italienne.

106. Ploum ploum tralala... onomatopée moqueuse contre l'ancien style héroïque.

107. Duhamel de Monceau (1709-1782) célèbre agronome, publie en 1760 un *Art du Charbonnier*. Le Neveu met en cause ici le style de

l'enquêteur et la description raisonnée des arts mécaniques selon l'*Encyclopédie*.

108. Comédie de Favart et de Duni (1762).

109. Différentes ariettes tirées des œuvres précédemment citées (*L'Ile des fous*, la *Serva padrona*, etc.).

110. Oratorio à récitatif du genre énergique et touchant selon Rousseau.

111. Monologue de Roland dans l'opéra de Lulli.

112. Citation fautive de *Tristes apprêts* dans *Castor et Pollux* (I, 3). L'air exact de Thélaïre est chanté par Suzanne Simonin dans *La Religieuse*.

113. Le « Saxon » est le surnom du musicien allemand Hasse (1699-1783) adopté par les Italiens, ainsi que l'Espagnol Terradellas (1711-1751). Traetta (1727-1779) reprit des sujets d'opéras français. Métastase (1698-1782) incarne cette « nouvelle poésie lyrique encore à naître ». Il a conçu d'une façon neuve les rapports de la musique et du livret. Il écrivit pour Jomelli, Scarlatti, Gluck, Mozart. Aimé des Philosophes, il a été plus tard chanté par Stendhal.

114. Hugo Grotius (1583-1645) fondateur du droit international, dont Samuel Pufendorf (1632-1694) fut le disciple. Ils ont inspiré la pensée juridique française du XVIIIe siècle.

115. Deux compositeurs de l'école napolitaine.

116. Personnage d'une comédie de Favart donné par les Italiens en 1758.

117. Comédie adaptée de Goldoni, donnée par la Comédie italienne le 11 juillet 1761.

118. Emploi traditionnel de la troupe italienne.

119. Héros de la guerre de Troie dont la statue avait la propriété de vibrer au soleil.

120. Compositeur italien (1717-1765) dont les Bouffons ont donné deux opéras en 1752-1753.

121. Laquais habillé de gris, couleur de muraille.

122. Notion de l'astronomie de Ptolémée. Il s'agit de se moquer de la philosophie spéculative qui voit tout confusément et de trop loin. Montaigne emploie l'expression dans les *Essais* (I, 26 et II, 27).

123. Réaumur (1683-1757), naturaliste, auteur de *Mémoires pour servir à l'Histoire des insectes*.

124. Jean-Georges Noverre (1727-1810) maître de ballet à l'Opéra-Comique de 1753 à 1756, auteur en 1759 des *Lettres sur la danse et les ballets*.

125. L'abbé Galiani (1728-1787), ami de Diderot qui le voit chez le baron d'Holbach et dont il récrit longuement les « contes » pour Sophie dans la correspondance.

126. Personnage de docteur vénitien, pédant et libidineux.

127. L'abbé Gabriel Gauchat (1709-1774) a tenté de réfuter les Philosophes en dix-neuf volumes.

128. Vêtement court et flottant.

129. Antoine Dauvergne (1713-1797) a voulu concilier l'opéra français et l'italien.

130. « Chacun expie ses mânes » (formule de « Rameau le fou » reprise exceptionnellement par Diderot dans le *Salon de 1767*), c'est-à-dire « chacun endure son destin et ses œuvres ». Pointe contre Dauvergne dans le contexte du débat sur la postérité.

131. L'abbé Étienne de Canaye (1694-1782) ami de D'Alembert et de Diderot aimait l'opéra. La cloche dont il est ici question annonçait le lever de rideau dans les jardins du Palais-Royal. L'abbé apparaît aussi dans ce même contexte musical dans la *Satire Ire*.

CHRONOLOGIE

1713 : 5 octobre, naissance à Langres. Le père, Denis Diderot, est maître-coutelier.

1723-1728 : Études chez les jésuites à Langres.

1728-1732 : Études à Paris. Diplôme de Maître ès arts de l'université de Paris.

1733-1740 : Vie de bohème. Divers travaux, chez un avoué et comme précepteur. Dettes et lectures.

1741 : Rencontre d'Antoinette Champion, lingère.

1742 : Diderot se lie avec Rousseau. Traduction de l'*Histoire de Grèce* de l'Anglais Stanyan. Diderot se rend à Langres pour obtenir l'autorisation d'épouser Antoinette Champion.

1742 : Interné dans un monastère sur ordre du père, Diderot s'évade et se marie secrètement.

1744 : Rencontre de Condillac.

1745 : Traduction annotée de l'*Essai sur le mérite et la vertu* de Shaftesbury. Premiers contacts avec Le Breton pour l'*Encyclopédie*.

1746 : Publication anonyme des *Pensées philosophiques*, condamnées en juillet par le Parlement. Diderot se lie avec d'Alembert.

1747 : Contrat avec les libraires pour l'*Encyclopédie*. Diderot écrit *La Promenade du sceptique* (publiée en 1830). La police le surveille.

1748 : *Les Bijoux indiscrets* publiés anonymement. Publication des *Mémoires sur différents sujets de mathématiques*.

1749 : Juin, publication de la *Lettre sur les aveugles*. 24 juillet : Diderot est arrêté et emprisonné à Vincennes. Octobre : Visite de Rousseau. 30 octobre : d'Argenson ayant plaidé auprès du Roi le cas de Diderot, celui-ci quitte Vincennes.

1750 : Rédaction et publication du *Prospectus* de l'*Encyclopédie*. Diderot rencontre Grimm qui le présente à Mme d'Épinay et au baron d'Holbach.

1751 : Premières attaques du *Journal de Trévoux* contre l'*Encyclopédie*. Publication en février de la *Lettre sur les Sourds et Muets*. Juin : Sortie du premier volume de l'*Encyclopédie*. Condamnation en Sorbonne de la thèse de l'abbé de Prades, chargé des articles de théologie dans l'*Encyclopédie*.

1752 : Parution du tome II de *L'Encyclopédie*. Diderot fait imprimer sans permission *L'Apologie de l'abbé de Prades*. 7 février : arrêt du Conseil du Roi qui ordonne la suppression des deux premiers volumes de l'*Encyclopédie*. Suppression de l'arrêt en mai, après l'intervention de Mme de Pompadour et de D'Argens.

1753 : Naissance de Marie-Angélique. Novembre : parution du tome III de l'*Encyclopédie*. Première édition de *De l'Interprétation de la nature* (2e et 3e édition en 1754).

1754 : Parution du tome IV de l'*Encyclopédie*. Nouvelles attaques des jésuites.

1755 : Début de la liaison avec Sophie Volland. Parution du tome V de l'*Encyclopédie*.

1756 : Parution du tome VI de l'*Encyclopédie*.

1757 : Février, publication du *Fils naturel* et des *Entretiens sur le fils naturel*. Palissot publie ses *Petites Lettres sur de grands philosophes*. Rupture avec Rousseau. Parution du tome VII de l'*Encyclopédie* contenant l'article *Genève* de D'Alembert. Début de la collaboration de Diderot à la *Correspondance littéraire* de Grimm.

1758 : Janvier, d'Alembert décide de quitter l'*Encyclopédie*. Février publication du *Père de famille* et du *Discours sur la poésie dramatique* (la pièce est jouée à Marseille en 1760 et à Paris en 1761). Rousseau quitte l'*Encyclopédie,* et public la *Lettre à d'Alembert sur les spectacles*.

1759 : Arrêt du Conseil du Roi révoquant le privilège de l'*Encyclopédie*. 4 juin : mort du père de Diderot. Rédaction en septembre du *Salon de 1759* pour la *Correspondance littéraire* (les huit autres Salons seront écrits aussi pour Grimm).

1760 : Rédaction de *La Religieuse* (publiée en 1796).

1761 : Deuxième Salon. Mort de Richardson. Diderot écrit l'*Éloge de Richardson* qui paraîtra en 1762. Première ébauche du *Neveu de Rameau* remaniée en 1773, 1778 et 1782. Parution du premier volume de planches de l'*Encyclopédie*. Diderot est invité par Catherine II.

1763 : Troisième Salon. Octobre : Diderot écrit la *Lettre sur le Commerce de la librairie*.

1764 : Diderot découvre que le libraire Le Breton, par crainte de la censure, a mutilé les dix derniers volumes de l'*Encyclopédie*.

1765 : Catherine II achète la bibliothèque de Diderot. Septembre : quatrième Salon suivi des *Essais sur la peinture*. Impression des dix derniers volumes de textes de l'*Encyclopédie* (ceux de planches seront publiés jusqu'en 1772).

1766 : Début de la correspondance avec Falconet qui se poursuivra jusqu'en 1773.

1767 : Cinquième Salon.

1768 : *Mystification, Histoire des portraits,* texte publié seulement en 1954.

1769 : Diderot écrit *Le Rêve de D'Alembert,* le sixième Salon. Liaison avec Mme de Meaux.

1770 : Fiançailles d'Angélique avec Caroillon de Vandeul, maître de forges. Voyage à Langres. Rédaction des *Deux Amis de Bourbonne*, de l'*Entretien d'un père avec ses enfants* et du *Voyage à Bourbonne et à Langres*.

1771 : Septième Salon. Première version de *Est-il bon ? est-il méchant ?* achevé en 1781 et publié en 1834. Diderot lit à Meister la première version de *Jacques le fataliste* publié en 1796.

1772 : Diderot écrit *Les Éleuthéromanes, Ceci n'est pas un conte, Mme de la Carlière*. Première version du *Supplément au Voyage de Bougainville*. Collaboration à l'*Histoire des Deux Indes* de l'abbé Raynal, qui se poursuivra jusqu'en 1780. Deux premières éditions des œuvres de Diderot à Amsterdam.

1773 : Rédaction du *Paradoxe sur le comédien* (remanié en 1778 et publié en 1830). Départ pour Saint-Pétersbourg. Arrêt à Bruxelles et à La Haye, où Diderot commence sa *Réfutation de l'Homme d'Helvétius*. 8 octobre : arrivée auprès de Catherine II. Début de la rédaction des *Mémoires pour Catherine II*.

1774 : 5 mars, Diderot quitte Saint-Pétersbourg. Arrêt à La Haye où il rédige le *Voyage en Hollande* (publié en 1819), et l'*Entretien avec la Maréchale*. Octobre : retour à Paris.

1775 : Huitième Salon. Rédaction du *Plan d'une université pour la Russie*.

1778 : Novembre, début de la publication de *Jacques le fataliste* dans la *Correspondance littéraire*. Publication de l'*Essai sur la vie de Sénèque*.

1780 : Début de la publication de *La Religieuse* dans la *Correspondance littéraire*.

1781 : Neuvième salon. Diderot écrit la *Lettre apologétique de l'abbé Raynal*.

1782 : Publication de l'*Essai sur les règnes de Claude et de Néron*.

1783 : Diderot est malade. Mort de Mme d'Épinay et de D'Alembert.

1784 : 22 février, mort de Sophie ; 31 juillet, mort de Diderot.

1785 : Mme de Vandeul expédie la bibliothèque de Diderot à Catherine II et une collection complète de ses manuscrits.

1798 : Édition Naigeon des œuvres de Diderot en quinze volumes.

1821-1823 : Édition Brière.

1830-1831 : Édition par Paulin des Mémoires, correspondances et ouvrages inédits de Diderot.

1875-1876 : Édition des œuvres complètes par J. Assézat et M. Tourneux chez Garnier.

1951 : Publication de l'*Inventaire du fonds Vandeul* et *Inédits de Diderot* par Herbert Dieckmann.

DOSSIER

I. LE CONTEXTE DU NEVEU DE RAMEAU.

A. L'ŒUVRE DE DIDEROT.

Par sa problématique, *Le Neveu de Rameau* fait système avec le *Salon de 1767*, *Le Rêve de D'Alembert* (1769), *Le Paradoxe sur le comédien* (1773). Sont ici retenus des textes qui ont un lien plus direct à l'œuvre, par la chronologie, le genre et les références.

1. L'article *Encyclopédie*.

Dans l'article *Encyclopédie* (publié dans le tome V en 1755, et sans doute écrit en 1754), Diderot fait le point sur sa vaste entreprise en corrigeant, à partir de l'expérience, les perspectives programmatiques du *Prospectus* et du *Discours préliminaire*. Il aborde le problème de la satire et prétend lui préférer le genre de l'éloge, seul digne d'intéresser la postérité. Tout le siècle hésite entre le sel de la critique et la religiosité militante : ce mélange fait la force secrète des Lumières. En 1755, Diderot se cantonne dans la noble gravité de son rôle d'encyclopédiste. Il s'interdit le détail mesquin des « personnalités » et les « étincelles qui partent du choc de la conversation », c'est-à-dire tout ce « libertinage » auquel il s'abandonnera dans les satires ultérieures.

> Je hais cent fois plus les satires dans un ouvrage, que les éloges ne m'y plaisent : les personnalités sont odieuses en tout genre d'écrire ; on est sûr d'amuser le commun des hommes, quand on s'étudie à repaître sa méchanceté. Le

ton de la satire est le plus mauvais de tous pour un dictionnaire ; et l'ouvrage le plus impertinent et le plus ennuyeux qu'on pût concevoir, ce serait un dictionnaire satirique : c'est le seul qui nous manque. Il faut absolument bannir d'un grand livre ces à-propos légers, ces allusions fines, ces embellissements délicats qui feraient la fortune d'une historiette : les traits qu'il faut expliquer deviennent fades, ou ne tardent pas à devenir inintelligibles. Ce serait une chose bien ridicule, que le besoin d'un commentaire dans un ouvrage dont les différentes parties seraient destinées à s'interpréter réciproquement. Toute cette légèreté n'est qu'une mousse qui tombe peu à peu ; bientôt la partie volatile s'en est évaporée, et il ne reste plus qu'une vase insipide. Tel est aussi le sort de la plupart de ces étincelles qui partent du choc de la conversation : la sensation agréable, mais passagère, qu'elles excitent, naît des rapports qu'elles ont au moment, aux circonstances, aux lieux, aux personnes, à l'événement du jour ; rapports qui passent promptement. Les traits qui ne se remarquent point, parce que l'éclat n'en est pas le mérite principal, pleins de substance, et portant en eux le caractère de la simplicité jointe à un grand sens, sont les seuls qui se soutiendraient au grand jour : pour sentir la frivolité des autres, il n'y a qu'à les écrire. Si l'on me montrait un auteur qui eût composé ses mélanges d'après des conversations, je serais presque sûr qu'il aurait recueilli tout ce qu'il fallait négliger, et négligé tout ce qu'il importait de recueillir. Gardons-nous bien de commettre avec ceux que nous consulterons, la même faute que cet écrivain commettrait avec les personnes qu'il fréquenterait. Il en est des grands ouvrages ainsi que des grands édifices ; ils ne comportent que des ornements rares et grands. Ces ornements doivent être répandus avec économie et discernement, ou ils nuiront à la simplicité en multipliant les rapports ; à la grandeur, en divisant les parties et en obscurcissant l'ensemble ; et à l'intérêt, en partageant l'attention, qui sans ce défaut qui la distrait et la disperse, se rassemblerait tout entière sur les masses principales.

(Article *Encyclopédie*,
O.C., C.F.L., II, 444, 445.)

A propos des renvois (dont le jeu est si important pour la force critique et la virulence du livre), Diderot risque de se contredire en justifiant la satire. Palissot n'oubliera pas ce passage et aura la malice de le citer (le 2e paragraphe du texte ci-dessous) en exergue de la comédie des *Philosophes*.

Je ne voudrais pas supprimer entièrement ces renvois, parce qu'ils ont quelquefois leur utilité. On peut les diriger secrètement contre certains ridicules, comme les renvois philosophiques contre certains préjugés. C'est quelquefois un moyen délicat et léger de repousser une injure, sans presque se mettre sur la défensive, et d'arracher le masque à de graves personnages,

Qui curios simulant, et bacchanalia vivunt.
[Juvénal, Sat. II, v.3.]

Mais je n'en aime pas la fréquence ; celui même que j'ai cité ne me plaît pas. De fréquentes allusions de cette nature couvriraient de ténèbres un ouvrage. La postérité qui ignore de petites circonstances qui ne méritaient pas de lui être transmises, ne sent plus la finesse de l'à-propos, et regarde ces mots qui nous égaient comme des puérilités. Au lieu de composer un dictionnaire sérieux et philosophique, on tombe dans la pasquinade. Tout bien considéré, j'aimerais mieux qu'on dît la vérité sans détour, et que, si par malheur ou par hasard on avait affaire à des hommes perdus de réputation, sans connaissances, sans mœurs, et dont le nom fût presque devenu un terme déshonnête, on s'abstînt de les nommer ou par pudeur, ou par charité, ou qu'on tombât sur eux sans ménagement, qu'on leur fît la honte la plus ignominieuse de leurs vices, qu'on les rappelât à leur état et à leurs devoirs par des traits sanglants, et qu'on les poursuivît avec l'amertume de Perse et le fiel de Juvénal ou de Buchanan.

Je sais qu'on dit des ouvrages où les auteurs se sont abandonnés à toute leur indignation : *Cela est horrible ! On ne traite point les gens avec cette dureté-là ! Ce sont des injures grossières qui ne peuvent se lire,* et autres semblables discours qu'on a tenus dans tous les temps et de tous les ouvrages où le ridicule et la méchanceté ont été peints avec le plus de force, et que nous lisons aujourd'hui avec le plus de plaisir. Expliquons cette contradiction de nos jugements. Au moment où ces redoutables productions furent publiées, tous les méchants alarmés craignirent pour eux : plus un homme était vicieux, plus il se plaignait hautement. Il objectait au satirique, l'âge, le rang, la dignité de la personne, et une infinité de ces petites considérations passagères qui s'affaiblissent de jour en jour et qui disparaissent avant la fin du siècle. Croit-on qu'au temps où Juvénal abandonnait Messaline aux portefaix de Rome, et où Perse prenait un bas valet, et le transformait en un grave personnage, en un magistrat respectable, les gens de robe d'un côté, et toutes les femmes galantes de l'autre ne se récrièrent pas, ne dirent pas de ces traits qu'ils étaient d'une indécence horrible et punissable? Si l'on n'en croit rien, on se trompe. Mais les circonstances momentanées s'oublient; la postérité ne voit plus que la folie, le ridicule, le vice et la méchanceté, couverts d'ignominie, et elle s'en réjouit comme d'un acte de justice. Celui qui blâme le vice légèrement ne me paraît pas assez ami de la vertu. On est d'autant plus indigné de l'injustice, qu'on est plus éloigné de la commettre; et c'est une faiblesse répréhensible que celle qui nous empêche de montrer pour la méchanceté, la bassesse, l'envie, la duplicité, cette haine vigoureuse et profonde que tout honnête homme doit ressentir.

Quelle que soit la nature des renvois, on ne pourra trop les multiplier. Il vaudrait mieux qu'il y en eût de superflus que d'omis. Un des effets les plus immédiats, et des avantages les plus importants de la multiplicité des renvois, ce sera *premièrement,* de perfectionner la nomenclature. Un article essentiel a rapport à tant d'articles différents, qu'il serait comme impossible, que quelqu'un des travailleurs n'y eût pas renvoyé. D'où il s'ensuit qu'il ne peut être oublié; car tel mot qui n'est qu'accessoire dans une matière, est le mot important dans une autre. Mais il en sera des choses ainsi que des mots. L'un fait mention d'un phénomène, et renvoie à l'article particulier de ce phénomène; l'autre d'une qualité, et renvoie à l'article de la substance; celui-ci d'un système, celui-là d'un procédé.

(Article *Encyclopédie*
O.C., C.F.L., II, 422, 423.)

2. *Cinqmars et Derville*.

Publié par Belin en 1818 avec deux autres dialogues *(La Marquise de Claye et Saint Alban, Mon père et moi),* cet ouvrage a sans doute été écrit en 1760 (il fait allusion au compte rendu de Du Doyer de Gastel sur une assemblée de convulsionnaires paru dans la *Correspondance littéraire* du 1er mars 1760). C'est la première réponse aux *Philosophes* de Palissot, la « pièce nouvelle » mentionnée à la fin du dialogue.

Dans cette mise en scène renfrognée du mauvais repas où le rire est critiqué, Diderot refuse ce genre de la satire qu'il illustrera si vivement plus tard, n'hésitant plus cette fois, comme le dit Horace cité dans l'exergue de la *Satire première*, à « forcer le genre au-delà de ses lois » et à mimer ce convulsionnaire singulier qu'est Jean-François Rameau.

CINQMARS ET DERVILLE

Cinqmars et Derville *entrent ensemble dans les jardins de l'hôpital; Cinqmars marche d'un air soucieux; Derville est à côté de lui.*

DERVILLE

D'où vient donc cette retraite précipitée ?

CINQMARS

Laissez-moi.

DERVILLE

Quitter ainsi ses amis au sortir de la table ! au moment où l'on est le plus sensible au plaisir de se voir, et lorsque le chevalier, par des anecdotes charmantes, par des saillies divines, rendait cette journée la plus délicieuse que j'aie passée depuis longtemps !... *(Cinqmars le regarde d'un air sombre et mêlé de pitié.)* Pour moi j'ai failli mourir de rire à sa dernière histoire.

CINQMARS

Eh, mordieu, c'est précisément celle-là qui m'a fait fuir. Les propos, le lieu, le repas, tout m'a déplu... N'avez-vous point de honte de rire comme vous avez fait ?

DERVILLE

Moi, honte ! et pourquoi ?

CINQMARS, *se tournant vers la maison d'où ils sortent.*

La maison des pauvres ainsi décorée !... ce jardin... ces allées où nous voici, me déchirent l'âme... Je ne puis plus y tenir. Sortons d'ici.

DERVILLE

Je ne vous comprends pas. D'où vous vient cet accès de misanthropie? Je ne vous ai jamais vu comme cela. N'étions-nous pas avec tous nos amis, chez l'homme du monde qui vous est le plus attaché, qui vous en a donné le plus de preuves ? Vous étiez si gai avant le repas.

CINQMARS

C'est que je comptais dîner chez mon ami.

DERVILLE

Eh bien?

CINQMARS

Eh bien, n'avez-vous pas entendu?

DERVILLE

Quoi?

CINQMARS, *sans le regarder*.

Un administrateur de l'hôpital!... Je connais la fortune de Versac. Lorsqu'il nous pria de venir dîner ici, je ne fis nulle difficulté de l'accepter croyant qu'il nous traiterait en amis. Point du tout. J'arrive et je vois une table de quinze couverts. Que diable, cet homme croit donc que sa compagnie ne nous suffit pas! On sert, et c'est un dîner pour quarante personnes... « Mais, dites-moi, je vous prie, lui demandai-je, qu'est-ce que cela signifie? Qui nous traite ainsi? qui fait les frais de ce repas?

«— La maison, me répond-il.

«— Quoi, dis-je, ce festin, car c'en est un?...

«— Il ne me coûte rien, dit Versac, et je vous en donnerai comme celui-là tant qu'il vous plaira...» *(En s'arrêtant.)* A l'instant même, mon âme s'est serrée; tous les plats m'ont paru couverts de la substance des pauvres, et tout ce qui nous environnait inondé de leurs larmes... et vous voulez que je rie? Morbleu je ne pourrai de longtemps envisager cet homme.

DERVILLE

Quel tableau! vous me faites frissonner.

CINQMARS

Lui qui est placé ici pour maintenir la règle!... Non je ne remettrai de ma vie les pieds ici.

DERVILLE

Je rougis, je l'avoue, de n'avoir pas été frappé comme vous de cet abus.

CINQMARS, *vivement.*

Et Versac, et votre chevalier, et ses contes, et vous-même, vous m'avez rempli l'âme d'amertume. Mais, dites-moi ; vous vous étiez donc tous donné le mot pour bafouer ce pauvre d'Arcy ?

DERVILLE *rit.*

Ah ! la bonne figure ! avec ses trois pas en arrière dès qu'on le regarde ; le chevalier a raison ; il a toujours l'air de vous laisser passer.

CINQMARS

Voilà comme sont ces messieurs. Les apparences du ridicule les frappent, et voilà un homme jugé. Quoi, parce que d'Arcy est timide...

DERVILLE

Ah ! parbleu, Cinqmars, convenez que rien n'est plus ridicule que le rôle qu'il a joué pendant tout le repas...

CINQMARS

Je le crois bien, vous l'avez terrassé avec vos éternelles plaisanteries. Oserais-je vous demander ce qui vous en est resté ?

DERVILLE

Rien, pas la moindre chose. Et voilà pourquoi j'y mets si peu d'importance.

CINQMARS

Eh bien, mon ami, vous ne m'en diriez pas autant si vous aviez su en tirer parti. Je le connais, moi, cet homme ; et j'en connais fort peu qui le valent.

DERVILLE

Je le crois le plus honnête homme du monde ; mais pour l'esprit...

CINQMARS

Oui, monsieur, oui, pour l'esprit, c'est un homme rare,

profond; et si, au lieu de votre absurde persiflage, vous l'eussiez laissé parler sur vingt matières importantes que vous croyez tous avoir bien approfondies, il vous aurait prouvé, morbleu, comme deux et deux font quatre, que vous ne vous en doutiez seulement pas.

DERVILLE

Cela n'aurait, ma foi, pas été fort plaisant.

CINQMARS

Il faut donc rire absolument? Vous voilà bien avancé! vous avez fait de la peine à un honnête homme, vous avez manqué à la justice envers lui, et vous avez perdu une occasion de rendre hommage au vrai mérite.

DERVILLE

Pour ma part, je suis prêt à lui faire réparation; mais je ne puis me rappeler encore de sang-froid le contraste de son ennui, de son maintien grave, avec nos folies pendant l'histoire des convulsionnaires.

CINQMARS, *s'arrête et le regarde.*

Elle vous a donc fort diverti?

DERVILLE

Beaucoup. Tout comme vous, je pense.

CINQMARS

Vous la rappelez-vous, cette histoire?

DERVILLE

A merveille.

CINQMARS

Eh bien, voyons donc ce qu'elle a de si plaisant.

Ils continuent de marcher.

DERVILLE

Je n'y mettrai pas les grâces du chevalier.

CINQMARS

N'importe, contez toujours.

DERVILLE

Eh bien, le chevalier a été curieux d'assister à une assemblée de convulsionnaires. Il en a vu une à qui on mit un bourrelet, qui contrefaisait l'enfant, marchant sur ses genoux, et qu'on étendit ensuite sur une croix ; en effet, on la crucifia, on lui perça de clous les pieds et les mains ; son visage se couvrit d'une sueur froide, elle tomba en convulsion. Au milieu de ses tourments, elle demandait du bonbon, à faire dodo, et mille autres extravagances que je ne me rappelle pas. Détachée de la croix, elle caressait avec ses mains, encore ensanglantées, le visage et les bras des spectateurs… et l'embarras de Mme de Kinski… et les mines du chevalier en les contrefaisant, vous les rappelez-vous ?

CINQMARS

Oui, mais vous ne riez plus.

DERVILLE, *étonné et embarrassé.*

Plaît-il ?

CINQMARS

Vous ne riez plus ; ce fait ne vous paraît donc plus si plaisant ?…

DERVILLE

C'est que la façon de conter fait tout. Je vous l'avais bien dit ; cela n'a plus le même sel.

CINQMARS, *en lui prenant la main.*

Ce n'est pas cela, mon ami ; l'évaporation générale à laquelle on participe sans s'en apercevoir à la fin d'un repas bruyant, nous ôte souvent la faculté de réfléchir ; et le rire déplacé ou inconsidéré en est la suite, quand il ne vient pas d'un vice du cœur. Vous me paraissiez tous vis-à-vis du chevalier, lorsqu'il contrefaisait les convulsionnaires, comme des gens qui iraient aux Petites-Maisons par partie de plaisir, repaître leur férocité du tableau de la misère et de la faiblesse humaines. Comment, morbleu, vous n'êtes affecté que du ridicule de cette indécente pantomime, et vous ne voyez pas que le délire et l'aliénation de ces têtes fanatiques les rendent cruels et homicides envers eux et leurs semblables ?

DERVILLE

J'en conviens ; mais au diable, si je puis les plaindre à un certain point. C'est un genre de bonheur qu'ils ont choisi.

CINQMARS

Soit. Mais la cause de ce choix est absurde !… Ne tient-il pas au dérangement des organes, et par conséquent à la faiblesse de notre nature ?... Une fibre plus ou moins tendue... Tenez, un de vos éclats de rire immodérés pouvait vous rendre aussi à plaindre... ou aussi plaisant qu'eux.

DERVILLE

D'accord.

CINQMARS

Et les conséquences, monsieur, les conséquences ! y avez-vous pensé ? Croyez-vous que le fanatisme poussé à ce degré se borne à faire pitié aux uns, et à exciter le mépris ou le rire des autres ? Rien ne se communique plus vite ; rien n'excite plus de fermentation que cette chaleur de tête... Un homme parvenu à se faire un jeu des tourments, et même de sa vie, sera-t-il fort occupé du bonheur et de la conservation de ses semblables ? Et si son voisin, son ennemi surtout, a des opinions différentes ; s'il les croit nuisibles, dangereuses ; voyez-vous où cela mène ? Riez donc, morbleu, riez si vous en avez le courage.

DERVILLE

Non, vous m'en ôtez l'envie. Mais toutes ces réflexions ne se présentent guère, comme vous l'avez dit vous-même, au milieu d'un repas bruyant et gai. Il n'est pas étonnant qu'on se livre alors à la plaisanterie et à la saillie du moment.

CINQMARS

Pardonnez-moi. Car il y a des gens qui, tout à travers cette ivresse, n'auraient pas ri ; et il y en a d'autres qui riraient encore malgré toutes ces réflexions.

DERVILLE

Oh, ceux-ci auraient tort. Cela prouverait une légèreté impardonnable.

CINQMARS

Oh, cela prouverait plus que cela. Savez-vous que le rire est la pierre de touche du goût, de la justice et de la bonté ?

DERVILLE

Oui. Témoin le rire des enfants, n'est-ce pas ?

CINQMARS

Il est d'inexpérience ; et vous venez de rire comme eux. Asseyons-nous sur ce banc.

DERVILLE

J'avoue que je n'ai jamais trop réfléchi sur le rire ni sur ses causes. Il y en a tant...

CINQMARS, *souriant.*

Je m'en doutais bien. Pour moi, je crois bien qu'il n'y en a qu'une.

DERVILLE

Comment, il n'y en a qu'une ?

CINQMARS

C'est toujours l'idée de défaut qui excite en nous le rire ; défaut ou dans les idées, ou dans l'expression, ou dans la personne qui agit, ou qui parle, ou qui fait l'objet de l'entretien.

DERVILLE

Mais il y a des choses plaisantes par elles-mêmes, et qui n'entraînent point l'idée de défaut. Lorsque le médecin malgré lui dit qu'il y a fagots et fagots, je vous défie de n'en point rire, et cependant, je n'y trouve pas l'idée de défaut.

CINQMARS

Ne voyez-vous pas que c'est l'importance qu'il met à ses fagots, qui fait rire ? Mais indépendamment de cela, vous riez de la simplicité de deux paysans qui parlent avec respect à un bûcheron à moitié ivre, qu'ils prennent pour un célèbre médecin. Celui-ci, inquiet de ce qu'ils lui veulent, cache sa peur autant qu'il peut, et croit leur en imposer par son bavardage. C'est le défaut de jugement des uns, et le manque de fermeté de l'autre qui vous ont préparé au ridicule de son importance ; et le malentendu qui règne entre eux achève de rendre la scène plaisante.

DERVILLE

Mais si cela est ainsi, tout défaut physique et moral devrait faire rire ?

CINQMARS

Oui, toutes les fois que l'idée de nuisible ne s'y trouve pas jointe ; car alors elle arrête le rire de tous ceux qui ont atteint l'âge de raison. Vous n'en verrez point rire à l'aspect d'un homme contrefait... Je gage pourtant qu'un bossu vous fait rire.

DERVILLE

Ma foi, il y a des moments où je n'en répondrais pas.

CINQMARS

Eh bien, mon ami, il faut n'avoir pour cela aucune idée des inconvénients et des maux attachés à cette disgrâce. Ce ne sera pas celui qui a un bossu dans sa famille qui rira de ceux qu'il rencontre.

DERVILLE

Tenez, Cinqmars, je ne crois pas à l'impression de votre nuisible. Je me rappelle vingt exemples où on le réduit à rien. N'avez-vous jamais vu des jouteurs combattre sur la rivière ?

CINQMARS

Pardonnez-moi.

DERVILLE

Eh bien, si après avoir bien combattu, l'un d'eux vient à tomber, les huées, les éclats de rire se font de tous côtés ; et l'on ne songe plus que le pauvre diable bafoué peut se noyer...

CINQMARS

Ils savent nager ; tout le monde le sait, et y compte. Cela est si vrai, que vous n'avez qu'à mettre à la place du jouteur une femme, un enfant, et vous verrez tous ceux qui riaient, consternés et remplis d'effroi. C'est une vérité constante. L'idée de nuisible arrête le rire. Et voilà pourquoi le conte de vos convulsionnaires n'a excité en moi que de l'horreur, malgré toutes les gentillesses et les bouffonneries dont le chevalier le décorait.

DERVILLE

Vous direz tout ce qu'il vous plaira, j'en ai ri de tout mon cœur ; et si le nuisible du conte ne m'a pas frappé, vous ne me persuaderez jamais que je manque pour cela d'humanité.

CINQMARS

Mon ami, j'en ai eu peur pour vous ; mais je suis rassuré par l'impression que vous a faite votre propre récit. C'est faute de réflexion si le nuisible vous a échappé d'abord, cela est clair.

DERVILLE

Si bien qu'à votre avis, les gens accoutumés à réfléchir doivent moins rire que d'autres.

CINQMARS

N'en doutez pas. Un philosophe, un juge, un magistrat rit rarement.

DERVILLE

Ah ! quant à ces derniers, la dignité de leur état l'exige.

CINQMARS

Oui. Mais un homme très gai ne parvient pas à dompter son caractère par la seule considération que son état l'exige. Il se contraint d'abord par décence, j'en conviens ; mais peu à peu la réflexion opère ce que faisait la bienséance, et l'homme léger et enjoué devient vraiment grave. Son état lui montre sans cesse le spectacle de la misère humaine, et les tourments que les hommes envieux, avares ou méchants font éprouver aux honnêtes gens ; il aperçoit d'un coup d'œil une foule de conséquences graves dans des choses qui paraissent très indifférentes au commun des hommes. Le philosophe est dans le même cas.

DERVILLE

Et, par la raison contraire, les enfants rient de tout.

CINQMARS

Cela est vrai.

DERVILLE

Mais une chute fait rire tout le monde. Il n'y a pas de cas où le nuisible se présente plus vite ni plus généralement. Vous en conclurez donc que tous ceux qui en rient manquent de goût, de justice, ou de bonté ?

CINQMARS

Non. Car lorsque le nuisible ne l'emporte pas sur le défaut, il fait rire ; et c'est le cas d'une chute ordinaire ; mais si elle est forte ou dangereuse, elle ne fera rire personne. Si vous prenez un intérêt très vif à la personne tombée ; si c'est une femme, si cette femme est grosse, son premier vacillement vous aura fait frissonner ; quelque plaisante ou ridicule que soit sa chute, le nuisible sera la seule idée qui vous occupera, et le défaut n'excitera en vous le rire qu'autant que le nuisible sera entièrement effacé. J'étais dernièrement avec des femmes, dans une loge de la salle des comédiens-italiens, sur le boulevard. Cette salle a été construite à la hâte, et manque de solidité. Au milieu du spectacle, la loge au-dessus de la nôtre craqua à deux fois, d'une telle force, qu'elle épouvanta tous ceux des environs que sa chute pouvait mettre en danger. Chacun marqua son effroi d'une manière différente. Une femme de notre loge fit un mouvement comme pour se jeter dans l'orchestre. Il se fit un silence général ; mais lorsque tout fut calme, et que l'idée du danger fut totalement détruite, le parterre ne vit plus que la peur outrée de cette femme. Il fut un quart d'heure à rire, à battre des mains, et à se dédommager ainsi du trouble qu'elle lui avait causé.

DERVILLE

Voilà qui est à merveille. Mais j'ai deux questions à vous faire, d'où dépendra ma conversion, je vous en avertis.

CINQMARS

Voyons.

DERVILLE

D'où vient les hommes timides, même accoutumés à la réflexion, rient-ils toujours en parlant ?

CINQMARS

C'est pour empêcher les autres de rire de ce qu'ils disent. Il n'est pas même nécessaire d'être fort timide pour cela. Toutes les fois qu'on hasarde un propos qu'on n'est pas sûr d'apprécier à sa juste valeur, on rit pour avertir qu'on en aperçoit le défaut... Passons à votre autre question, *(En souriant.)* car il me semble que votre conversion s'avance.

DERVILLE

Vous m'avez dit que ceux qui, par état ou par goût, méditaient profondément sur les misères humaines, ne riaient point ; que le rire déplacé ou inconsidéré venait d'inexpérience, lorsqu'il ne partait pas d'un manque de goût, de justice, ou de bonté.

CINQMARS

Cela est vrai.

DERVILLE

Comment se fait-il donc que le méchant ne rit jamais ?

CINQMARS

Est-ce que vous ne voyez pas que le nuisible est toujours l'idée principale et permanente du méchant ? Il blesse, et il le sait ; mais non seulement il est occupé de nuire, il faut encore qu'il travaille en même temps à prévoir et à parer la vengeance et le ressentiment toujours prêts à fondre sur sa tête. L'importance du mystère et du secret redouble encore en lui la tension d'esprit ; il travaille sourdement lorsque les autres se délassent. Pour être accessible au rire, il faut que l'âme soit dans un état de calme et d'égalité ; et le méchant est perpétuellement en action et en guerre avec lui-même et avec les autres : voilà pourquoi il ne rit point.

DERVILLE

Je ne sais point de réplique à cela. *(Rêvant.)* Les mélancoliques et les amants ne rient pas non plus.

CINQMARS

Non ; mais ils sourient, ce qui vaut peut-être mieux. Au reste, c'est le privilège des choses douces et tendres de caresser notre âme sans l'ébranler assez pour la sortir de son assiette. *(Il tire sa montre.)* Mais il est tard ; vous voulez aller à la pièce nouvelle ; que je ne vous retienne pas, Derville.

Ils se lèvent et marchent.

DERVILLE

Vous me l'aviez fait oublier. N'y venez-vous pas ?

CINQMARS

Non. On dit que c'est une satire sanglante des hommes qui honorent notre siècle. Mon âme est révoltée de semblables horreurs.

DERVILLE

Mais d'autres m'ont dit que non ; qu'elle n'attaque que leurs ridicules, et alors c'est le but de la comédie.

CINQMARS

Oui, le ridicule de l'état ; mais le personnel me paraît odieux.

DERVILLE

Mais si ceux qu'elle attaque ont en effet des ridicules ?

CINQMARS

Il n'importe ; leur mérite est reconnu, cela suffit pour les respecter. Déchire-t-on un tableau de Raphaël ou du Poussin parce qu'on y découvre dans un coin un petit défaut, une légère incorrection qui ne fait que la millième partie du tableau ? Cette incorrection mérite-t-elle d'occuper un instant un homme touché de la beauté du chef-d'œuvre ?... Mais voici votre chemin : une autre fois nous causerons, si vous voulez, des bornes qu'un gouvernement éclairé doit prescrire à la critique. C'est une matière assez déliée qu'on ne ferait pas mal, je crois, d'approfondir. *(Il lui prend la main.)* Bonjour, mon ami, au revoir.

DERVILLE

Adieu, Cinqmars, je vous quitte à regret ; mais je vous rappellerai bientôt l'engagement que vous venez de prendre.

3. La *Satire première*.

Parue en 1778 dans la *Correspondance littéraire*, cette lettre à Naigeon fut publiée par celui-ci dans son édition des œuvres complètes de 1798. Diderot a fortement lié ce texte au *Neveu de Rameau* par les titres et les références à Horace. A ces deux ouvrages, il faut ajouter une *Satire contre le luxe à la manière de Perse* insérée dans le *Salon de 1767*. La *Satire première* a sans doute été écrite en 1773, en Hollande, sur la route de la Russie, comme l'atteste une lettre du 18 août 1773 à Mme d'Épinay. On retrouve ici toute une galerie de personnages, déjà rencontrés dans *Le Neveu de Rameau* (l'abbé de Canaye, Galiani, Mme Geoffrin, le comte de Lauraguais, Sophie Arnould et les musiciens italiens). Voici une semblable ménagerie d'espèces et de monstres, et des thèmes très proches : celui de la calomnie et des potins colportés, celui de l'identité et de la singularité (« autant d'hommes, autant de goûts » dit l'exergue tiré d'Horace), celui de la recherche du cri animal de la nature (Diderot s'était déjà intéressé aux « mots de caractères et de profession dans l'article *Encyclopédie* de 1755) si important pour l'évolution du théâtre et de la musique, celui enfin de l'imitation. Une phrase de la *Satire première* s'applique particulièrement à Jean-François Rameau : « Méfiez-vous de l'homme singe. Il est sans caractère, il a toutes sortes de cris. »

SATIRE PREMIÈRE

Sur les caractères, et les mots de caractère, de profession, etc.

Quot capitum vivunt, totidem studiorum Millia
HORAT., *Sat. Lib. II.*

A MON AMI M. NAIGEON

Sur un passage de la première satire du Second Livre d'Horace :
Sunt quibus in satira videar nimis acer, et ultra Legem tendere opus * [1].

N'avez-vous pas remarqué, mon ami, que telle est la variété de cette prérogative qui nous est propre, et qu'on appelle raison, qu'elle correspond seule à toute la diversité de l'instinct des animaux ? De là vient que, sous la forme bipède de l'homme, il n'y a aucune bête innocente ou malfaisante, dans l'air, au fond des forêts, dans les eaux, que vous ne puissiez reconnaître. Il y a l'homme loup, l'homme tigre, l'homme renard, l'homme taupe, l'homme pourceau, l'homme mouton, et celui-ci est le plus commun. Il y a l'homme anguille ; serrez-le tant qu'il vous plaira, il vous échappera. L'homme brochet, qui dévore tout. L'homme serpent, qui se replie en cent façons diverses. L'homme ours, qui ne me déplaît pas. L'homme aigle, qui plane au haut des cieux. L'homme corbeau, l'homme épervier, l'homme et l'oiseau de proie. Rien de plus rare qu'un homme qui soit homme de toute pièce ; aucun de nous qui ne tienne un peu de son analogue animal.

Aussi, autant d'hommes, autant de cris divers. Il y a le cri de la nature, et je l'entends lorsque Sara dit du sacrifice de son fils : *Dieu ne l'eût jamais demandé à sa mère*. Lorsque Fontenelle, témoin des progrès de l'incrédulité, dit : *Je voudrais bien y être dans soixante ans, pour voir ce que cela deviendra ;* il ne voulait qu'y être. On ne veut pas mourir, et l'on finit toujours un jour trop tôt. Un jour de plus, et l'on eût découvert la quadrature du cercle.

* On trouvera les notes de la *Satire première* page 235.

Comment se fait-il que dans les arts d'imitation, ce cri de nature, qui nous est propre, soit si difficile à trouver ? Comment se fait-il que le poète qui l'a saisi, nous étonne et nous transporte ? Serait-ce qu'alors il nous révèle le secret de notre cœur ?

Il y a le cri de la passion, et je l'entends encore dans le poète, lorsque Hermione dit à Oreste : *Qui te l'a dit?* lorsqu'à, *Ils ne se verront plus,* Phèdre répond : *Ils s'aimeront toujours ;* à côté de moi, lorsqu'au sortir d'un sermon éloquent sur l'aumône, l'avare dit : *Cela donnerait envie de demander ;* lorsqu'une maîtresse surprise en flagrant délit, dit à son amant : *Ah ! vous ne m'aimez plus, puisque vous en croyez plutôt ce que vous avez vu que ce que je vous dis ;* lorsque l'usurier agonisant dit au prêtre qui l'exhorte : *Ce crucifix, en conscience, je ne saurais prêter là-dessus plus de cent écus ; encore faut-il m'en passer un billet de vente.*

Il y eut un temps où j'aimais le spectacle et surtout l'opéra. J'étais un jour à l'Opéra entre l'abbé de Canaye que vous connaissez, et un certain Monbron [2], auteur de quelques brochures où l'on trouve beaucoup de fiel et peu, très peu de talent. Je venais d'entendre un morceau pathétique, dont les paroles et la musique m'avaient transporté. Alors nous ne connaissions pas Pergolèse, et Lulli était un homme sublime pour nous. Dans le transport de mon ivresse je saisis mon voisin Monbron par le bras, et lui dis : Convenez, monsieur, que cela est beau. L'homme au teint jaune, aux sourcils noirs et touffus, à l'œil féroce et couvert, me répond : Je ne sens pas cela. — Vous ne sentez pas cela ? — Non, j'ai le cœur velu... — Je frissonne, je m'éloigne du tigre à deux pieds ; je m'approche de l'abbé de Canaye et lui adressant la parole : Monsieur l'abbé, ce morceau qu'on vient de chanter, comment vous a-t-il paru ? L'abbé me répond froidement et avec dédain : Mais assez bien, pas mal. — Et vous connaissez quelque chose de mieux ? — D'infiniment mieux. — Qu'est-ce donc ? — Certains vers qu'on a faits sur ce pauvre abbé Pellegrin [3] :

Sa culotte attachée avec une ficelle
Laisse voir par cent trous un cul plus noir qu'icelle.

C'est là ce qui est beau !

Combien de ramages divers, combien de cris discordants dans la seule forêt qu'on appelle société : Allons ! prenez cette eau de riz. — Combien a-t-elle coûté ? — Peu de chose. — Mais encore combien ? — Cinq ou six sous peut-être. — Et qu'importe que je périsse de mon mal, ou par le vol et les rapines ? — Vous, qui aimez tant à parler, comment écoutez-vous cet homme si longtemps ? — J'attends ; s'il tousse ou s'il crache, il est perdu. — Quel est cet homme assis à votre droite ? — C'est un homme d'un grand mérite, et qui écoute comme personne. — Celui-ci dit au prêtre qui lui annonçait la visite de son Dieu : *Je le reconnais à sa monture : c'est ainsi qu'il entra dans Jérusalem...* Celui-là, moins caustique, s'épargne dans ses derniers moments l'ennui de l'exhortation du vicaire qui l'avait administré, en lui disant : *Monsieur, ne vous serais-je plus bon à rien ?...* Et voilà le cri de caractère.

Méfiez-vous de l'homme singe. Il est sans caractère, il a toutes sortes de cris.

Cette démarche ne vous perdra pas, vous, mais elle perdra votre ami — *Eh ! que m'importe, pourvu qu'elle me sauve.* — Mais votre *ami ?* — *Mon ami, tant qu'il vous plaira ; moi d'abord.* — Croyez-vous, Monsieur l'abbé, que madame Geoffrin vous reçoive chez elle avec grand plaisir ? — *Qu'est-ce que cela me fait, pourvu que je m'y trouve bien ?...* Regardez cet homme-ci, lorsqu'il entre quelque part ; il a la tête penchée sur sa poitrine, il s'embrasse, il se serre étroitement pour être plus près de lui-même. Vous avez vu le maintien et vous avez entendu le cri de l'homme personnel, cri qui retentit de tout côté. C'est un des cris de la nature.

J'ai contracté ce pacte avec vous, il est vrai ; mais je vous annonce que je ne le tiendrai pas. — Monsieur le Comte, vous ne le tiendrez pas ! et pourquoi cela, s'il vous plaît ? — Parce que je suis le plus fort... — Le cri de la force est encore un des cris de la nature... — *Vous penserez que je suis un infâme, je m'en moque...* — Voilà le cri de l'impudence.

Mais ce sont, je crois, des foies d'oie de Toulouse ? — Excellents, délicieux ! — *Eh ! que n'ai-je la maladie dont ce serait là le remède !...* — Et c'est l'exclamation d'un gourmand qui souffrait de l'estomac.

« *Vous leur fîtes, Seigneur,*
En les croquant, beaucoup d'honneur... »

Et voilà le cri de la flatterie, de la bassesse et des cours. Mais ce n'est pas tout.

Le cri de l'homme prend encore une infinité de formes diverses de la profession qu'il exerce. Souvent elles déguisent l'accent du caractère.

Lorsque Ferrein [4] dit : *Mon ami tomba malade, je le traitai, il mourut, je le disséquai ;* Ferrein fut-il un homme dur ? Je l'ignore.

Docteur, vous arrivez bien tard. — *Il est vrai. Cette pauvre mademoiselle du Thé n'est plus.* — Elle est morte ! — *Oui. Il a fallu assister à l'ouverture de son corps ; je n'ai jamais eu un plus grand plaisir de ma vie...* Lorsque le docteur parlait ainsi, était-il un homme dur ? Je l'ignore. L'enthousiasme de métier, vous savez ce que c'est, mon ami. La satisfaction d'avoir deviné la cause secrète de la mort de Mademoiselle du Thé fit oublier au docteur qu'il parlait de son amie. Le moment de l'enthousiasme passé, le docteur pleura-t-il son amie ? Si vous me le demandez, je vous avouerai que je n'en crois rien.

Tirez, tirez ; il n'est pas ensemble [5]. Celui qui tient ce propos d'un mauvais Christ qu'on approche de sa bouche, n'est point un impie. Son mot est de son métier, c'est celui d'un sculpteur agonisant.

Ce plaisant abbé de Canaye, dont je vous ai parlé, fit une petite satire bien amère et bien gaie des petits dialogues de son ami Rémond de Saint-Mard [6]. Celui-ci qui ignorait que l'abbé fût l'auteur de la satire, se plaignait un jour de cette malice à une de leurs communes amies. Tandis que Saint-Mard, qui avait la peau tendre, se lamentait outre mesure d'une piqûre d'épingle, l'abbé, placé derrière lui et en face de la dame, s'avouait auteur de la satire, et se moquait de son ami en tirant la langue. Les uns disaient que le procédé de l'abbé était malhonnête, d'autres n'y voyaient qu'une espièglerie. Cette question de morale fut portée au tribunal de l'érudit abbé Fénel, dont on ne put jamais obtenir d'autre décision, sinon, que *c'était un usage chez les anciens Gaulois de tirer la langue...* Que conclurez-vous de là ? Que l'abbé de Canaye était un méchant ? Je le crois. Que l'autre abbé était un sot ? Je le nie. C'était un homme qui avait consumé ses yeux et sa vie à des recherches d'érudition, et qui ne voyait rien dans ce monde de quelque importance en comparaison de la restitution d'un passage ou de la découverte d'un ancien usage. C'est le pendant du géomètre, qui, fatigué des éloges dont la capitale retentissait lorsque Racine donna son *Iphigénie*, voulut lire cette *Iphigénie* si vantée. Il prend la pièce ; il se retire dans un coin ; il lit une scène ; deux scènes, à la troisième, il jette le livre en disant : *Qu'est-ce que cela prouve ?...* C'est le jugement et le mot d'un homme accoutumé dès ses jeunes ans à écrire à chaque bout de page : *Ce qu'il fallait démontrer*.

On se rend ridicule ; mais on n'est ni ignorant, ni sot, moins encore méchant, pour ne voir jamais que la pointe de son clocher.

Me voilà tourmenté d'un vomissement périodique ; je verse des flots d'une eau caustique et limpide. Je m'effraie, j'appelle

Thierry. Le docteur regarde, en souriant, le fluide que j'avais rendu par la bouche, et qui remplissait toute une cuvette. — Eh bien ! docteur, qu'est-ce qu'il y a ? — Vous êtes trop heureux ; vous nous avez restitué la *pituite vitrée* des Anciens que nous avions perdue... Je souris à mon tour, et n'en estimai ni plus ni moins le docteur Thierry[7].

Il y a tant et tant des mots de métier, que je fatiguerais à périr un homme plus patient que vous, si je voulais vous raconter ceux qui se présentent à ma mémoire en vous écrivant. Lorsqu'un monarque, qui commande lui-même ses armées, dit à des officiers qui avaient abandonné une attaque où ils auraient tous perdu la vie sans aucun avantage : *Est-ce que vous êtes faits pour autre chose que pour mourir ?...* il dit un mot de métier.

Lorsque des grenadiers sollicitent auprès de leur général la grâce d'un de leurs braves camarades surpris en maraude, et lui disent : *Notre général, remettez-le entre nos mains. Vous le voulez faire mourir ; nous savons punir plus sévèrement un grenadier : il n'assistera point à la première bataille que vous gagnerez...* Ils ont l'éloquence de leur métier. Éloquence sublime ! Malheur à l'homme de bronze qu'elle ne fléchit pas ! Dites-moi, mon ami, eussiez-vous fait pendre ce soldat si bien défendu par ses camarades ? Non. Ni moi non plus.

Sire, et la bombe ? — *Qu'a de commun la bombe avec ce que je vous dicte ?... — Le boulet a emporté la timbale ; mais le riz n'y était pas...* C'est un roi[8] qui a dit le premier de ces mots ; c'est un soldat qui a dit le second, mais ils sont l'un et l'autre d'une âme ferme ; ils n'appartiennent point à l'état.

Y étiez-vous lorsque le castrat Caffarelli nous jetait dans un ravissement que ni ta véhémence, Démosthène ! ni ton harmonie, Cicéron ! ni l'élévation de ton génie, ô Corneille ! ni ta douceur, Racine ! ne nous firent jamais éprouver ? Non, mon ami, vous n'y étiez pas. Combien de temps et de plaisir nous avons perdu sans nous connaître !... Caffarelli a chanté ; nous restons stupéfaits d'admiration. Je m'adresse au célèbre naturaliste Daubenton, avec lequel je partageais un sofa. — Eh bien ! docteur, qu'en dites-vous ? — Il a les jambes grêles, les genoux ronds, les cuisses grosses, les hanches larges, c'est qu'un être privé des organes qui caractérisent son sexe affecte la conformation du sexe opposé... — Mais cette musique angélique !... — Pas un poil de barbe au menton... — Ce goût exquis, ce sublime pathétique, cette voix ! — C'est une voix de femme. — C'est la voix la plus belle, la plus égale, la plus flexible, la plus juste, la plus touchante... Tandis que le virtuose nous faisait fondre en larmes, Daubenton l'examinait en naturaliste.

L'homme qui est tout entier à son métier, s'il a du génie, devient un prodige; s'il n'en a point, une application opiniâtre l'élève au-dessus de la médiocrité. Heureuse la société où chacun serait à sa chose, et ne serait qu'à sa chose! Celui qui disperse ses regards sur tout, ne voit rien ou voit mal; il interrompt souvent, et contredit celui qui parle et qui a bien vu.

Je vous entends d'ici, et vous vous dîtes: Dieu soit loué! J'en avais assez de ces cris de nature, de passion, de caractère, de profession, et m'en voilà quitte... Vous vous trompez, mon ami. Après tant de mots malhonnêtes ou ridicules, je vous demanderai grâce pour un ou deux qui ne le soient pas.

Chevalier, quel âge avez-vous? — Trente ans. —*Moi j'en ai vingt-cinq; eh bien! vous m'aimeriez une soixantaine d'années, ce n'est pas la peine de commencer pour si peu...* — C'est le mot d'une bégueule. — Le vôtre est d'un homme sans mœurs. C'est le mot de la gaieté, de l'esprit et de la vertu. Chaque sexe a son ramage; celui de l'homme n'a ni la légèreté, ni la délicatesse, ni la sensibilité de celui de la femme. L'un semble toujours commander et brusquer; l'autre se plaindre et supplier... Et puis celui du célèbre Muret[9], et je passe à d'autres choses.

Muret tombe malade en voyage; il se fait porter à l'hôpital. On le place dans un lit voisin du grabat d'un malheureux attaqué d'une de ces infirmités qui rendent l'art perplexe. Les médecins et les chirurgiens délibèrent sur son état. Un des consultants propose une opération qui pouvait également être salutaire ou fatale. Les avis se partagent. On incline à livrer le malade à la décision de la nature, lorsqu'un plus intrépide dit: *Faciamus experimentum in anima vili*[10]. Voilà le cri de la bête féroce. Mais d'entre les rideaux qui entouraient Muret, s'élève le cri de l'homme, du philosophe, du chrétien: *Tanquam foret anima vilis, illa pro qua Christus non dedignatus est mori*[11]*!* Ce mot empêcha l'opération, et le malade guérit.

A cette variété du cri de la nature, de la passion, du caractère, de la profession, joignez le diapason des mœurs nationales, et vous entendrez le vieil Horace dire de son fils, *qu'il mourût;* et les Spartiates dire d'Alexandre: *Puisque Alexandre veut être Dieu, qu'il soit Dieu.* Ces mots ne désignent pas le caractère d'un homme, ils marquent l'esprit général d'un peuple.

Je ne vous dirai rien de l'esprit et du ton des corps. Le clergé, la noblesse, la magistrature, ont chacun leur manière de commander, de supplier et de se plaindre. Cette manière est traditionnelle. Les membres deviennent vils et rampants, le corps garde sa dignité. Les remontrances de nos parlements n'ont pas toujours été des chefs-d'œuvre; cependant Thomas [12], l'homme de lettres le plus éloquent, l'âme la plus fière et la plus digne, ne les aurait pas faites; il ne serait pas demeuré en deçà; mais il serait allé au-delà de la mesure.

Et voilà pourquoi, mon ami, je ne me presserai jamais de demander quel est l'homme qui entre dans un cercle. Souvent cette question est impolie, presque toujours elle est inutile. Avec un peu de patience et d'attention, on n'importune ni le maître ni la maîtresse de la maison, et l'on se ménage le plaisir de deviner.

Ces préceptes ne sont pas de moi; ils m'ont été dictés par un homme très fin, et il en fit en ma présence l'application chez Mademoiselle Dornais [13], la veille de mon départ pour le grand voyage [14], que j'ai entrepris en dépit de vous. Il survint sur le soir un personnage qu'il ne connaissait pas; mais ce personnage ne parlait pas haut, il avait de l'aisance dans le maintien, de la pureté dans l'expression et une politesse froide dans les manières. C'est, me dit-il à l'oreille, un homme qui tient à la cour. Ensuite il remarqua qu'il avait presque toujours la main droite sur la poitrine, les doigts fermés et les ongles en dehors. Ah! ah! ajouta-t-il, c'est un exempt des gardes du corps, et il ne lui manque que sa baguette. Peu de temps après, cet homme conte une petite histoire. Nous étions quatre, dit-il, madame et monsieur tels, madame de *** et moi... Sur cela mon instituteur continua: Me voilà entièrement au fait. Mon homme est marié, la femme qu'il a placée la troisième est sûrement la sienne, et il m'a appris son nom en la nommant.

Nous sortîmes ensemble de chez Mademoiselle Dornais. L'heure de la promenade n'était pas encore passée; il me propose un tour aux Tuileries; j'accepte. Chemin faisant, il me dit beaucoup de choses déliées et conçues dans des termes fort déliés; mais comme je suis bon homme, bien uni, bien rond, et que la subtilité de ses observations m'en dérobait la vérité, je le priai de les éclaircir par quelques exemples. Les esprits bornés ont besoin d'exemples. Il eut cette complaisance, et me dit:

Je dînais un jour chez l'archevêque de Paris. Je ne connais guère le monde qui va là; je m'embarrasse même peu de le connaître; mais mon voisin, celui à côté duquel on est assis, c'est autre chose. Il faut savoir avec qui l'on cause, et, pour y réussir, il n'y a qu'à laisser parler et réunir les circonstances. J'en avais un à déchiffrer à ma droite. D'abord l'archevêque, lui parlant peu et assez sèchement, ou il n'est pas dévot, me dis-je, ou il est janséniste. Un petit mot sur les jésuites m'apprend que c'est le dernier. On faisait un emprunt pour le clergé; j'en prends occasion d'interroger mon homme sur les ressources de ce corps. Il me les développe très bien, se plaint de ce qu'ils sont surchargés, fait une sortie contre le ministre de la Finance, ajoute qu'il s'en est expliqué nettement en 1750 avec le contrôleur général. Je vois donc qu'il a été agent du clergé. Dans le courant de la conversation, il me fait entendre qu'il n'a tenu qu'à lui d'être évêque. Je le crois homme de qualité; mais comme il se vante plusieurs fois d'un vieil oncle lieutenant-général, et qu'il ne dit pas un mot de son père, je suis sûr que c'est un homme de fortune qui a dit une sottise. Comme il me conte les anecdotes scandaleuses de huit ou dix évêques, je ne doute pas qu'il ne soit méchant. Enfin, il a obtenu, malgré bien des concurrents, l'intendance de*** pour son frère. Vous conviendrez que si l'on m'eût dit, en me mettant à table, c'est un janséniste, sans naissance, insolent, intrigant, qui déteste ses confrères, qui en est détesté, enfin, c'est l'abbé de ***, on ne m'aurait rien appris de plus que ce que j'en ai su, et qu'on m'aurait privé du plaisir de la découverte.

La foule commençait à s'éclaircir dans la grande allée. Mon homme tira sa montre, et me dit : Il est tard, il faut que je vous quitte, à moins que vous ne veniez souper avec moi. — Où ? — Ici près, chez Arnould. — Je ne la connais pas. — Est-ce qu'il faut connaître une fille pour aller souper chez elle ? Du reste, c'est une créature charmante, qui a le ton de son état et celui du grand monde. Venez, vous vous amuserez. — Non, je vous suis obligé ; mais, comme je vais de ce côté, je vous accompagnerai jusqu'au cul-de-sac Dauphin... — Nous allons, et en allant il m'apprend quelques plaisanteries cyniques d'Arnould et quelques-uns de ses mots ingénus et délicats. Il me parle de tous ceux qui fréquentent là ; et chacun d'eux eut son mot... Appliquant à cet homme les mêmes principes que j'en avais reçus, moi, je vois qu'il fréquente dans de la bonne et de la mauvaise compagnie... Ne fait-il pas des vers ? me demandez-vous ? — Très bien. — N'a-t-il pas été lié avec le maréchal de Richelieu ? — Intimement. — Ne fait-il pas sa cour à la comtesse de Grammont ? — Assidument. — N'y a-t-il pas sur son compte ?... — Oui, une certaine histoire de Bordeaux, mais je n'y crois pas. On est si méchant dans ce pays-ci, on y fait tant de contes, il y a tant de coquins intéressés à multiplier le nombre de leurs semblables ! — Vous a-t-il lu sa *Révolution de Russie* [15] ? — Oui. — Qu'en pensez-vous ? — Que c'est un roman historique assez bien écrit et très intéressant, un tissu de mensonges et de vérités que nos neveux compareront à un chapitre de Tacite.

Et voilà, me direz-vous, qu'au lieu de vous avoir éclairci un passage d'Horace ; je vous ai presque fait une satire à la manière de Perse. — Il est vrai. — Et que vous croyez que je vous en tiens quitte ? — Non.

— Vous connaissez Burigny [16] ? — Qui ne connaît pas l'ancien, l'honnête, le savant et fidèle serviteur de Madame Geoffrin ? C'est un très bon et très savant homme. — Un peu curieux. — D'accord. — Fort gauche. — Il en est d'autant meilleur. Il faut toujours avoir un petit ridicule qui amuse nos amis.

— Eh bien ! Burigny ?

Je causais avec lui, je ne sais plus de quoi. Le hasard voulut qu'en causant, je touchai sa corde favorite, l'érudition ; et voilà mon érudit qui m'interrompt, et se jette dans une digression qui ne finissait pas. — Cela lui arrive tous les jours, et jamais sans qu'on en soit plus instruit. — Et qu'un endroit d'Horace, qui m'avait paru maussade, devient pour moi d'un naturel charmant, et d'une finesse exquise. — Et cet endroit ? — C'est celui où le poète prétend qu'on ne lui refusera pas une indulgence qu'on a bien accordée à Lucilius, son compatriote. Soit que Lucilius [17] fût Apulien ou Lucanien, dit Horace, je marcherai sur ses traces. — Je vous entends, et c'est dans la bouche de Trébatius dont Horace a touché le texte favori, que vous mettez cette longue discussion sur l'histoire ancienne des deux contrées. Cela est bien et finement vu. — Quelle vraisemblance, à votre avis, que le poète sût ces choses ! Et, quand il les aurait sues, qu'il eût assez peu de goût pour quitter son sujet, et se jeter dans un fastidieux détail d'antiquités ! — Je pense comme vous. — Horace dit : ... *Sequor hunc, Lucanus, an Appulus*. L'érudit Trébatius prend la parole à *Anceps* [18], et dit à Horace : « Ne brouillons rien. Vous n'êtes ni de la Pouille, ni de la Lucanie ; vous êtes de Venouse, qui laboure sur l'un et l'autre finage. Vous avez pris la place des Sabelliens après leur expulsion. Vos ancêtres furent placés là comme une barrière qui arrêta les incursions des Lucaniens et des Apuliens. Ils remplirent cet espace vacant, et firent la sécurité de notre territoire contre deux violents ennemis. C'est du moins une tradition très vieille. » — L'érudit Trébatius, toujours érudit, instruit Horace sur les chroniques surannées de son pays. Et l'érudit Burigny, toujours érudit, m'explique un endroit difficile d'Horace, en m'interrompant précisément comme le poète l'avait été par Trébatius. — Et vous partez de là, vous, pour me faire un long narré des mots de nature et des propos de passion, de caractère et de profession ? — Il est vrai. Le tic d'Horace est de faire des vers, le tic de Trébatius et de Burigny, de parler antiquité ; le mien de moraliser, et le vôtre [19]... — Je vous dispense de me le dire : je le sais. — Je me tais donc. Je vous salue ; je salue tous nos amis de la rue Royale [20] et de la cour de Marsan, et me recommande à votre souvenir qui m'est cher.

Post-scriptum : Je lirais volontiers le commentaire de l'abbé Galiani sur Horace, si vous l'aviez. A quelques-unes de vos heures perdues je voudrais que vous lussiez l'ode troisième du troisième livre, *justum et tenacem propositi virum* [21], et que vous me découvrissiez ailleurs la place de la strophe *Aurum irrepertum, et sic melius situm* [22], qui ne tient à rien de ce qui précède, à rien de ce qui suit, et qui gâte tout.

Quant aux deux vers de l'épître dixième du premier livre,

Imperat aut servit collecta pecunia cuique,
Tortum digna sequi potius, quam ducere funem [23].

voici comme je les entends.

Les confins des villes sont fréquentés par les poètes qui y cherchent la solitude, et par les cordiers qui y trouvent un long espace pour filer leur corde : *Collecta pecunia,* c'est la filasse entassée dans leur tablier. Alternativement, elle obéit au cordier, et commande au chariot. Elle obéit quand on la file ; elle commande quand on la tord. Pour la seconde manœuvre, la corde filée est accrochée d'un bout à l'émerillon du rouet, et de l'autre à l'émerillon du chariot, instrument assez semblable à un petit traîneau. Ce traîneau est chargé d'un gros poids qui en ralentit la marche, qui est en sens contraire de celle du cordier. Le cordier qui file s'éloigne à reculons du rouet, le chariot qui tord s'en approche. A mesure que la corde filée se tord par le mouvement du rouet, elle se raccourcit, et en se raccourcissant, tire le chariot vers le rouet. Horace nous fait donc entendre que l'argent, ainsi que la filasse, doit faire la fonction du chariot, et non celle du cordier, suivre la corde torse, et non la filer, rendre notre vie plus ferme, plus vigoureuse, mais non la diriger. Le choix et l'ordre des mots employés par le poète indiquent l'emprunt métaphorique d'une manœuvre que le poète avait sous les yeux, et dont son goût exquis a sauvé la bassesse [24].

4. La Correspondance.

On retrouve aussi dans la correspondance (et particulièrement celle des années 1760 à 1762) des personnages, des anecdotes et des thèmes présents dans *Le Neveu de Rameau.* Voici un éloge de Mlle Clairon, un débat sur « le bel emploi du génie » à propos de l'affaire Calas, un billet pour Damilaville en 1761 (« J'aurai vu Girard sur les trois ou quatre heures, et je serai au café de la Régence à six. Vous m'y trouverez sûrement » (Ed. G. Roth, III, 357), une métaphore pour qualifier le baron d'Holbach (« Cet homme a par-ci par-là dans le cœur, des cordes qui résonnent fortement. » 14 juillet 1762). La lettre est le laboratoire secret de l'œuvre et imprime à celle-ci son allure. Diderot aime raconter pour quelqu'un et « causer en écrivant » (comme il dit dans une lettre à Sophie du 14 juillet 1762) à un destinataire précis. Le récit diderotien est pour une grande part issu de ce discours amoureux de la correspondance, pour Sophie Volland, où il s'agit de tout faire partager pour conjurer la séparation. Il faut raconter, reproduire, imiter. Cette extraordinaire pantomime d'amoureux est à l'origine d'un art singulier du dialogue.

a. *Lettre à Voltaire* (23 février 1761, III, 291).

Il est question des acteurs, du *Père de famille* et des *Philosophes*.

> Ce n'est pas moi qui l'ai voulu, mon cher Maître, ce sont eux qui ont imaginé que l'ouvrage pourrait réussir au théâtre ; et puis les voilà qui se saisissent de ce triste *Père de famille,* et qui le coupent, le taillent, le châtrent, le rognent à leur fantaisie. Ils se sont distribué les rôles entre eux, et ils ont joué sans que je m'en sois mêlé.
>
> Je n'ai vu que les deux dernières répétitions et je n'ai encore assisté à aucune représentation. J'ai réussi à la première autant qu'il est possible quand presque aucun des acteurs n'est et ne convient à son rôle. Je vous dirais là-dessus des choses assez plaisantes si l'honnêteté toute particulière dont les comédiens ont usé avec moi ne m'en empêchait. Il n'y a que Brizard, qui faisait le père de famille, et Mlle Préville, qui faisait Cécile, qui s'en soient bien tirés. Ce genre d'ouvrage leur était si étranger, que la plupart m'ont avoué qu'ils tremblaient en entrant sur la scène comme s'ils avaient été à la première fois. Mlle Préville fera bientôt une excellente actrice, car elle a de la sensibilité, du naturel, de la finesse et de la dignité.
>
> On m'a dit, car je n'y étais pas, que la pièce s'était soutenue de ses propres ailes, et que le poète avait enlevé

les suffrages en dépit de l'acteur. A la seconde représentation, ils y étaient un peu plus ; aussi le succès a-t-il été plus soutenu et plus général, quoiqu'il y eût une cabale formidable. N'est-il pas incroyable, mon cher maître, que des hommes à qui on arrache des larmes fassent au même moment tout leur possible pour nuire à celui qui les attendrit ? L'âme de l'homme est-elle donc une caverne obscure, que la vertu partage avec les furies ? S'ils pleurent, ils ne sont pas méchants ; mais si, tout en pleurant, ils souffrent, ils se tordent les mains, ils grincent les dents, comment imaginer qu'ils soient bons ?

Tandis qu'on me joue pour la troisième fois, je suis à la table de mon ami Damilaville, et je vous écris sous sa dictée que, si le jeu des acteurs eût un peu plus répondu au caractère de la pièce, j'aurais été ce qu'ils appellent aux nues et que, malgré cela, j'aurai le succès qu'il faut pour contrister mes ennemis. Il s'est élevé du milieu du parterre des voix qui ont dit : Quelle réplique à la satire des *Philosophes !* Voilà le mot que je voulais entendre.

Je ne sais quelle opinion le public prendra de mon talent dramatique, et je ne m'en soucie guère ; mais je voulais qu'on vît un homme qui porte au fond de son cœur l'image de la vertu et le sentiment de l'humanité profondément gravés, et on l'aura vu. Ainsi Moïse peut cesser de tenir les mains élevées vers le ciel. On a osé faire à la reine l'éloge de mon ouvrage. C'est Brizard qui m'a apporté cette nouvelle de Versailles.

Adieu, mon cher maître, je sais combien vous avez désiré le succès de votre disciple, et j'en suis touché. Mon attachement et mon hommage pour toute ma vie.

On revient de la troisième représentation. Succès, malgré la rage de la cabale.

b. *Lettre à Sophie Volland* (17 septembre 1761, II, 305).

Il s'agit ici de l'affaire Bertin-Hus dont les éléments sont redistribués au cœur du *Neveu de Rameau.*

Comme je finissais hier la lettre que je vous écrivis, arriva l'abbé de La Porte, ami du directeur des eaux de Passy, qui nous raconta les détails suivants de l'aventure de Bertin et de la petite Hus. Mais je suis bien maussade aujourd'hui pour entamer une chose aussi gaie. N'importe, quand vous l'aurez lue, vous fermerez ma lettre, et vous en ferez de vous-même un meilleur récit.

M. Bertin a une maisonnette de cinquante à soixante mille francs à Passy; c'est là qu'il va passer la belle saison avec Mlle Hus.

Cette maison est tout à côté des vieilles eaux. Le maître de ces eaux est un jeune homme, beau, bien fait, leste d'action et de propos, ayant de l'esprit et du jargon, fréquentant le monde et en possédant à fond les manières. Il s'appelle Vielard. Il y avait environ dix-huit mois que l'équitable Mlle Hus avait rendu justice dans son cœur aux charmes de M. Vielard, et que M. Vielard avait rendu justice dans le sien aux charmes de Mlle Hus. Dans les commencements, M. Bertin était enchanté d'avoir M. Vielard. Dans la suite, il devint froid avec lui, puis impoli, puis insolent; ensuite il lui fit fermer sa porte; ensuite insulter par ses gens. M. Vielard aimait et patientait.

Il y eut avant-hier huit jours que M. Bertin s'éloigna de Mlle Hus sur les dix heures du matin. Pour aller de Passy à Paris, il faut passer sous les fenêtres de M. Vielard. Celui-ci ne s'est pas plus tôt assuré que son rival est au pied de la montagne, qu'il sort de chez lui, s'approche de la porte de la maison qu'habite Mlle Hus, la trouve ouverte, entre et monte à l'appartement de sa bien-aimée. A peine est-il entré que toutes les portes de la maison se ferment sur lui. M. Vielard et Mlle Hus dînent ensemble; le temps passe vite; il était quatre heures du soir qu'ils ne s'étaient pas encore dit toutes les choses douces qu'ils avaient retenues depuis un temps infini que la jalousie les tenait séparés. Ils entendent le bruit d'un carrosse qui s'arrête sous les fenêtres. Ils soupçonnent qui ce peut être. Pour s'en assurer, Vielard s'échappe par une garde-robe et grimpe par un escalier dérobé au haut d'un belvédère qui couronne la maison. De là il voit avec effroi descendre Bertin de sa voiture. Il se précipite à travers le petit escalier; il avertit la petite Hus et remonte. Il sortait par une porte et Bertin entrait par une autre.

Le voilà à son belvédère, et Bertin assis chez Mlle Hus. Il l'embrasse; il lui parle de ce qu'il a fait, de ce qu'il fera. Pas le moindre signe d'altération sur son visage. Elle l'embrasse, elle lui parle de l'emploi de son temps, et du plaisir qu'elle a de le revoir quelques heures plus tôt qu'elle ne l'attendait. Même assurance, même tranquillité de sa part. Une heure, deux heures, trois heures se passent. Bertin propose un piquet. La petite Hus l'accepte. Cependant l'homme du belvédère profite de l'obscurité pour descendre et s'adresser à toutes les portes, qu'il trouve toujours fermées. Il examine s'il n'y aurait pas moyen de franchir les murs. Aucun, sans risquer de se briser une ou deux jambes. Il regagne sa demeure aérienne.

Mlle Hus de son côté a de quart d'heure en quart d'heure des petits besoins. Elle sort, elle va de son belvédère dans la cour, cherchant une issue à son prisonnier, sans la trouver. Bertin voit tout cela sans rien dire. Le piquet s'achève. Le souper sonne. On sert. On soupe. Après souper, on cause. Après avoir causé jusqu'à minuit, on se retire, le Bertin chez lui, Mlle Hus chez elle. Le Bertin dort ou paraît dormir profondément. La petite Hus descend, va dans les offices, charge sur des assiettes tout ce qui lui tombe sous la main, sert un mauvais souper à son ami qui se morfondait au haut du belvédère, d'où il descend dans son appartement. Après souper, on délibère sur ce qu'on fera. La fin de la délibération, ce fut de se coucher pour achever de se communiquer ce qu'on pouvait encore avoir à se dire.

Ils se couchent donc. Mais comme il y avait un peu plus d'inconvénient pour M. Vielard à se lever une heure trop tard qu'une heure trop tôt, il était tout habillé lorsque M. Bertin, qui avait apparemment fait la même réflexion, vint sur les huit heures frapper à la porte de Mlle Hus. Point de réponse. Il refrappe, on s'obstine à se taire. Il appelle, on n'entend pas. Il descend, et tandis qu'il descend, la garde-robe de Mlle Hus s'ouvre, et le Vielard regrimpe au belvédère.

Pour cette fois, il y trouve en sentinelle deux laquais de son rival. Il les regarde sans s'étonner, et leur dit : « Eh bien ! qu'est-ce qu'il y a ? Oui, c'est moi, pourquoi toutes les portes sont-elles fermées ? » Comme il achevait cette courte harangue, il entend du bruit sur les degrés au-dessous de lui. Il met l'épée à la main ; il descend ; il rencontre l'intendant de M. Bertin, accompagné d'un serrurier. Il présente la pointe de l'épée à la gorge du premier, en lui criant : « Descends, suis-moi et ouvre ou je te tue. » L'intendant, effrayé du discours et de la pointe qui le menaçait, oublie qu'il est sur un escalier, se renverse en arrière, tombe sur le serrurier et le culbute. L'intrépide Vielard profite de leur chute, leur passe sur le ventre, saute le reste des degrés, arrive dans la cour, va à la principale porte où il trouve un petit groupe de femmes qui jasaient tout bas. Il leur crie d'une voix troublée, d'un œil hagard, et d'une épée qui lui vacillait dans les mains : « Qu'on m'ouvre ! » Toutes ces femmes effarouchées se sauvent en poussant des cris. Vielard aperçoit la grosse clef à la porte ; il ouvre ; le voilà dans la rue ; et de la rue en deux sauts chez lui.

Deux heures après, on aperçut Bertin qui regagnait Paris dans sa voiture, et deux ou trois heures après, Mlle Hus en fiacre, environnée de paquets, qui regagnait la grande ville ; et le lendemain un fourgon qui transportait tous les débris d'un ménage. Il y avait quinze ans qu'ils vivaient ensemble. Bertin en avait eu une poussinière d'enfants. Ces enfants, une vieille passion, le tireront. Il suivra ; il demandera à rentrer en grâce, et il sera exaucé pour dix mille écus. Voilà la gageure que je propose à quiconque voudra.

Je répondrai une autre fois à votre nº 25, que je reçois. Écrivez sur-le-champ ; ou plutôt faites écrire par Uranie sur la première lettre que vous écrirez à M. Vialet : « Oui vraiment, oui l'Anjou, et le plus tôt que faire se pourra. » Il entendra ces mots ; il les baisera. Je serai servi promptement, et j'en aurai l'obligation à Uranie. Ajoutez, si vous voulez, qu'il y a dans sa lettre « un diable m'emporte » qui m'a fait mourir de rire, et qu'il peut compter sur mon dévouement en tout et partout.

c. *Lettre à Sophie Volland* (28 septembre 1761, III, 320).

Suite de l'affaire Bertin-Hus réclamée par Sophie.

Voici la suite de l'histoire de Mlle Hus, puisque vous me la demandez. Elle donnait des fêtes à son amant ; Brisard en était toujours ; et un certain mauvais comédien, appelé d'Oberval, avait tenté inutilement d'en être. Il était à Passy lors de l'aventure en question. On l'ignorait encore à Paris, lorsqu'il y revint. La première chose qu'il fait, c'est d'aller chez Brisard et de lui dire : « Camarade, vous ne savez pas ? Mlle Hus vient de donner une fête charmante à M. Bertin ? Tous les amis secrets en étaient. Pourquoi pas vous ? Est-ce que vous êtes brouillés ? » A ces propos il ajoute tous ceux qui pouvaient engager Brisard à se plaindre à Mlle Hus. Ce qui arriva. Le lendemain, Brisard s'habille. Il va chez Mlle Hus. Après quelques propos vagues : « Comment vous portez-vous ? Quand retournez-vous à Passy ? et caetera. » « Mais vous ne me parlez pas d'une fête charmante que vous avez donnée hier à M. Bertin. Il n'est bruit que de cela. » A ces mots, Mlle Hus s'imagine que Brisard la persifle. Elle se lève et lui applique deux soufflets. Brisard, fort étonné, lui saisit les mains. Elle crie qu'il est un insolent qui vient l'insulter chez elle. On s'explique ; et il se trouve que c'est d'Oberval qui est un mauvais plaisant, et Mlle Hus une impertinente qui a la main leste.

d. *Lettre à Sophie Volland* (2 octobre 1761).

Potins à propos de la liaison Lauraguais-Arnoud, deux personnages du *Neveu de Rameau*. Voici une première version du portrait et des anecdotes repris dans la *Satire seconde*.

Le petit comte de Lauraguai a laissé là Mlle Arnou. Au lieu de se reposer voluptueusement sur le sein d'une des plus aimables filles du monde, une sotte vanité l'agite et le promène de Paris à Montbard, de Montbard à Genève. Il est allé là avec un rouleau de beaux vers tout faits par un autre, mais qu'il refera à côté de Voltaire, pour lui persuader qu'ils sont de lui. C'est une singulière créature. Il s'est attaché deux jeunes chimistes. Un jour, il se lève à quatre heures du matin. Il va les éveiller dans leurs greniers. Il les prend dans son carrosse. Six chevaux les avaient conduits à Sève, qu'ils n'avaient pas encore les yeux ouverts. Il les fait entrer dans sa petite maison. Quand ils y sont, il leur dit : « Messieurs, vous voilà ici. Il me faut une découverte. Vous ne sortirez pas qu'elle ne soit faite. Adieu, je reviendrai dans huit jours. Vous avez des vaisseaux, des fourneaux, et du charbon. On vous nourrira. Travaillez. »

Cela dit, il referme la porte sur eux, et le voilà parti. Il revient ; la découverte s'est faite. On la lui communique, et au même instant le voilà convaincu qu'elle est de lui. Il s'en vante. Il en est tout fier, même vis-à-vis de ces deux pauvres diables à qui elle appartient, qu'il traite avec mépris comme des sots, et qu'il fait mourir de faim. Encore, s'il disait : « Vous avez du génie et point d'argent. Moi, j'ai de l'argent, et je veux avoir du génie. Entendons-nous; vous aurez des culottes et j'aurai de la gloire. »

e. *Lettre à Sophie Volland* (7 octobre 1761, III, 332).

Suite de l'affaire Lauraguais-Arnould et de la liaison Bertin-Hus.

Mademoiselle Arnou? — Eh bien, Mlle Arnou a renvoyé chez M. de Lauraguai chevaux, équipages, vaisselle d'argent, bijoux, linges; en un mot tout ce qu'elle avait à son amant. Cela me déplaît plus que je ne saurais vous le dire. Cette fille a deux enfants de lui. Cet homme est de son choix. Il n'y a point eu là de contrainte, de convenance, aucun de ces motifs qui forment les engagements ordinaires. S'il y eut jamais un sacrement, c'en fut un. D'autant plus qu'il n'est pas dans la nature qu'un homme n'épousera qu'une femme. Elle oublie qu'elle est mariée. Elle oublie qu'elle est mère. Ce n'est plus un amant, c'est le père de ses enfants qu'elle quitte. Mlle Arnou n'est à mes yeux qu'une petite gueuse. Elle a été se plaindre chez M. de Saint-Florentin que le comte l'avait menacée de l'empoisonner. A peine était-il sorti de Paris qu'il était suivi d'une lettre qui lui annonçait la rupture. A peine cette lettre était-elle partie, qu'elle s'arrangeait avec M. Bertin et qu'elle signait les articles de sa nouvelle prostitution. Je suis enchanté de m'être refusé à sa connaissance.

Autre carogne; il n'y a que de cela; et c'est cette Hus. Bertin, en la quittant, lui a laissé tout ce qu'elle avait à elle. Il a fait mieux; il lui a fait demander l'état de ses dettes, qu'elle a enflées jusqu'à une somme exorbitante, et que Bertin a payées sans discussion. Je ne sais pourquoi je vous entretiens de toutes ces misères-là.

Bertin est encore mentionné le 21 octobre 1761 (« M. Bertin n'est point raccommodé, et ne se raccommodera pas les amis y mettent bon ordre »), et Lauraguais le 19 octobre 1761 : « J'ai vu et revu le petit comte de Lauragai. Il soutient toujours à cor et à cri l'honnêteté de son amie. Il est sûr qu'il en est fou. Il vient de faire en son nom une plaisanterie en prose qui ne m'a pas déplu. Si j'osais, je vous ferais l'horoscope de cet homme. Il court après la considération. Il en exige plus qu'il n'en pourra obtenir. Il s'ennuiera, et finira par casser sa mauvaise tête d'un coup de pistolet. »

B. AUTRES ŒUVRES.

Le *Neveu de Rameau* étant une réponse aux anti-philosophes, il est nécessaire de lire un peu les détracteurs subalternes de Diderot afin de mesurer le ton et les formes de la polémique. Éclairante aussi est la lecture de ceux que Diderot cite favorablement, comme Noverre, et d'écrivains du second rayon, cyniques méconnus, dont les ouvrages ont pourtant en commun avec *Le Neveu de Rameau* une certaine atmosphère.

1. *Palissot.*

Charles Palissot (1730-1814), protégé de Choiseul et ami de Voltaire se consacra (comme il le dit dans la *Dunciade*) à « démasquer les sophistes du temps ». A la tête de la cabale anti-philosophique, il attaque en Diderot le chef de file, responsable de *L'Encyclopédie* et auteur du *Fils naturel*. Dédiées à Mme de Robecq (morte en 1760 et que l'abbé Morellet maltraite la même année dans sa *Vision de Charles Palissot)* les *Petites Lettres sur de grands philosophes* de 1757 donnent une idée précise de la polémique cette année-là et permettent de comprendre pourquoi Diderot a accordé une si grande place à Palissot et s'est vengé de lui plus tard dans *Le Neveu de Rameau*. Le parti des Philosophes apparaît déjà ici, comme dans la comédie des *Philosophes* de 1760, comme un groupe de pression sectaire et ridicule. (Les notes placées en bas de page sont de Palissot.)

LETTRE PREMIÈRE

Depuis quelques années, Madame, il s'est formé dans cette capitale une association entre plusieurs gens de lettres, les uns d'un mérite reconnu, les autres d'une réputation plus contestée, qui travaillent à ce fameux Dictionnaire de toutes les connaissances : ouvrage qui en suppose beaucoup à ceux qui le rédigent. Personne n'a peut-être plus de vénération que moi pour les mains laborieuses qui construisent ce pénible monument à la gloire de l'esprit humain. Tous ces Messieurs se disent philosophes, et quelques-uns le sont.

Mais parmi ceux mêmes d'entre eux à qui l'on accorde le plus de talents, on est fâché d'avouer qu'il s'en trouve qui ont presque rendu le mérite et la raison haïssables dans leurs écrits. Ils ont annoncé la vérité, ou ce qu'ils ont pris pour elle, avec un faste qu'elle n'eut jamais. On vit à la tête de quelques productions philosophiques un ton d'autorité et de décision, qui, jusqu'à présent, n'avait appartenu qu'à la chaire. On transporta à des traités de morale, ou à des spéculations métaphysiques, un langage que l'on eût condamné, partout ailleurs, comme celui du fanatisme. *J'ai vécu,* disait l'un*; *j'écris de Dieu,* disait fastueusement l'autre[1]; *jeune homme, prends et lis,* écrivait-il encore[2]; *ô homme! écoute, voici ton histoire,* s'écriait un troisième[3].

Ce ton d'inspiration dans les uns, d'emphase dans les autres, si éloigné de celui de la raison qui doute, ou de la vérité qui persuade, révolta quelques gens sensés. En examinant de près des Ouvrages qui promettaient de si grandes choses, ils trouvèrent que les uns étaient servilement copiés de Bacon, sans que l'on ait jugé à propos d'en prévenir le Public; et que d'autres ne contenaient que des pensées mille fois rebattues, mais rajeunies, ou par un tour épigrammatique et de mauvais goût, fort à la mode aujourd'hui, ou par un certain ton d'audace bien propre à séduire les simples.

On donna de nouvelles définitions de quantité de choses déjà très bien définies. On affecta, pour jouer la concision et le style nerveux, d'embrouiller ce qui était clair. On confondit tous les genres; et cet étrange bouleversement dans les idées et dans le style parut, à quelques esprits vulgaires, la preuve d'un siècle abondant en génies lumineux et hardis, digne d'être appelé *siècle philosophique.*

On déclara que l'*on estimait très peu le Public*** ; que l'on n'écrivait plus pour lui, et que *des pensées qui pourraient n'être que mauvaises, si elles ne plaisaient à per-*

* Voyez les *Considérations sur les Mœurs.* Lorsque cet ouvrage parut, un homme d'esprit, choqué de ce début, dit que ce n'était pas l'auteur, mais son livre mort-né, qui disait : j'ai vécu.

1. Les *Pensées Philosophiques.*
2. Le Livre obscur intitulé : *Pensées sur l'interprétation de la Nature.*
3. Le *Discours sur l'inégalité des conditions.*

** L'*Épître au Public,* à la tête du *conte d'Acajou.*

sonne, seraient détestables, si elles plaisaient à tout le monde *. On oublia que, malgré ce petit nombre de connaisseurs, tant de fois exagéré, le meilleur livre est, à la longue, celui qui est le plus répandu, où se trouvent des beautés proportionnées à toutes les classes de lecteurs, des connaissances utiles à tous les hommes ; en un mot, qui contient le plus de vérités universellement entendues et senties. C'est là ce qui distingue nos bons ouvrages du siècle de Louis XIV, et la très petite quantité de ceux qui leur ressemblent.

Le public fut donc outragé dans des préfaces. On témoigna beaucoup d'indifférence pour cette sublime chimère que l'on appelle *gloire ;* et cependant on écrivait, on cabalait, et l'on tâchait de se rendre intéressant, en affectant de s'attendre à des persécutions qui n'arrivèrent point. Mais il est si doux de jouer le mérite persécuté, ou prêt à l'être ! On se rend si considérable, en renonçant à la considération ! Ce charlatanisme a quelque chose de si séduisant pour ce même public que l'on méprise ! Il est si naturellement dupe de tous ces stratagèmes, qu'en vérité ces Messieurs ont prouvé que leur indifférence pour lui ne les avait pas empêchés de bien étudier sa nature, et les moyens de le subjuguer.

Comme il est des Grands qui font *Peuple*, il fallut bien aussi leur dire des vérités dures, et rappeler cette puérile et dangereuse question de l'égalité primitive. Il est des gens du caractère des femmes Moscovites, qui n'aiment que lorsqu'elles sont battues. Cette manœuvre fit encore son effet ; et quelques Grands accordèrent de la considération, précisément parce qu'on leur en refusait. C'est une nouvelle preuve de la vieille maxime : que, pour réussir dans le monde, le choix est assez indifférent entre la flatterie et l'audace.

On était insensible à la gloire ; cependant on formait des partis, même pour des Bouffons ; et tandis que l'on affichait une égale insensibilité pour la critique que l'on affectait de mépriser, on sollicitait des ordres pour l'interdire à ceux qui l'exerçaient avec le plus de succès. On tâchait de donner le change au public, en réunissant sous une même idée les noms de critique, de satire, de personnalité, de libelle : à force de crier à la persécution, on devenait effectivement persécuteur ; et l'intolérance, incommode

* *Les Pensées Philosophiques.*

partout ailleurs, allait se placer dans le sanctuaire des Muses.

Quelques personnes éclairées riaient de voir des philosophes qui auraient dû pardonner des libelles, montrer un amour-propre si délicat, si susceptible, et s'efforcer cependant de masquer leur ressentiment et leur crainte sous l'apparence du mépris.

Leur sensibilité se trahissait quelquefois tout à fait. Venait-on, par exemple, à revendiquer pour Bacon le plan de l'encyclopédie ? il paraissait une petite lettre contre le journaliste de Trévoux ; mais mille fois plus sanglante, plus amère, plus atroce, que tant de critiques que l'on essayait de rendre odieuses, et qui ne l'étaient point *.

Souvent même on ne se contentait pas de ces réponses injurieuses à de bonnes raisons. On se mettait, sans nécessité, au rang de ces mêmes critiques si méprisés ; et l'on prêtait sa plume à un peintre, pour disputer à un homme ** vraiment respectable le fruit de ses recherches, la découverte d'un secret des Anciens, deviné sur un passage obscur de Pline : le secret de la peinture encaustique. Mais toutes les idées des choses variaient au gré de ces Messieurs.

Ce qui indisposait le plus ce petit nombre de personnes sensées, qui, dans le silence, pèsent et apprécient les réputations, c'était cette espèce de trône littéraire que ces Messieurs s'érigeaient, et la convention sourde qui transpirait de leur société dans le monde, et qui voulait dire :

Nul n'aura de l'esprit, hors nous et nos amis.

On commença d'abord par s'arroger le droit de louer tous les grands Hommes ; mais de manière à faire croire que l'on avertissait le public de les admirer. Lisez l'éloge de M. de *Montesquieu ;* il y règne un ton qui révolte. C'est moins l'expression de l'admiration publique, qu'un ordre à la Nation de croire au mérite de cet illustre écrivain ; lui, qui tempérait par sa simplicité ce que la supériorité de son génie pouvait avoir de trop humiliant pour le reste des hommes.

On parle beaucoup dans ce panégyrique d'un petit nombre de censeurs qui s'élevèrent contre l'immortel ouvrage de l'*Esprit des Lois,* qui pouvait effectivement essuyer

* La *Lettre* au P. Berthier.
** M. le comte de Caylus.

quelques critiques, puisque enfin l'auteur était homme; mais on n'exagère ces critiques, que pour se placer, modestement, dans *cette partie du Public, qui forme, à la longue, les jugements de la Postérité*. On ne dit pas un mot de ce cri général qui s'éleva en faveur de cet ouvrage dès l'instant de sa naissance. On se tait sur quantité de Gens de Lettres *, qui, dans ce moment-là même, écrivirent avec simplicité, à l'occasion de ce monument de génie, des choses que ces Messieurs ont redites avec faste. Il fallait bien humilier de pauvres critiques, qui ont eu le malheur de remarquer aussi quelques fautes dans les écrits de nos philosophes, et laisser ignorer des jugements qui avaient devancé leurs éloges, pour se conserver un air d'arbitres de la littérature, et de dépositaires des sceaux de l'immortalité.

S'ils parlaient d'un autre homme bien supérieur encore, parce qu'il est plus universel, ils se faisaient les députés de la nation, auprès de lui. *Nous rappellerons à M. de Voltaire,* disaient-ils, au nom de la nation, *les engagements qu'il a pris avec nous* **.

Il fallait louer pour obtenir des éloges. Eh! comment ne pas louer un Voltaire, un Montesquieu, un Rameau, qui depuis... Ces Messieurs l'admiraient alors; c'était avant la *Lettre sur la Musique française*. Mais à quoi le public ne s'attendait pas, c'est à ce refrain de louanges fastidieuses que ces Messieurs se renvoient les uns aux autres, et à ces brevets de célébrité qu'ils se distribuent tour à tour dans leurs ouvrages.

Le philosophe de Genève donnait-il ce livre où il met l'homme au rang de la brute. *Ah! si l'on eût fait voyager,* disait-il, *des hommes tels que les* Montesquieu, *les* Duclos, *etc. chez les Hurons ou chez les Iriquois, combien de merveilles ils nous auraient apprises* ***! Cet éloge lui était exactement rendu dans la première brochure de ces Messieurs; et avec beaucoup de mérite, ils ne laissaient pas de rappeler une Fable très plaisante et très connue **** : tant un seul ridicule peut nuire même à des talents supérieurs.

* S'il est jamais permis de se citer, je répondis moi-même, en 1751, à quelques critiques qui avaient paru contre cet ouvrage célèbre, et l'auteur voulut bien m'en témoigner sa reconnaissance.

** Voyez la Préface du Tome IV de l'*Encyclopédie*.

*** Voyez le *Discours sur l'inégalité parmi les Hommes*.

**** C'est la Fable V du Livre XI de La Fontaine.

Le public n'était pas moins excédé d'un autre refrain qui menaçait de devenir éternel. Comme ces petites lunes que le télescope a fait découvrir, et qui sont emportées par le tourbillon d'une grande planète, il est dans le tourbillon de ces Messieurs un essaim de petits *sous-Philosophes,* qui pensent de bonne foi participer à leur célébrité, et qui sont dans le parti ce que des enfants perdus sont dans une armée. Ces insectes philosophiques, que l'on pourrait encore comparer à ces pailles qui s'amassent autour d'un corps électrique, se jettent quelquefois dans la mêlée au nom de leurs maîtres ; ils perdent le sentiment de leur nullité par l'appui auquel ils se sentent attachés, et prennent leur bourdonnement pour du bruit. Divisés en deux bandes, ils partageaient Paris entre eux, et semblaient former un motet à deux chœurs. On entendait d'un côté l'*heureux siècle qui a produit la Henriade et l'Esprit des Lois!* et de l'autre, l'*heureux siècle qui a produit cet immortel Dictionnaire de l'Encyclopédie!* Ces trois ouvrages*, dans un degré bien différent, feront sans doute l'éloge de leurs Auteurs : mais si le dégoût des bonnes choses est quelquefois naturel, ce serait peut-être à cette manière de les présenter qu'il faudrait s'en prendre. A combien de rôles singuliers n'expose pas ce prétendu mépris de la gloire, qu'il faut cependant concilier avec les intérêts de l'amour-propre !

Enfin ce peuple, cette multitude, ce vulgaire, qui pourtant a quelquefois les yeux assez perçants, crut entrevoir que ces Messieurs avaient trouvé le secret de ramener tout à eux, dans des ouvrages mêmes qui semblaient faits pour louer les autres. On était, par exemple, surpris de rencontrer dans l'éloge de M. de Montesquieu celui d'un peintre célèbre [1], loué précisément sur son attention à conserver à la Postérité la figure des grands hommes : mais on se rappela que certains philosophes s'étaient fait peindre. On se rappela l'éloge plus délicat que le même peintre avait fait de l'*Encyclopédie,* en plaçant cet ouvrage dans un tableau, sous les yeux de cette Protectrice des Arts, digne de réunir à la fois les attributs de Minerve et des Grâces [2] ; et l'on crut retrouver cette navette de louanges données et rendues.

* Le premier, surtout, qui a vengé la France des reproches de stérilité que lui faisaient les autres nations.

1. M. de la Tour.
2. Madame la marquise de Pompadour.

Un autre éloge d'un grand prince[1], inconsidérément amené aux dépens de toute une nation[2], laissait douter encore s'il en rejaillissait plus d'éclat sur le souverain que sur le philosophe qu'il a pensionné. Ce n'est pas assurément que l'on croie la reconnaissance au-dessous d'un philosophe ; ni que, d'après certains écrits, on imagine que l'*histoire des bienfaiteurs ajouterait un beau chapitre à celle des tyrans*. Mais on voudrait que l'on évitât cette reconnaissance fastueuse, qui a plutôt l'air d'annoncer le bienfait qui honore, que le sentiment modeste d'un cœur pénétré.

Vous ne croirez pas, Madame (ce que vous entendrez bientôt dire sans doute), que quelques-unes de ces vérités soient échappées par l'envie de nuire, ou par cette basse jalousie qui naît du sentiment de sa médiocrité. On respecte sincèrement les talents et les écrits vraiment estimables de quelques-uns de ces Messieurs. On voudrait plus ; on souhaiterait de les aimer. On leur eût peut-être accordé tout naturellement, ce qu'ils n'obtiendront jamais pour avoir tenté de l'usurper. Ce ne sont ni les cabales, ni l'enthousiasme, ni le manège, ni l'audace, ni la singularité, qui donnent aux réputations cet éclat durable qui s'accroît par le temps. Tel homme, élevé trop haut par de petites intrigues, a fini par n'être pas même placé dans son rang.

On ne disputera point à ces Messieurs que le projet de l'Arbre encyclopédique des connaissances humaines ne fût une idée sublime digne d'être mise en œuvre par eux, puisqu'ils l'ont découverte dans Bacon, et qu'ils n'ont pas été effrayés d'un travail immense et peut-être utile. Mais on se réserve la liberté de penser qu'un dictionnaire, quelque bon qu'il puisse être, ne fut jamais un ouvrage de génie.

La juste réputation de quelques-uns des chefs de cette grande entreprise, ne donnera pas le moindre degré de valeur à ces listes d'éloges de leurs associés qu'ils impriment à la tête de chacun de leurs volumes.

On ne les croira point des dispensateurs de l'immortalité ; et certains noms, pour être cités avec honneur, ou dans quelques préfaces, ou dans quelques articles de leur dictionnaire, ne seront point pour cela réputés à l'abri des injures du temps ; de même que certains auteurs qu'ils n'aiment point, pour raison, et dont ils disent et écrivent le

1. Le roi de Prusse.
2. L'Allemagne.

plus de mal qu'ils peuvent, ne seront point pour cela ensevelis dans l'obscurité où ils croient bonnement les plonger.

Dans la seconde lettre, Palissot continue à se demander « comment ces petits prophètes se sont-ils établis Juges dans Israël ». Il fait une critique du *Fils naturel,* signal selon lui de la décadence des arts et se moque de cette nouveauté à laquelle tenait tant Diderot (à juste titre et Beaumarchais ne l'oubliera pas), cette « burlesque pantomime du théâtre si fidèlement notée à toutes les pages de la pièce dans un jargon où la langue est si cruellement outragée ». Dans une lettre à Voltaire du 28 novembre 1760 (III, 275), Diderot affirme qu'il n'a rien lu de tout cela, ni les *Philosophes* qu'il appelle « satire dramatique », ni la pseudo-préface de Morellet qu'on lui attribuait. Il préfère se replier sur les cimes, et s'assurer de la vengeance des siècles.

Vous vous êtes plaint, à ce qu'on m'a dit, que vous n'aviez pas entendu parler de moi au milieu de l'aventure scandaleuse qui a tant avili les gens de lettres et tant amusé les gens du monde. C'est, mon cher Maître, que j'ai pensé qu'il me convenait de me tenir tout à fait à l'écart; c'est que ce parti s'accordait également avec la décence et la sécurité; c'est qu'en pareil cas il faut laisser au public le soin de la vengeance; c'est que je ne connais ni mes ennemis, ni leurs ouvrages; c'est que je n'ai jamais lu ni les *Petites Lettres sur les grands philosophes,* ni cette satire dramatique où l'on me traduit comme un sot et comme un fripon; ni ces préfaces où l'on s'excuse d'une infamie qu'on a commise, en m'imputant de prétendues méchancetés que je n'ai pas faites et des sentiments absurdes que je n'eus jamais.

Tandis que toute la ville était en rumeur, retiré paisiblement dans mon cabinet, je parcourais votre *Histoire universelle.* Quel ouvrage! C'est là qu'on vous voit élevé au-dessus du globe qui tourne sous vos pieds, saisissant par les cheveux tous ces scélérats illustres qui ont bouleversé la terre, à mesure qu'ils se présentent; nous les montrant dépouillés et nus, les marquant au front d'un fer chaud, et les enfonçant dans la fange de l'ignominie pour y rester à jamais.

Les autres historiens nous racontent des faits pour nous apprendre des faits. Vous, c'est pour exciter au fond de nos âmes une indignation forte contre le mensonge, l'ignorance, l'hypocrisie, la superstition, le fanatisme, la tyrannie ; et cette indignation reste, lorsque la mémoire des faits est passée.

Dans sa *Dunciade* de 1763, une épopée des sots dans le genre burlesque, Palissot se moque plus particulièrement de Diderot en insistant sur la musique nouvelle (« Quelle alliance bizarre et réservée à notre siècle, que celle de ces Bouffons et de nos Philosophes » III, 173).

Mais, de nos jours, le Trivelin moral,
Le plus expert dans la Dramaturgie,
Le plus fêté, le plus original,
C'est ce Héros de la Philosophie,

Cet Écrivain, dont l'esprit rédacteur,
Depuis dix ans, compile avec génie
Pour élever à sa juste hauteur
Le monument de l'Encyclopédie (*t*).
Il convenait qu'une fois en sa vie,
Ce bel Esprit passât pour créateur,
Et de sa gloire importunât l'Envie :
A la Déesse il doit cette faveur.
Par un Brevet authentique et flatteur,
Elle voulut que son Académie
Le décorât du beau nom d'Inventeur ;
Et le Brevet, en forme d'apostille,
Signé par Grimm (*u*), et scellé par l'Auteur,
Fut mis au bas du *Père de Famille*(*x*).

Quand des Railleurs le Peuple mutiné
Dans tout Paris, contre ce Drame insigne,
Donnait l'effort à sa gaieté maligne,
Par tous les Sots ce Drame était prôné.

(*t*) M. Diderot, l'un des éditeurs et des principaux coopérateurs du Dictionnaire encyclopédique.

(*u*) L'unique admirateur qui soit resté à M. Diderot ; il est vrai que M. Grimm n'est pas français.

(*x*) Roman dramatique très invraisemblable et très ampoulé.

Le seul Fréron, contre lui déchaîné,
De camouflets et de coups d'étrivières
Vit en un jour tripler ses honoraires :
Mais Diderot, suffisamment vengé,
Intercéda pour le pauvre affligé.
Depuis ce temps, chacun rendit hommage
Au rare Auteur de ce Drame immortel.
Même on prétend que ce grand Personnage
De la Déesse eut un *Fils naturel* (*y*),
Qui de sa mère est la vivante image.

L'événement fut marqué par des jeux.
Sur un Théâtre élevé par Sedaine (*z*),
On fit chanter pour amuser la Reine,
Le *Déserteur, Sancho, Gille Amoureux* (*aa*).
Ces jolis riens, dictés par la folie,
Sont modulés sur des airs d'Italie.
Qui n'aimerait ces impromptus joyeux ?
Sottise en fait ses plus chères délices.
Ses Courtisans inondaient les coulisses,
Et répétaient le soir à ses soupés
Les airs brillants qui les avaient frappés.
De ces frédons l'étrangère harmonie
Chez la Déesse a droit de l'emporter
Sur ces accords, nobles fruits du génie,
Au grand Rameau (*bb*) dictés par Polymnie,
Et qu'Arnould (*cc*) seule est digne de chanter.

O du Public aveuglement stupide !
O jours de gloire éclipsés désormais !
J'ai vu Sedaine enivré de succès.
J'ai vu Paris, de nouveautés avide,
Pour les Chansons qu'on ne chanta jamais,
Abandonner *Thésée, Atys, Armide*.
J'ai vu tomber ces chefs-d'œuvre de l'Art,
Et ces Couplets avoués par les Grâces,

(*y*) Allusion à un autre roman dramatique de M. Diderot, intitulé le *Fils naturel*.

(*z*) M. Sedaine s'est fait poète, en perdant de vue le judicieux conseil de Boileau ;
Soyez plutôt Maçon, si c'est votre talent, etc.

(*aa*) Opéra-Bouffons, Parades, ou, si l'on veut, Comédie à Ariettes.

(*bb*) Le plus grand musicien que la France ait eu depuis Lully.

(*cc*) La première actrice d'un talent supérieur, qui ait paru sur le théâtre de l'Opéra.

Que tant de fois la Muse de Favart (*dd*)
A recueillis en jouant sur leurs traces.

Palissot termine curieusement sa carrière sur une pirouette. *L'Homme dangereux*, pièce de 1770, est une satire du bel esprit méchant et des « faiseurs de libelles », comme si l'auteur voulait montrer que *Les Philosophes* n'était qu'une raillerie, et se dissocier de ce rôle de calomniateur mesquin dans lequel le *Neveu de Rameau* va définitivement le figer. Par l'effet de brouillage des polémiques, tout le « public » crut cependant que *L'Homme dangereux* était une satire contre Palissot lui-même.

2. *Noverre*.

Dans ses *Lettres sur la danse* de 1760, Jean-Georges Noverre présente un projet d'ensemble pour la transformation de la danse dont il veut faire un art total intégrant le nouveau goût qui s'affirme en musique, en peinture, au théâtre. Ce texte est un des plus représentatifs du débat sur les arts au milieu du XVIIIe siècle. Les préoccupations du maître de ballet sont très proches de celles de Diderot et y font explicitement référence. Noverre a pu mesurer, à Londres, le talent de Garrick, ce comédien modèle apprécié de Diderot et qui lui a donné l'idée du *Paradoxe sur le comédien*. La pantomime de Rameau ressemble à l'art de l'acteur anglais décrit par Noverre.

> M. *Garrick*, célèbre comédien anglais, est le modèle que je vais proposer. Il n'en est pas de plus beau, de plus parfait et de plus digne d'admiration ; il peut être regardé comme le Protée de nos jours car il réunit tous les genres, et les rend avec une perfection et une vérité qui lui attirent non seulement les applaudissements et les suffrages de sa Nation, mais qui excitent encore l'admiration et les éloges de tous les étrangers. Il est si naturel, son expression a tant de vérité, ses gestes, sa physionomie et ses regards sont si éloquents et si persuasifs, qu'ils mettent au fait de la scène ceux mêmes qui n'entendent point l'anglais ; on le suit sans peine ; il touche dans le pathétique ; il fait éprouver dans le tragique les mouvements successifs des passions les plus

(*dd*) Auteur de la *Chercheuse d'Esprit* et de plusieurs autres comédies à vaudevilles très agréables.

violentes, et si j'ose m'exprimer ainsi, il arrache les entrailles du spectateur, il déchire son cœur, il perce son âme, et lui fait répandre des larmes de sang. Dans le comique noble il séduit et il enchante ; dans le genre moins élevé il amuse et divertit, et il s'arrange au théâtre avec tant d'art, qu'il est souvent méconnu des personnes qui vivent habituellement avec lui. Vous connaissez la quantité immense des caractères que présente le théâtre anglais : il les joue tous avec la même supériorité ; il a, pour ainsi dire, un visage différent pour chaque rôle ; il sait distribuer à propos et suivant que les caractères l'exigent, quelques coups de pinceau sur les endroits où la physionomie doit se *grouper* et faire tableau ; l'âge, la situation, le caractère, l'emploi et le rang du personnage qu'il doit représenter déterminent ses couleurs et ses pinceaux. Ne pensez pas que ce grand acteur soit bas, trivial et grimacier ; fidèle imitateur de la nature, il en sait faire le plus beau choix, il la montre toujours dans des positions heureuses et dans des jours avantageux ; il conserve la décence que le théâtre exige dans les rôles même les moins susceptibles de grâces et d'agréments ; il n'est jamais au-dessous ni au-dessus du personnage qu'il fait ; il saisit ce point juste d'imitation que les comédiens manquent presque toujours ; ce tact heureux qui caractérise le grand acteur et qui le conduit à la vérité, est un talent rare que M. *Garrick* possède ; talent d'autant plus estimable, qu'il empêche l'acteur de s'égarer et de se tromper dans les teintes qu'il doit employer dans ses tableaux ; car on prend souvent le froid pour la décence, la monotonie pour le raisonnement, l'air guindé pour l'air noble, la minauderie pour les grâces, les poumons pour les entrailles, la multiplicité des gestes pour l'action, l'imbécillité pour la naïveté, la volubilité sans nuances, pour le feu, et les contorsions de la physionomie pour l'expression vive de l'âme. Ce n'est point tout cela chez M. *Garrick :* il étudie ses rôles, et plus encore les passions. Fortement attaché à son état, il se renferme en lui-même et se dérobe à tout le monde les jours qu'il joue des rôles importants ; son génie l'élève au rang du Prince qu'il doit représenter ; il en prend les vertus et les faiblesses ; il en saisit le caractère et les goûts ; il se transforme ; ce n'est plus *Garrick* à qui l'on parle, ce n'est plus *Garrick* que l'on entend : la métamorphose une fois faite, le comédien disparaît et le héros se montre ; il ne reprend sa forme naturelle que lorsqu'il a rempli les devoirs de son état. Vous concevez, Monsieur, qu'il est peu libre; que son âme est toujours agitée; que son imagination travaille sans cesse; qu'il est les trois quarts de sa vie dans un enthousiasme fatigant qui altère d'autant plus sa santé qu'il se tourmente et qu'il se pénètre d'une situation triste et malheureuse, vingt-quatre heures avant de la peindre et de s'en délivrer. Rien de si gai que lui au contraire les jours où il doit représenter un poète, un artisan, un homme du peuple, un nouvelliste, un petit maître; car cette espèce règne en Angleterre, sous une autre forme à la vérité que chez nous; le génie différera, si vous le voulez, mais l'expression du ridicule et de l'impertinence est égale; dans ces sortes de rôles, dis-je, sa physionomie se déploie avec naïveté, son âme y est toujours répandue; ses traits sont autant de rideaux qui se tiennent adroitement et qui laissent voir à chaque instant de nouveaux tableaux peints par le sentiment et la vérité. On peut sans partialité le regarder comme le *Roscius* de l'Angleterre, puisqu'il réunit à la diction, au débit, au feu, au naturel, à l'esprit et à la finesse cette pantomime et cette expression rare de la scène muette, qui caractérisent le grand acteur et le parfait comédien. Je ne dirai plus qu'un mot au sujet de cet acteur distingué et qui va désigner la supériorité de ses talents. Je lui ai vu représenter une tragédie à laquelle il avait retouché, car il joint au mérite d'exceller dans la comédie celui d'être le poète le plus agréable de sa nation; je lui ai vu, dis-je, jouer un tyran, qui, effrayé de l'énormité de ses crimes, meurt déchiré de ses remords. Le dernier acte n'était employé qu'aux regrets et à la douleur; l'humanité triomphait des meurtres et de la barbarie; le tyran sensible à sa voix détestait ses crimes; ils devenaient par gradations ses juges et ses bourreaux, la mort à chaque instant s'imprimait sur son visage; ses yeux s'obscurcissaient; sa voix se prêtait à peine aux efforts qu'il faisait pour articuler sa pensée; ses gestes, sans perdre de leur expression, caractérisaient les approches du dernier instant; ses jambes se dérobaient sous lui; ses traits s'allongeaient; son teint pâle et livide n'empruntait sa couleur que de la douleur et du repentir; il tombait enfin dans cet instant, ses crimes se retraçaient à son imagination sous des formes horribles. Effrayé des tableaux hideux que ses forfaits lui présentaient, il luttait contre la mort; la nature semblait faire un dernier effort: cette situation faisait frémir. Il grattait la terre, il creusait en quelque façon son tombeau; mais le moment approchait, on voyait réellement la mort ; tout peignait l'instant qui ramène à l'égalité ; il expirait enfin : le hoquet de la mort et les mouvements convulsifs de la physionomie des bras et de la poitrine donnaient le dernier coup à ce tableau terrible.

(Lettre IX.)

En associant les écrits sur la danse de Cahusac à ceux de Diderot sur le théâtre, Noverre dévoile le lien des différents arts en 1760, unis dans une recherche commune du dépouillement et de l'expression.

M. de *Cahusac* dévoile les beautés de notre art, il propose des embellissements nécessaires ; il ne veut rien ôter à la danse, il ne cherche au contraire qu'à tracer un chemin sûr dans lequel les danseurs ne puissent s'égarer ; on dédaigne de le suivre. M. *Diderot,* ce philosophe ami de la nature, c'est-à-dire du vrai et du beau simple, cherche également à enrichir la scène française d'un genre qu'il a moins puisé dans son imagination que dans l'humanité ; il voudrait substituer la *pantomime* aux manières ; le ton de la nature au ton ampoulé de l'art ; les habits simples aux colifichets et à l'oripeau ; le vrai au fabuleux ; l'esprit et le bon sens au jargon entortillé, à ces petits portraits mal peints qui font grimacer la nature et qui l'enlaidissent ; il voudrait, dis-je, que la Comédie-Française méritât le titre glorieux de l'école des mœurs ; que les contrastes fussent moins choquants et ménagés avec plus d'art ; que les vertus enfin n'eussent pas besoin d'être opposées aux vices pour être aimables et pour séduire, parce que ces ombres trop fortes, loin de donner de la valeur aux objets et de les éclairer, les affaiblissent et les éteignent ; mais tous ses efforts sont impuissants.

Le traité de M. de *Cahusac* sur la danse est aussi nécessaire aux danseurs que l'étude de la chronologie est indispensable à ceux qui veulent écrire l'histoire ; cependant, il a été critiqué des personnes de l'art, il a même excité les fades plaisanteries de ceux qui, par de certaines raisons, ne pouvaient le lire ni l'entendre. Combien le mot *pantomime* n'a-t-il pas choqué tous ceux qui dansent le sérieux ? Il serait beau, disaient-ils, de voir danser ce genre en *pantomime*. Avouez, Monsieur, qu'il faut absolument ignorer la signification du mot pour tenir un tel langage. J'aimerais autant que l'on me dît : je renonce à l'esprit ; je ne veux point avoir d'âme ; je veux être brute toute la vie.

Plusieurs danseurs, qui se récrient sur l'impossibilité qu'il y aurait de joindre la *pantomime* à l'exécution mécanique et qui n'ont fait aucune tentative ni aucun effort pour y réussir, attaquaient encore l'ouvrage de M. de *Cahusac* avec des armes bien faibles. Ils lui reprochaient de ne point connaître la mécanique de l'art et concluaient de là que ses raisonnements ne portaient sur aucun principe ; quels discours ! Est-il besoin de savoir faire la *gargouillade* et l'*entrechat* pour juger sainement des effets de ce spectacle, pour sentir ce qui lui manque et pour indiquer ce qui lui convient ? Faut-il être danseur pour s'apercevoir du peu d'esprit qui règne dans un *pas de deux,* des contresens qui se font habituellement dans les ballets, du peu d'expression des exécutants et de la médiocrité du génie et des talents des compositeurs ? Que dirait-on d'un auteur qui ne voudrait pas se soumettre au jugement du parterre parce que ceux qui le composent n'ont pas tous le talent de faire des vers ?

Si M. de *Cahusac* s'était attaché aux pas de la danse, aux mouvements compassés des bras, aux enchaînements et aux mélanges compliqués des temps, il aurait couru les risques de s'égarer ; mais il a abandonné toutes ces parties grossières à ceux qui n'ont que des jambes et des bras. Ce n'est pas pour eux qu'il a prétendu écrire, il n'a traité que la poétique de l'art ; il en a saisi l'esprit et le caractère ; malheur à tous ceux qui ne peuvent ni le goûter ni l'entendre. Disons la vérité, le genre qu'il propose est difficile, mais en est-il moins beau ? C'est le seul qui convienne à la danse et qui puisse l'embellir.

Les grands comédiens seront du sentiment de M. *Diderot ;* les médiocres seront les seuls qui s'élèveront contre le genre qu'il indique : pourquoi ? c'est qu'il est pris dans la nature ; c'est qu'il faut des hommes pour le rendre et non pas des automates ; c'est qu'il exige des perfections qui ne peuvent s'acquérir, si l'on n'en porte le germe en soi-même et qu'il n'est pas seulement question de débiter, mais qu'il faut sentir vivement et avoir de l'âme.

Il faudrait jouer, disais-je un jour à un comédien, *Le Père de famille* et *Le Fils naturel :* ils ne feraient point d'effet au théâtre, me répliqua-t-il. Avez-vous lu ces deux drames ? oui, me répondit-il ; eh bien ! n'avez-vous pas été ému ; votre âme n'a-t-elle point été affectée ; votre cœur ne s'est-il pas attendri ; et vos yeux ont-ils pu refuser des larmes aux tableaux simples mais touchants que l'auteur a peints si naturellement? J'ai éprouvé, me dit-il, tous ces mouvements. Pourquoi donc, lui répondis-je, doutez-vous de l'effet que ces pièces produiraient au théâtre, puisqu'elles vous ont séduit, quoique dégagées des charmes de l'illusion que leur prêterait la scène et quoique privées de la nouvelle force qu'elles acquerraient étant jouées par de bons acteurs? Voilà la difficulté; il serait rare d'en trouver un grand nombre, continua-t-il, capable de jouer ces pièces; ces scènes simultanées seraient embarrassantes à bien rendre; cette action *pantomime* serait l'écueil contre lequel la plupart des comédiens échoueraient. La scène muette est épineuse, c'est la pierre de touche de l'acteur. Ces phrases coupées, ces sens suspendus, ces soupirs, ces sons à peine articulés demanderaient une vérité, une âme, une expression et un esprit qu'il n'est pas permis à tout le monde d'avoir; cette simplicité dans les vêtements dépouillant l'acteur de l'embellissement de l'art, le laisserait voir tel qu'il est; sa taille n'étant plus relevée par l'élégance de la parure, il aurait besoin pour plaire de la belle nature, rien ne masquerait ses imperfections et les yeux du spectateur, n'étant plus éblouis par le clinquant et les colifichets, se fixeraient entièrement sur le comédien. Je conviens, lui dis-je, que l'uni en tous genres exige de grandes perfections; qu'il ne sied qu'à la beauté d'être simple et que le déshabillé ajoute même à ses grâces; mais ce n'est ni la faute de M. *Diderot,* ni celle de M. de *Cahusac,* si les grands talents sont rares; ils ne demandent l'un et l'autre qu'une perfection que l'on pourrait atteindre avec de l'émulation; le genre qu'ils ont tracé est le genre par excellence; il n'emprunte ses traits et ses grâces que de la nature.

Si les avis et les conseils de MM. *Diderot* et de *Cahusac* ne sont point suivis; si les routes qu'ils indiquent pour arriver à la perfection sont dédaignées, puis-je me flatter de réussir? non, sans doute, Monsieur, et il y aurait de la témérité à le penser.

Je sais que la crainte frivole d'innover arrête toujours les artistes pusillanimes; je n'ignore point encore que l'habitude attache fortement les talents médiocres aux vieilles rubriques de leur profession; je conçois que l'imitation en tout genre a des charmes qui séduisent tous ceux qui sont sans goût et sans génie; la raison en est simple, c'est qu'il est moins difficile de copier que de créer.

Combien de talents égarés par une servile imitation?

Combien de dispositions étouffées et d'artistes ignorés pour avoir quitté le genre et la manière qui leur étaient propres et pour s'être efforcés de saisir ce qui n'était pas fait pour eux ? Combien de comédiens faux et de parodistes détestables qui ont abandonné les accents de la nature, qui ont renoncé à eux-mêmes, à leur voix, à leur marche, à leurs gestes et à leur physionomie pour emprunter des organes, un jeu, une prononciation, une démarche, une expression et des traits qui les défigurent, de manière qu'ils n'offrent que la *charge* ridicule des originaux qu'ils ont voulu copier? Combien de danseurs, de peintres et de musiciens se sont perdus en suivant cette route facile mais pernicieuse qui mènerait insensiblement à la destruction et à l'anéantissement des arts, si les siècles ne produisaient toujours quelques hommes rares qui, prenant la nature pour modèle et le génie pour guide, s'élèvent d'un vol hardi et de leurs propres ailes à la perfection !

Tous ceux qui sont subjugués par l'imitation oublieront toujours la belle nature pour ne penser uniquement qu'au modèle qui les frappe et qui les séduit, modèle souvent imparfait et dont la copie ne peut plaire.

Questionnez les artistes ; demandez-leur pourquoi ils ne s'appliquent point à être originaux et à donner à leur art une forme plus simple, une expression plus vraie, un air plus naturel ? ils vous répondront, pour justifier leur indolence et leur paresse, qu'ils craignent de se donner un ridicule; qu'il y a du danger à innover, à créer; que le public est accoutumé à telle manière et que s'en écarter serait lui déplaire. Voilà les raisons sur lesquelles ils se fonderont pour assujettir les arts au caprice et au changement, parce qu'ils ignoreront qu'ils sont enfants de la nature; qu'ils ne doivent suivre qu'elle et qu'ils doivent être invariables dans les règles qu'elle prescrit. Ils s'efforceront enfin de vous persuader qu'il est plus glorieux de végéter et de languir à l'ombre des oripeaux qui les éclipsent et qui les écrasent que de se donner la peine d'être originaux eux-mêmes.

M. *Diderot* n'a d'autre but que celui de la perfection du théâtre; il voulait ramener à la nature tous les comédiens qui s'en sont écartés, M. de *Cahusac* rappelait également les danseurs à la vérité; mais tout ce qu'ils ont dit a paru faux, parce que tout ce qu'ils ont dit ne présente que les traits de la simplicité. On n'a point voulu convenir qu'il ne fallait que de l'esprit pour mettre en pratique leurs conseils.

Peut-on avouer qu'on en manque? Est-il possible de confesser que l'on n'a point d'expression? Ce serait convenir que l'on n'a point d'âme. On dit bien : je n'ai point de poumons ; mais je n'ai jamais entendu dire : je n'ai point d'entrailles. Les danseurs avouent quelquefois qu'ils n'ont point de vigueur, mais ils n'ont pas la même franchise lorsqu'il est question de parler de la stérilité de leur imagination ; enfin, les maîtres de ballets articulent avec naïveté qu'ils ne composent pas vite et que leur métier les ennuie, mais ils ne conviennent point qu'ils ennuient à leur tour le spectateur, qu'ils sont froids, diffus, monotones et qu'ils n'ont point de génie. Tels sont, Monsieur, la plupart des hommes qui se livrent au théâtre ; ils se croient tous parfaits ; aussi n'est-il pas étonnant que ceux qui se sont efforcés de leur dessiller les yeux se dégoûtent et se repentent même d'avoir tenté leur guérison.

L'amour-propre est dans toutes les conditions et dans tous les états un mal incurable. En vain cherche-t-on à ramener l'art à la nature, la désertion est générale ; il n'est point d'amnistie qui puisse déterminer les artistes à revenir sous ses étendards et à se rallier sous les drapeaux de la vérité et de la simplicité. C'est un service étranger qui leur serait trop pénible et trop dur. Il a donc été plus simple de dire que M. de *Cahusac* parlait en auteur et non en danseur et que le genre qu'il proposait était extravagant. On s'est écrié par la même raison que le *Fils naturel* et le *Père de famille* n'étaient point des pièces de théâtre et il a été plus facile de s'en tenir là que d'essayer de les jouer ; au moyen de quoi les artistes ont raison et les auteurs sont des imbéciles. Leurs ouvrages ne sont que des rêves faits par des moralistes ennuyeux et de mauvaise humeur, ils sont sans prix et sans mérite. Eh ! comment pourraient-ils en avoir? Y voit-on tous les petits mots à la mode, tous les petits portraits, les petites épigrammes et les petites saillies, car les *infiniment petits* plaisent souvent à Paris. J'ai vu un temps où l'on ne parlait que des *petits enfants,* que des *petits comédiens,* que des *petits violons,* que du *petit Anglais* et que du *petit cheval de la foire*.

(Lettre XV.)

3. *Chevrier.*

François-Antoine Chevrier écrit en 1758 *Le Colporteur,* qu'il rattache au genre de la satire (« J'ai nommé beaucoup de monde dans *Le Colporteur,* et j'ai suivi en cela l'exemple des satiriques romains et français. ») Le héros, nommé Brochure, vient lire les journaux, montrer les nouvelles estampes et raconter les derniers potins à Mme de Sarmé. Il n'aime pas les périodiques antiphilosophiques, ni cet « infâme barbouilleur de Palissot » qu'il n'épargne pas : « On ne prit chez M. de la Popelinière autant d'indigestions qu'à la table de Mme de Sarmé. Il est vrai que ses convives étaient de toutes les espèces, et quand elle ne pouvait avoir d'auteurs ni de comédiens du premier ordre, elle prenait des écrivassiers et des histrions ; et si Diderot et Carlin lui manquaient, elle voulait bien se borner à des Palissot et à des Marignan : cette mauvaise compagnie en éloignait la bonne, et la Marquise, ne voyant plus que des parasites et des escrocs qui avaient besoin d'elle, devint précieuse par orgueil, et méchante par nécessité » (p. 16, 17). Cet ouvrage très agréablement écrit, annonce *Le Neveu de Rameau* par le style des portraits, le lexique très étendu et mélangé (l'emploi du mot « espèce » par exemple), et les mêmes références aux milieux littéraires ainsi qu'à ceux du théâtre (Voir sur ce point un autre ouvrage de Chevrier, *L'Almanach des gens d'esprit* de 1762 avec un catalogue des acteurs). Voici déjà, sur la scène, Bertin et Mlle Hus. Brochure doit faire l'entremetteur entre celle-ci et un comte dont il sert les intrigues.

> Le Comte s'assied alors, et me tendant une chaise qui était à côté de son fauteuil, il me prit les mains, et me les serrant affectueusement ; toi seul, mon cher Brochure, me dit-il, toi seul peux me sauver la vie. Vous m'effrayez, Monsieur le Comte, lui répondis-je, achevez de grâce. Tu connais, mon cher ami, reprit M. de **** la petite *Hus* du Théâtre Français, je l'adore, je crois qu'elle m'aime ; mais un maudit financier l'obsède, et affectant une vive tendresse pour deux enfants dont il croit être le père, il ne sort point de chez sa maîtresse, et l'assomme du poids de sa paternité. Imagine, mon cher Brochure, le moyen de me procurer une entrevue avec cette aimable actrice, et compte sur les effets de ma reconnaissance.
>
> Ce que vous me proposez là, repris-je, est très difficile : ce financier est receveur général des parties casuelles ; il est

de l'Académie des Inscriptions, et sa maîtresse est comédienne ; voilà, Monsieur, trois grands obstacles que je ne me promets pas de vaincre. Mais que peuvent avoir, reprit le Comte, de commun ses titres et la profession de son amante avec ma passion ? Écoutez, repartis-je, et vous le saurez.

Cet homme, comme receveur général des parties casuelles, a la nomination de trente emplois ; ceux qui sont remplis par des commis caducs, sont brigués par des surnuméraires, et ce sont précisément ces employés expectants, qui, voulant mériter ses bonnes grâces, font jour et nuit le guet devant la maison, et dans les rues voisines. L'espoir d'une place rend tous ces garçons *écrituriers* vigilants, et il n'est guère possible de les trouver en défaut. Le financier est de l'Académie des Inscriptions et Belles Lettres : si vous me demandez pourquoi, je prendrai la liberté de vous renvoyer à son cuisinier, qui vous le dira. Cette qualité inonde sa maison de petits auteurs parasites, et de vieux *Savants* qui font dans l'intérieur ce que les commis surnuméraires font au dehors ; la demoiselle est enfin comédienne, et par conséquent soupçonnée d'infidélité. De là vient que son amant tient à ses gages la *Lamotte* et la *Fleuri*, deux douairières de l'Univers, et duègnes incommodes ; l'une demeure dans la maison, et l'autre à côté. Jugez, Monsieur, s'il est aisé de surmonter ces trois obstacles réunis.

(*Le Colporteur*, p. 50 à 52.)

4. *Fougeret de Monbron*.

Dans *Le Cosmopolite ou le Citoyen du monde* publié à Londres en 1750, Jean-Louis Fougeret de Monbron affirme son talent de pamphlétaire bilieux et bouffon. Ce marginal, exilé en 1749 et embastillé en 1755, présente une image dévaluée du philosophe, apatride et misanthrope. De Choiseul à Barrès, on fera ce double reproche à Diderot (Palissot reprend ce thème, et le Dortidius-Diderot des *Philosophes* prétend que « le vrai sage est un cosmopolite »). Le personnage du cosmopolite d'après Fougeret évoque surtout le Neveu. Comme lui « c'est un grain de levain qui fermente », un original qui arrache les masques.

En vain les Anglais quittent leur pays et parcourent les différentes contrées de l'Europe, ils reviennent chez eux, toujours les mêmes, sombres, mélancoliques, rêveurs, et généralement misanthropes. Comme je suis né d'un tempérament à peu près semblable au leur, le plus grand fruit que j'ai tiré de mes voyages ou de mes courses est d'avoir appris à haïr par raison ce que je haïssais par instinct. Je ne savais point jadis pourquoi les hommes m'étaient odieux ; l'expérience me l'a découvert. J'ai connu à mes dépens que la douceur de leur commerce n'était point une compensation des dégoûts et des désagréments qui en résultent. Je me suis parfaitement convaincu que la droiture et l'humanité ne sont en tous lieux que des termes de convention, qui n'ont au fond rien de réel et de vrai ; que chacun ne vit que pour soi, n'aime que soi ; et que le plus honnête homme n'est, à proprement parler, qu'un habile comédien, qui possède le grand art de fourber, sous le masque imposant de la candeur et de l'équité ; et par raison inverse, que le plus méchant et le plus méprisable est celui qui sait le moins se contrefaire. Voilà justement toute la différence qu'il y a entre l'honneur et la scélératesse. Quelque incontestable que puisse être cette opinion, je ne serai pas surpris qu'elle trouve peu de partisans. Les plus vicieux et les plus corrompus ont la marotte de vouloir passer pour gens de bien. L'honneur est un fard, dont ils font usage pour dérober aux yeux d'autrui leurs iniquités. Pourquoi la Nature ingrate m'a-t-elle dénié le talent de cacher ainsi les miennes ? Un vice ou deux de plus, je veux dire, la dissimulation et le déguisement, m'auraient mis à l'unisson du genre humain. Je serais, à la vérité, un peu plus fripon ; mais quel malheur y aurait-il ? J'aurais cela de commun avec tous les honnêtes gens du monde. Je jouirais, comme eux, du privilège de duper le prochain en sûreté de conscience :

Mais vains souhaits ! inutiles désirs !

C'est mon lot d'être sincère ; et mon ascendant, quoi que je fasse, est de haïr les hommes à visage découvert. J'ai déclaré plus haut que je les haïssais par instinct, sans les connaître ; je déclare maintenant que je les abhorre parce que je les connais, et que je ne m'épargnerais pas moi-même, s'il n'était point de ma nature de me pardonner préférablement aux autres. J'avoue donc de bonne foi que

> de toutes les créatures vivantes, je suis celle que j'aime le plus sans m'en estimer davantage. La nécessité indispensable où je me trouve de vivre avec moi veut que je sois indulgent et que je supporte mes faiblesses ; et comme rien ne me lie aussi étroitement avec le genre humain, on ne doit pas trouver étrange que je n'aie pas la même complaisance pour les siennes. Ces lâches égards dont les hommes trafiquent entre eux, sont des grimaces auxquelles mon cœur ne saurait se prêter. On a beau me dire qu'il faut se conformer à l'usage ; je ne consentirai jamais à écouter un original qui m'ennuie, ni à caresser un faquin que je méprise, encore moins à prodiguer mon encens à quelque scélérat. Ce n'est pas que je croie mieux valoir que le reste des humains : à Dieu ne plaise que ce soit ma pensée. Au contraire, j'avoue de la meilleure foi du monde que je ne vaux précisément rien ; et que la seule différence qu'il y a entre les autres et moi, c'est que j'ai la hardiesse de me démasquer, et qu'ils n'osent en faire autant.
>
> (*Le Cosmopolite*, Londres, 1753, p. 42 à 45.)

Ce mélange bigarré de récits et de portraits a la même liberté d'allure que le *Neveu de Rameau*, et appartient aussi au genre de la satire.

> O vous ! scrupuleux et froids observateurs de l'ordre, qui aimez mieux des pensées liées, vides de sens, que des réflexions décousues, telles que celles-ci, quoique, peut-être, assez bonnes, ne perdez pas votre précieux loisir à me suivre ; car je vous avertis que mon esprit volontaire ne connaît point de règle, et que semblable à l'écureuil, il saute de branche en branche, sans se fixer sur aucune. Apprenez que ce n'est pas la symétrie d'un repas qui constitue l'excellence des mets ; et que le festin le mieux ordonné n'est pas toujours celui où l'on fait meilleure chère. Qu'importe que des idées soient analogues ou non, pourvu qu'elles soient justes et sensées, c'est là l'essentiel.
>
> (*Ibid.*, p. 62.)

Publié à Hambourg en 1750, *Margot la Ravaudeuse* est le seul ouvrage vraiment connu de Fougeret de Monbron. Ce petit roman encanaillé, dans le style de Dulaurens (*Le Compère*

Matthieu ou les Bigarrures de l'esprit humain de 1777), raconte l'ascension de Margot entretenue par des fermiers généraux. Une fois parvenue, elle tient salon et se moque de celui de Mme de Tencin. Chez elle, comme chez Bertin ou dans ces mauvais repas qui obsèdent Diderot, on s'amuse à mettre en pièces les philosophes et les grands hommes.

> J'avais soir et matin une table de huit couverts, dont six étaient régulièrement occupés par des poètes, des peintres et des musiciens, lesquels pour l'intérêt de leur ventre, prodiguaient en esclaves leur encens mercenaire à mon Crésus. Ma maison était un tribunal, où l'on jugeait aussi souverainement les talents et les arts, que dans la gargote littéraire de Mme T... Tous les bons auteurs y étaient mis en pièces et déchirés à belles dents comme chez elle; on ne faisait grâce qu'aux mauvais : souvent même on les plaçait au premier rang. J'ai vu cette vermine oser déprimer les lettres inimitables de l'auteur du Temple de Gnide, et pétarder le bon abbé Pélegrin, pour avoir soutenu que les Lettres Juives n'étaient qu'un ramas monstrueux de pensées extraites de Bayle, de la Bibliothèque universelle de Le Clerc, de l'espion Turc, etc., toutes pitoyablement défigurées, et sentant le terroir provençal à chaque ligne. Ce pauvre prêtre qui n'avait contre lui que beaucoup de misère et de malpropreté, qui logeait une très belle âme dans un corps très salope; ce pauvre homme, toute sa vie en butte aux injustes sarcasmes, avait une judiciaire exquise; et je dois dire à sa gloire, que si j'ai quelque goût pour les bonnes choses; que si je me suis garantie de la fièvre contagieuse du bel esprit, je n'en suis redevable qu'à ses conseils.
>
> (*Margot la Ravaudeuse,* Hambourg, p. 133, 134.)

C. Jean-François Rameau.

Diderot s'est inspiré d'un personnage très parisien, sur lequel nous avons plusieurs témoignages et non des moindres. Jean-François Rameau fascine les écrivains qu'il fréquente. La lecture de ces portraits permet de mieux évaluer la transposition de Diderot.

1. *Les portraits.*

— Dans une lettre à Cazotte du 22 octobre 1764, Piron décrit les cabrioles et les « saillies fantasques » de Rameau.

> « ... Vous y prenez bien les saillies fantasques du pauvre ami Rameau, de quoi je vous remercie pour lui, car il le mérite mieux que peut-être il ne le ressent, ou, à coup sûr, le ressent mieux qu'il n'en remercie. Je vous aurais plutôt répondu, si vous ne m'aviez pas dit qu'il allait revenir. Je l'attendais de jour à autre pour savoir mieux que vous dire, éclairé par ses narrations : mon imagination y suppléera, puisqu'il ne vient point. C'est comme s'il était venu ! ou que j'eusse été entre vous et lui, à Pierry ; excepté vos nouvelles particulières qui sont d'un tout autre ordre, et d'un intérêt à part. D'ici, je le vois là. Ne disant jamais ce qu'il devait dire, ni ce qu'on eût voulu qu'il eût dit ; toujours ce que ni lui, ni vous, ne vous étiez attendu qu'il dirait ; tous deux, après avoir éclaté de rire, ne sachant ce qu'il avait dit. Je le vois cabrioler à contretemps ; prendre ensuite un profond sérieux encore plus mal à propos, passer de la haute contre à la basse taille, de la polissonnerie aux maximes ; fouler au pied les riches et les grands, et pleurer misère ; se moquer de son oncle, et se parer de son grand nom ; vouloir l'imiter, l'atteindre, l'effacer, et ne vouloir plus se remuer ; lion à la menace, poule à l'exécution, aigle de tête, tortue et belle écrevisse des pieds ; au demeurant et sans contradiction, le meilleur enfant du monde et méritant le bon vouloir de tous ceux qui le connaîtront comme vous et moi le connaissons. Mais où seront ces connaisseurs ? Sera-ce à Paris, sera-ce à la Cour ? Les marmousets ont peur de leur ombre, à plus forte raison de celle d'un géant un peu contrefait, car le Cahos était le géant contrefait que la toute-puissance façonna : et vous avez fort bien nommé et qualifié Cahos, l'abbé Rameau. C'est quand Jupiter le fit, qu'il était ivre-saoul ; il avait pris du poil de la bête, quand ce vint à nous faire. Nous nous sentons tous un tantinet de la veille où il eut lui seul la fleur de l'ivresse. Nos petits jolis gentils polis colifichets de badauds et de courtisans, ne connaîtront jamais rien à notre énigme bourguignonne, si nous ne nous ingérons d'être des Œdipes. Nous ne sommes que trop près tous deux, moi de parler et vous d'agir de votre mieux,

comme nous avons toujours fait. Reste au Sphinx à s'aider, les hommes de Dieu l'aideront peut-être. Ils aident bien tous les jours, depuis vingt ou trente ans, un tas de petits beaux esprits manqués, cent fois moins nés pour leur métier, qu'il ne l'est pour le sien. L'auteur avantageux de *Timoléon* (La Harpe) qui dit : " Je vais refaire et simplifier Gustave et Rhadamiste ", après avoir suspendu deux mois durant sa pièce, après sa première représentation, vient de la remonter, et, le lendemain, on l'affiche pour la dernière fois ; vous le verrez un jour à l'Académie française comme Marmontel et tant d'autres. Que Rameau prenne donc courage ; et pour nous deux, buvons frais. »

(Reproduit dans la *Notice sur Rameau le Neveu* de Gustave Isambert, in *Le Neveu de Rameau,* Paris, 1883.)

Louis-Sébastien Mercier (dans le chapitre *Gluck* de son *Tableau de Paris*) prend position pour la musique nouvelle : « En 1778, tout le monde était ou Gluckiste, ou Lulliste, ou Ramiste, ou Picciniste ; ainsi que l'on était, il y a quarante ans, ou Moliniste, ou Janséniste. J'avoue que j'étais et que je suis encore un décidé Gluckiste. Pourquoi ? C'est que l'Orphée du Danube me frappe profondément, m'entraîne, m'émeut ; et je préfère la mélodie à l'harmonie. » Mercier s'intéresse plus au Neveu qu'au grand Rameau.

« ... Je ne comprenais rien à la grande renommée de Rameau : il m'a semblé depuis que je n'avais pas alors un si grand tort.

J'avais connu son neveu, moitié abbé, moitié laïque, qui vivait dans les cafés, et qui réduisait à la mastication tous les prodiges de valeur, toutes les opérations du génie, tous les dévouements de l'héroïsme, enfin tout ce que l'on faisait de grand dans le monde. Selon lui, tout cela n'avait d'autre but ni d'autre résultat que de placer quelque chose sous la dent.

Il prêchait cette doctrine avec un geste expressif, et un mouvement de mâchoire très pittoresque ; et quand on parlait d'un beau poème, d'une grande action, d'un édit : tout cela, disait-il, depuis le maréchal de France jusqu'au savetier, et depuis Voltaire jusqu'à Chabane ou Chabanon, se fait indubitablement pour avoir de quoi mettre dans la bouche, et accomplit les lois de la mastication.

Un jour, dans la conversation, il me dit : mon oncle musicien est un grand homme, mais mon père violon était un plus grand homme que lui ; vous allez en juger : c'était lui qui savait mettre sous la dent ! Je vivais dans la maison paternelle avec beaucoup d'insouciance ; car j'ai toujours été fort peu curieux de sentineller l'avenir ; j'avais vingt-deux ans révolus, lorsque mon père entra dans ma chambre, et me dit : — Combien de temps veux-tu vivre encore ainsi, lâche et fainéant ? il y a deux années que j'attends de tes œuvres ; sais-tu qu'à l'âge de vingt ans j'étais pendu, et que j'avais un état ? — Comme j'étais fort jovial, je répondis à mon père : — C'est un état que d'être pendu ; mais comment fûtes-vous pendu, et encorc mon père ? — Écoute, me dit-il, j'étais soldat et maraudeur ; le grand prévôt me saisit et me fit accrocher à un arbre ; une petite pluie empêcha la corde de glisser comme il faut, ou plutôt comme il ne fallait pas ; le bourreau m'avait laissé ma chemise, parce qu'elle était trouée ; des housards passèrent, ne me prirent pas encore ma chemise, parce qu'elle ne valait rien, mais d'un coup de sabre ils coupèrent ma corde, et je tombai sur la terre ; elle était humide : la fraîcheur réveilla mes esprits ; je courus en chemise vers un bourg voisin, j'entrai dans une taverne, et je dis à la femme : ne vous effrayez pas de me voir en chemise, j'ai mon bagage derrière moi : vous saurez... Je ne vous demande qu'une plume, de l'encre, quatre feuilles de papier, un pain d'un sou et une chopine de vin. Ma chemise trouée disposa sans doute la femme de la taverne à la commisération ; j'écrivis sur les quatre feuilles de papier : *Aujourd'hui grand spectacle donné par le fameux Italien ; les premières places à six sous, et les secondes à trois. Tout le monde entrera en payant*. Je me retranchai derrière une tapisserie, j'empruntai un violon, je coupai ma chemise en morceaux ; j'en fis cinq marionnettes, que j'avais barbouillées avec de l'encre et un peu de mon sang, et me voilà tour à tour à faire parler mes marionnettes, à chanter et à jouer du violon derrière ma tapisserie.

J'avais préludé en donnant à mon violon un son extraordinaire. Le spectateur accourut, la salle fut pleine ; l'odeur de la cuisine, qui n'était pas éloignée, me donna de nouvelles forces ; la faim, qui jadis inspira Horace, sut inspirer ton père. Pendant une semaine entière, je donnai deux représentations par jour, et sur l'affiche point de *relâche*. Je sortis de la taverne avec une casaque, trois chemises, des souliers et des bas, et assez d'argent pour gagner la frontière. Un petit enrouement, occasionné par la pendaison, avait disparu totalement, de sorte que l'étranger admira ma voix sonore. Tu vois que j'étais illustre à vingt ans, et que j'avais un état; tu en as vingt-deux, tu as une chemise neuve sur le corps; voilà douze francs, sors de chez moi.

Ainsi me congédia mon père. Vous avouerez qu'il y avait plus loin de sortir de là que de faire *Dardanus* ou *Castor et Pollux*. Depuis ce temps-là je vois tous les hommes coupant leurs chemises selon leur génie, et jouant des marionnettes en public, le tout pour remplir leur bouche. La mastication, selon moi, est le vrai résultat des choses les plus rares de ce monde. Le neveu de Rameau, plein de sa doctrine, fit des extravagances et écrivit au ministre, pour avoir de quoi mastiquer, comme étant fils et neveu de deux grands hommes. Le S. Florentin qui, comme on sait, avait un art tout particulier pour se débarrasser des gens, le fit enfermer d'un tour de main, comme un fou incommode, et depuis ce temps je n'en ai point entendu parler.

Ce neveu de Rameau, le jour de ses noces, avait loué toutes les vielleuses de Paris, à un écu par tête, et il s'avança ainsi au milieu d'elles, tenant son épouse sous le bras : *Vous êtes la vertu,* disait-il, *mais j'ai voulu qu'elle fût relevée encore par les ombres qui l'environnent...* »

(*Tableau de Paris,* Amsterdam, 1788,
t. XII, p. 110-114.)

2. La *Raméide* et la *Nouvelle Raméide*.

— La *Raméide* de 1766 est un court poème autobiographique. « Glorieux » de son nom, Jean-François Rameau apparaît ici comme le petit neveu d'un grand oncle. Cet ouvrage donne quelques indications sur ses positions réelles à propos de divers sujets. Il n'est pas ingrat envers Bertin auquel il rend hommage :

« BERTIN y mit le prix, et dans la Capitale,
A lui seul doit le jour ma verve originale;
Dans la société, ce mortel généreux,
Ne connaît de plaisirs qu'à faire des heureux. »
(p. 23)

Il soutient la musique française contre Rousseau, le « Docteur de Genève » qui veut nous faire « chanter suisse ». Les passages les plus intéressants de la *Raméide* concernent Jean-François Rameau lui-même, les malheurs de sa vie (« Il semble que le ciel m'ait fait pour les revers »), et sa quête d'une identité problématique à cause de l'image paralysante de l'oncle (« Pour avoir un état, faut-il donc être lui ? »). Ces vers de mirliton disent à leur façon ce que Diderot a su génialement orchestrer.

J'entonnai le clairon et la fière trompette ;
Je fis pour le hameau résonner la musette :
Mon archet à son tour rend les êtres moraux ;
Ici, c'est là *Voltaire*, et là les trois *Rameaux*.
Après d'autres portraits, avec un nouveau zèle,
Peint le *Français aimable*, et là *toujours nouvelle ;*
De l'*Amour* et *Psiché* raconte le destin,
Sous ce titre gravé, *Pièces de clavecin*.
Mes chants ont parcouru ces Temples de miracles,
A plus d'une reprise ont fait acte aux spectacles.
Tout ce que j'entendis me parût être beau,
Jusqu'à me prendre alors moi-même pour *Rameau*.
Mais pure illusion ! Sur les pas de leurs Pères,
Voit-on de race en race, également prospères,
Les aïeux, les germains, les enfants, les neveux,
En partage avoir eu mêmes faveurs des Cieux ?
Dans le rang des Talents, si le Ciel n'est propice,
Le mérite est sans force et dépend du caprice.
Avant *Rameau* peut-être on aurait pû me voir
Paraître avec éclat dans le rang du savoir.
Tout dépend ici-bas du temps, des circonstances,
Sur lui pouvais-je enfin avoir les préférences ?
Dans mon obscurité depuis trente ans assis,
Crûment je le dirai, je ne sais où j'en suis.
Quand cet oncle vivait, embellissait la terre,
Je sus bien tout ensemble admirer et me taire.
J'affectais l'air content, l'on me croyait heureux
Sous le joug le plus rude et le plus onéreux.
De gloire trop épris, il en coûte sans doute
Lorsque de la fortune il faut prendre la route.

(p. 4 et 5)

Voici la présentation sévère de la *Raméide* dans la *Correspondance littéraire* de juin 1766 (t. VII, 61).

> — Le musicien Rameau a laissé, outre ses propres enfants, un neveu qui a toujours passé pour une espèce de fou. Il est une sorte d'imagination bête et dépourvue d'esprit, mais qui, combinée avec la chaleur, produit quelquefois des idées neuves et singulières. Le mal est que le possesseur de cette espèce d'imagination rencontre plus souvent mal que bien, et qu'il ne sait pas quand il a bien rencontré. Rameau le neveu est un homme de génie de cette classe, c'est-à-dire un fou quelquefois amusant, mais la plupart du temps fatigant et insupportable. Ce qu'il y a de pis, c'est que Rameau le fou meurt de faim, comme il conte par une production de sa muse qui vient de paraître. C'est un poème en cinq chants, intitulé *La Raméide*. Heureusement ces cinq chants ne tiennent pas trente pages in-12. C'est le plus étrange et le plus ridicule galimatias qu'on puisse lire.

Dans la *Nouvelle Raméide,* Cazotte développe les mêmes thèmes, et surtout celui de la jalousie éprouvée à propos de l'oncle :

> « Qu'ils me laissent parler de moi, de moi, de moi...
> Ce moi ? c'est moi Rameau, Rameau, fils de son père,
> D'un oncle très connu neveu trop ignoré,
> Dans la gêne et l'oubli gisant contre son gré...
> Et je fis dans un an un enfant et un livre.
> Père, auteur et mari, de titres étayés,
> Au physique, au moral, je croyais tout payé.
> Élevé chaque jour au doux son de la lyre,
> A peine encore éclos, tout semblait me prédire
> Que mes ans fortunés s'écouleraient un jour
> Dans les bras de la gloire et dans ceux de l'amour ;
> Quand Momus, ce bouffon de céleste origine,
> M'aperçut en passant, et jugeant à ma mine
> Que j'étais propre à faire un de ses favoris,
> Résolut de tromper Apollon et Cypris,
> D'arracher un soutien à leur brillant empire,
> Et de me destiner à rire et faire rire. »

A la fin Rameau trouve un état. Il sera parasite de la troupe des « chevaliers errants à l'heure du dîner ».

Voici comment Cazotte présente sa *Nouvelle Raméide* :

> « La seconde *Raméide* est une plaisanterie faite par moi à l'homme le plus plaisant, par nature, que j'aie connu : il s'appelait Rameau, était neveu du célèbre musicien, avait été mon camarade de collège, avait pris pour moi une amitié qui ne s'est jamais démentie, ni de sa part, ni de la mienne. Ce personnage, l'homme le plus extraordinaire que j'aie connu, était né, avec un talent naturel dans plus d'un genre, que le défaut d'assiette de son esprit ne lui permit jamais de cultiver. Je ne puis comparer son genre de plaisanterie qu'à celui que déploie le docteur Sterne dans son *Voyage sentimental*. Les saillies de Rameau étaient des saillies d'instinct d'un genre si piquant qu'il est nécessaire de les peindre pour pouvoir essayer de les rendre. Ce n'étaient point des bons mots : c'étaient des traits qui semblaient partir de la plus parfaite connaissance du cœur humain. Sa physionomie, qui était vraiment burlesque, ajoutait un piquant extraordinaire à ses saillies, d'autant moins attendues de sa part, que, d'habitude, il ne faisait que déraisonner. Ce personnage né musicien, autant que son oncle, ne put jamais s'enfoncer dans les profondeurs de l'art; mais il était né plein de chant, et avait l'étrange facilité d'en trouver, impromptu, de l'agréable et de l'expressif sur quelques paroles qu'on voulût lui donner; mais il eût fallu qu'un véritable artiste eût arrangé et corrigé ses phrases, et composé ses partitions. Il était de figure aussi horriblement que plaisamment laid, très souvent ennuyeux, parce que son génie l'inspirait rarement : mais si la verve le servait, il faisait rire jusqu'aux larmes. Il vécut pauvre, ne pouvant suivre aucune profession. Sa pauvreté absolue lui faisait honneur dans mon esprit. Il n'était pas né absolument sans fortune; mais il eût fallu dépouiller son père du bien de sa mère, il se refusa à réduite à la misère l'auteur de ses jours, qui s'était remarié et qui avait des enfants. Il a donné en plusieurs occasions des preuves de la bonté de son cœur. Cet homme singulier vécut passionné pour la gloire, qu'il ne pouvait acquérir dans aucun genre. Un jour, il imagina de se faire poète, pour essayer de cette façon de faire parler de lui. Il composa un poème sur lui-même, qu'il intitula la *Raméide*, et qu'il distribua dans

tous les cafés ; mais personne n'alla le chercher chez l'imprimeur. Je lui fis l'espièglerie de composer une seconde *Raméide*, que le libraire vendit à son profit. Rameau ne trouva pas mauvais que j'eusse plaisanté de lui, parce qu'il se trouva assez bien peint.

Il est mort aimé de quelques-uns de ceux qui l'ont connu, dans une maison religieuse où sa famille l'avait placé, après quatre ans d'une retraite qu'il avait prise en gré et ayant gagné le cœur de ceux qui d'abord avaient été ses geôliers. Je lui fais ici avec plaisir sa petite oraison funèbre, parce que je tiens encore à l'idée qu'il m'a laissée de lui. »

(Notice sur la *Nouvelle Raméide*,
O.C., 1816, t. III.)

— La *Correspondance littéraire* (septembre 1766, VII, p. 123) n'a pas beaucoup plus d'égards pour le pastiche, faussement attribué à Piron que pour l'original.

— Ma foi, j'aime mieux ce fou de Rameau le neveu que ce radoteur de Piron. Celui-ci m'écorche l'oreille avec ses vers, m'humilie et m'indigne avec ses capucinades ; l'autre n'a pas fait *la Métromanie* à la vérité, mais ses platitudes du moins me font rire. Il vient de publier une *Nouvelle Raméide*. C'est la seconde, qui n'a rien de commun avec la première que le but de l'ouvrage qui est de procurer du pain à l'auteur. Pour cela il avait demandé un bénéfice dans la première *Raméide*, comme chose qui ne coûterait rien à personne, et tout disposé à prendre le petit collet. Dans la seconde, il insiste encore un peu sur le bénéfice, ou bien il propose pour alternative de rétablir en sa faveur la charge de bouffon de la cour. Il montre très philosophiquement dans son poème combien on a eu tort d'abolir ces places, de les faire exercer par des gens qui n'en portent pas le titre et qui n'en portent pas la livrée. Aussi tout va de mal en pis depuis qu'il n'y a plus de bouffon en titre auprès des rois. Le Rameau fou a, comme vous voyez, quelquefois des saillies plaisantes et singulières. On lui trouva un jour un Molière dans sa poche, et on lui demanda ce qu'il en faisait. « J'y apprends, répondit-il, ce qu'il ne faut pas dire, mais ce qu'il faut faire. » Je lui observerai ici qu'il fallait appeler son poème *Ramoïde,* et non *Raméide ;* la postérité croira qu'il s'appelait La Ramée.

En 1778, Les Bouffons italiens jouent Paisiello dans la même atmosphère polémique que vingt-six ans auparavant quand ils avaient donné ce Pergolèse que Jean-François Rameau écrit Père-Golèse. La *Correspondance secrète de Métra* du 27 juin cite à cette occasion un « couplet » attribué à Rameau :

« Les Bouffons italiens trouvent ici des partisans, mais encore plus d'antagonistes. Le neveu du célèbre Rameau, surnommé Rameau le fou, vient de faire courir ce couplet assez plaisant sur l'air : Nous nous marierons dimanche.

Les Bouffons jeudi,
Les Bouffons lundi,
Auront une fin prochaine.
Excepté le
Fameux coin de
La Reine,
Tout l'opéra
Leur donnera
Pour peine
D'aller avant peu
Établir leur jeu
Près de la Samaritaine. »

II. RÉCEPTION ET RÉÉCRITURES.

1. GOETHE (*Rameaus Neffe. Ein Dialog von Diderot,* 1805).

Le premier commentaire que l'œuvre ait suscité est celui de Goethe. C'est aussi un des plus perspicaces car il prend d'abord en compte l'esthétique de l'ouvrage.

L'ouvrage remarquable que nous soumettons [...] aux lecteurs allemands est sans nul doute une des meilleures productions de Diderot. Le public français et même ses amis admettaient qu'il pouvait écrire de très belles pages, mais le jugeaient incapable de concevoir une grande composition. Ces propos-là se répètent, l'écho les multiplie, et le mérite d'un homme de bien s'en trouve amoindri sans autre examen. Nos aristarques n'avaient probablement pas lu *Jacques le Fataliste*. Le présent écrit témoigne aussi du bonheur avec lequel il savait assembler les éléments de la réalité les plus hétérogènes pour en faire un tout idéal. Au reste, quelle que fût leur opinion sur l'écrivain, ses amis et ses ennemis s'accordaient à dire que nul, dans la conversation, ne le surpassait en vivacité, en force, en esprit, en variété et en grâce. En adoptant pour le présent écrit la forme dialoguée, Diderot s'est placé sur le terrain qui l'avantageait, et il a produit un chef-d'œuvre qui suscite d'autant plus d'admiration qu'on le connaît mieux. Son dessein oratoire et moral est multiple. D'abord il consacre toutes les ressources de son esprit à la description des flagorneurs et des parasites dans ce qu'ils ont de plus vil, et il ne ménage pas davantage leurs patrons. En même temps, l'auteur s'efforce de montrer que ses ennemis dans la république des lettres appartiennent aussi à l'espèce des hypocrites et des flatteurs, et il profite de l'occasion pour exprimer son sentiment et ses vues sur la musique française. Aussi hétérogène que puisse paraître ce dernier élément dans la composition, c'est lui pourtant qui donne au tout sa tenue et sa dignité : car s'il est vrai que le personnage du Neveu de Rameau trahit une nature décidément servile, que les influences extérieures peuvent pousser à toutes les perversités, et qui suscite par là notre mépris, voire notre aversion, ces sentiments seront tempérés par le fait qu'il se montre aussi sous les traits d'un musicien qui n'est pas totalement dépourvu de talent, mi-visionnaire, mi-virtuose. Du point de vue de la composition poétique, encore, le talent inné du protagoniste présente un grand avantage : il parle pour tous les flatteurs et tous les esclaves, il représente une espèce entière, mais il n'en est pas moins un individu, un être ayant son caractère particulier, Rameau, le Neveu du grand Rameau, vivant et agissant.

On laissera découvrir au lecteur intelligent — qui sait aussi relire — avec quelle adresse ces fils tendus dès le début sont ensuite entrelacés, quelle variété d'entretiens permet ce tissu, comment cet ensemble où le coquin et l'honnête homme se trouvent confrontés sur le plan le plus général est cependant tout pétri de réalité parisienne. Car le bonheur avec lequel cet ouvrage est conçu et pensé n'a d'égal que celui de son invention. Puisse le propriétaire de l'original français consentir à le communiquer très prochainement au public.

Rameaus Neffe, réédition de la traduction
et des commentaires originaux par
R. Münnich, Weimar, 1964, pp. 208-210
[trad. J. et M. Proust]

2. HOFFMANN (*Ritter Gluck,* 1809).

Hoffmann propose, quatre ans après la traduction de Goethe, la première réécriture du *Neveu de Rameau :* même conception du dialogue avec un narrateur, même localisation dans un espace de café, mêmes références à la musique, même personnage d'original.

La fin de l'été a souvent de beaux jours à Berlin. Le soleil perce joyeusement les nuages, et l'air humide, qui se balance sur les rues de la cité, s'évapore légèrement à ses rayons. On voit alors de longues files de promeneurs, un mélange chamarré d'élégants, de bons bourgeois avec leurs femmes et leurs enfants en habits de fête, d'ecclésiastiques, de juifs, de filles de joie, de professeurs, d'officiers et de danseurs, passer sous les allées de tilleuls, et se diriger vers le jardin botanique. Bientôt toutes les tables sont assiégées chez Klaus et chez Weber ; le café de chicorée fume en pyramides tournoyantes, les jeunes gens allument leurs cigares, on parle, on dispute sur la guerre ou la paix, sur la chaussure de Mme Bethmann, sur le dernier traité de commerce et la dépréciation des monnaies, jusqu'à ce que toutes les discussions se perdent dans les premiers accords d'une ariette de Fanchon, avec laquelle une harpe discorde, deux violons fêlés et une clarinette asthmatique viennent tourmenter leurs auditeurs et se tourmenter eux-mêmes. Tout proche de la balustrade qui sépare de la rue la rotonde de Weber, sont plusieurs petites tables environnées de chaises de jardin ; là, on respire un air pur, on observe les allants et les venants, et on est éloigné du bourdonnement cacophonique de ce maudit orchestre : c'est là que je viens m'asseoir, m'abandonnant aux légers écarts de mon imagination, qui m'amène sans cesse des figures amies avec lesquelles je cause à l'aventure, des arts, des sciences et de tout ce qui fait la joie de l'homme. La masse des promeneurs passe devant moi, toujours plus épaisse, toujours plus mêlée, mais rien ne me trouble, rien ne m'enlève à mes amis fantastiques. Une aigre valse échappée des maudits instruments me rappelle quelquefois du pays des ombres ; je n'entends que la voie criarde des violons et de la clarinette qui brait ; elle monte et elle descend le long d'éternelles octaves qui me déchirent l'oreille, et alors la douleur aiguë que je ressens m'arrache une exclamation involontaire. — Oh ! les infernales octaves ! m'écriai-je un jour.

J'entendis murmurer auprès de moi : Fâcheux destin ! encore un chasseur d'octaves ! Je me levai et je m'aperçus qu'un homme avait pris place à la même table que moi. Il me regardait fixement, et je ne pus à mon tour détacher mes regards des siens. Jamais je n'avais vu une tête et une figure qui eussent fait sur moi une impression aussi subite et aussi profonde. Un nez doucement aquilin regagnait un front large et ouvert, où des saillies fort apparentes s'élevaient au-dessus de deux sourcils épais et à demi-argentés. Ils ombrageaient deux yeux étincelants, presque sauvages à force de feu, des yeux d'adolescents jetés sur un visage de cinquante ans. Un menton gracieusement arrondi contrastait avec une bouche sévèrement fermée, et un sourire involontaire, que produisait le jeu des muscles, semblait protester contre la mélancolie répandue sur ce vaste front. Quelques boucles grises pendaient seulement derrière sa tête chauve, et une large houppelande enveloppait sa haute et maigre stature. Dès que mes regards tombèrent sur cet homme, il baissa les yeux, et reprit sa tâche, que mon exclamation avait sans doute interrompue : elle consistait à secouer complaisamment, de plusieurs petits cornets dans une grande tabatière, du tabac qu'il arrosait de temps en temps de quelques gouttes de vin. La musique ayant cessé, je ne pus me défendre de lui adresser la parole. — Il est heureux que la musique se taise, lui dis-je, elle n'était pas supportable.

(Hoffmann, édition GF-Flammarion des *Contes fantastiques*, II, p. 285, 286.)

Le texte se clôt, sur un crescendo, par un grand moment d'enthousiasme et d'extase musicale. L'interlocuteur génial dévoile alors son identité, mais (Gluck étant mort en 1787) on peut penser qu'il s'agit d'un mystificateur et d'un fou qui se prend pour le compositeur d'un autre siècle. Avec lui, c'est aussi le fantôme fantastique du Neveu qui resurgit.

> L'homme s'approcha d'une armoire placée dans l'angle de la chambre, et tira un rideau qui la masquait. Je vis alors une suite de grands livres bien reliés, avec des inscriptions en lettres d'or, telles que : *Orfeo, Armida, Alceste, Iphigenia;* bref, je vis réunis à la fois tous les chefs-d'œuvre de Gluck. — Vous possédez toute l'œuvre de Gluck? m'écriai-je. Il ne répondit rien, mais un sourire convulsif contracta sa bouche; et le jeu des muscles de ses joues tombantes, mis tout à coup en mouvement, changea son visage en un masque chargé de plis. Les regards fixés sur moi, il saisit un des livres, — c'était *Armide;* et s'avança d'un pas solennel vers le piano. Je l'ouvris vitement, et j'en déployai le pupitre; il sembla voir cette attention avec plaisir. Il ouvrit le livre, et quel fut mon étonnemnt! je vis du papier réglé, et pas une note ne s'y trouvait écrite. Il me dit: Je vais jouer l'ouverture; tournez les feuillets, et à temps! — Je le promis, et il joua magnifiquement et en maître, à grands accords fortement plaqués, et presque conformément à la partition, le majestueux *Tempo di Marcia,* par lequel commence l'ouverture: mais l'allégro ne fut que parsemé des principales pensées de Gluck. Il y introduisit tant de phrases originales, que mon étonnement s'accrut de plus en plus. Ses modulations étaient surtout frappantes, et il savait rattacher à tant de variations brillantes le motif principal, qu'il semblait sans cesse rajeunir et paraître sous une forme nouvelle. Son visage était incandescent; tantôt ses sourcils se rejoignaient, et une fureur longtemps contenue semblait sur le point d'éclater; tantôt ses yeux, remplis de larmes, exprimaient une douleur profonde. Quelquefois, tandis que ses deux mains travaillaient d'ingénieuses variations, il chantait le thème avec une agréable voix de ténor; puis, il savait imiter d'une façon toute particulière, avec sa voix, le bruit sourd du roulement des timbales. Je tournais assidûment les feuillets en suivant ses regards. L'ouverture s'acheva, et il tomba dans son fauteuil, épuisé et les yeux fermés. Bientôt il se releva, et tournant avec vivacité plusieurs pages blanches de son livre, il dit d'une voix étouffée : Tout ceci, monsieur, je l'ai écrit en revenant du pays des rêves. Mais j'ai découvert à

des profanes ce qui est sacré, et une main de glace s'est glissée dans ce cœur brûlant. Il ne s'est pas brisé ; seulement j'ai été condamné à errer parmi les profanes, comme un esprit banni, sans forme, pour que personne ne me connaisse, jusqu'à ce que l'œil m'élève jusqu'à lui, sur son regard. — Ah ! chantons maintenant les scènes d'*Armide*. Et il se mit à chanter la dernière scène d'*Armide* avec une expression qui pénétra jusqu'au fond de mon âme. Mais il s'éloigna sensiblement de la version originale : sa musique était la scène de Gluck, dans un plus haut degré de puissance. Tout ce que la haine, l'amour, le désespoir, la rage, peuvent produire d'expressions fortes et animées, il le rendit dans toutes ses gradations. Sa voix semblait celle d'un jeune homme, et des cordes les plus basses elle s'élevait aux notes les plus éclatantes. Toutes mes fibres vibraient sous ses accords ; j'étais hors de moi. Lorsqu'il eut terminé la scène, je me jetai dans ses bras, et je m'écriai d'une voix émue : Quel est donc votre pouvoir ? Qui êtes-vous ? Il se leva et me toisa d'un regard sévère et pénétrant, et au moment où je me disposais à répéter ma question, il avait disparu avec la lumière, me laissant dans l'obscurité la plus complète. J'étais seul déjà depuis un quart d'heure, je désespérais de le revoir, et je cherchais, en m'orientant sur la position du piano, à gagner la porte, lorsqu'il reparut tout à coup avec la lumière : il portait un riche habit à la française, chargé de broderies, une belle veste de satin, et une épée pendait à son côté. Je restai stupéfait ; il s'avança solennellement vers moi, me prit doucement la main, et me dit en souriant d'un air singulier : JE SUIS LE CHEVALIER GLUCK !

(p. 294, 295)

3. BALZAC (*La Maison Nucingen*, 1837).

Par son format, son style dialogué et sa mise en scène surprenante, *La Maison Nucingen* est une reprise de Diderot. Le « pamphlet » de Bixiou imite en tout point la pantomime du Neveu, transposée dans le contexte de *La Comédie humaine*. Balzac dont l'esthétique doit tant à Diderot, a voulu ici marquer explicitement sa dette.

Vous savez combien sont minces les cloisons qui séparent les cabinets particuliers dans les plus élégants cabarets de Paris. Chez Véry, par exemple, le plus grand salon est coupé en deux par une cloison qui s'ôte et se remet à volonté. La scène n'était pas là, mais dans un bon endroit qu'il ne me convient pas de nommer. Nous étions deux, je dirai donc, comme le Prud'homme de Henri Monnier : « Je ne voudrais pas la compromettre. » Nous caressions les friandises d'un dîner exquis à plusieurs titres, dans un petit salon où nous parlions à voix basse, après avoir reconnu le peu d'épaisseur de la cloison. Nous avions atteint au moment du rôti sans avoir eu de voisins dans la pièce contiguë à la nôtre, où nous n'entendions que les pétillements du feu. Huit heures sonnèrent, il se fit un grand bruit de pieds, il y eut des paroles échangées, les garçons apportèrent des bougies. Il nous fut démontré que le salon voisin était occupé. En reconnaissant les voix, je sus à quels personnages nous avions affaire.

C'était quatre des plus hardis cormorans éclos dans l'écume qui couronne les flots incessamment renouvelés de la génération présente ; aimables garçons dont l'existence est problématique, à qui l'on ne connaît ni rentes ni domaines, et qui vivent bien. Ces spirituels *condottieri* de l'Industrie moderne, devenue la plus cruelle des guerres, laissent les inquiétudes à leurs créanciers, gardent les plaisirs pour eux, et n'ont de souci que de leur costume. D'ailleurs braves à fumer, comme Jean Bart, leur cigare sur une tonne de poudre, peut-être pour ne pas faillir à leur rôle ; plus moqueurs que les petits journaux, moqueurs à se moquer d'eux-mêmes ; perspicaces et incrédules, fureteurs d'affaires, avides et prodigues, envieux d'autrui, mais contents d'eux-mêmes ; profonds politiques par saillies, analysant tout, devinant tout, ils n'avaient pas encore pu se faire jour dans le monde où ils voudraient se produire. Un seul des quatre est parvenu, mais seulement au pied de l'échelle. Ce n'est rien que d'avoir de l'argent, et un parvenu ne sait tout ce qui lui manque alors qu'après six mois de flatteries. Peu parleur, froid, gourmé, sans esprit, ce parvenu nommé Andoche Finot a eu le cœur de se mettre à plat ventre devant ceux qui pouvaient le servir, et la finesse d'être insolent avec ceux dont il n'avait plus besoin. Semblable à l'un des grotesques du ballet de Gustave, il est marquis par-derrière et vilain par-devant. Ce prélat industriel entretient un caudataire, Émile Blondet, rédacteur de journaux, homme de beaucoup d'esprit, mais décousu, brillant, capable, paresseux, se sachant exploité, se laissant faire, perfide, comme il est bon, par caprices ; un de ces hommes que l'on aime et que l'on n'estime pas. Fin comme une soubrette de comédie, incapable de refuser sa plume à qui la lui demande, et son cœur à qui le lui emprunte, Émile est le plus séduisant de ces hommes-filles de qui le plus fantasque de nos gens d'esprit a dit : « Je les aime mieux en souliers de satin qu'en bottes. » Le troisième, nommé Couture, se maintient par la Spéculation. Il tente affaire sur affaire, le succès de l'une couvre l'insuccès de l'autre. Aussi vit-il à fleur d'eau soutenu par la force nerveuse de son jeu, par une coupe roide et audacieuse. Il nage de-ci, de-là, cherchant dans l'immense mer des intérêts parisiens un îlot assez contestable pour pouvoir s'y loger. Évidemment, il n'est pas à sa place. Quant au dernier, le plus malicieux des quatre, son nom suffira : Bixiou ! Hélas ! ce n'est plus Bixiou de 1825, mais celui de 1836, le misanthrope bouffon à qui l'on connaît le plus de verve et de mordant, un diable enragé d'avoir dépensé tant d'esprit en pure perte, furieux de ne pas avoir ramassé son épave dans la dernière révolution, donnant son coup de pied à chacun en vrai Pierrot des Funambules, sachant son époque et les aventures scandaleuses sur le bout de son doigt, les ornant de ses inventions drolatiques, sautant sur toutes les épaules comme un clown, et tâchant d'y laisser une marque à la façon du bourreau.

Après avoir satisfait aux premières exigences de la gourmandise, nos voisins arrivèrent où nous en étions de notre dîner, au dessert ; et, grâce à notre coite tenue, ils se crurent seuls. A la fumée des cigares, à l'aide du vin de Champagne, à travers les amusements gastronomiques du dessert, il s'entama donc une intime conversation. Empreinte de cet esprit glacial qui raidit les sentiments les plus élastiques, arrête les inspirations les plus généreuses, et donne au rire quelque chose d'aigu, cette causerie pleine de l'âcre ironie qui change la gaieté en ricanerie, accusa l'épuisement d'âmes livrées à elles-mêmes, sans autre but que la satisfaction de l'égoïsme, fruit de la paix où nous vivons. Ce pamphlet contre l'homme que Diderot n'osa pas publier, *Le Neveu de Rameau ;* ce livre, débraillé tout exprès pour montrer des plaies, est seul comparable à ce pamphlet dit sans aucune arrière-pensée, où le mot ne respecta même point ce que le penseur discute encore, où l'on ne construisit qu'avec des ruines, où l'on nia tout, où l'on n'admira que ce que le scepticisme adopte : l'omnipotence, l'omniscience, l'omniconvenance de l'argent. Après avoir tiraillé dans le cercle des personnes de connaissance, la Médisance se mit à fusiller les amis intimes. Un signe suffit pour expliquer le désir que j'avais de rester et d'écouter au moment où Bixiou prit la parole, comme on va le voir. Nous entendîmes alors une de ces terribles improvisations qui valent à cet artiste sa réputation auprès de quelques esprits blasés ; et, quoique souvent interrompue, prise et reprise, elle fut sténographiée par ma mémoire. Opinions et forme, tout y est en dehors des conditions littéraires. Mais c'est ce que cela fut : un pot-pourri de choses sinistres qui peint notre temps, auquel l'on ne devrait raconter que de semblables histoires, et j'en laisse d'ailleurs la responsabilité au narrateur principal. La pantomime, les gestes, en rapport avec les fréquents changements de voix par lesquels Bixiou peignait les interlocuteurs mis en scène, devaient être parfaits, car ses trois auditeurs laissaient échapper des exclamations approbatives et des interjections de contentement.

(Pléiade, V, 592 à 594.)

4. JULES JANIN (*La Fin d'un monde et du Neveu de Rameau*, 1871).

Avec ce montage saturé d'anecdotes et de références (aux spectacles, à la presse, aux çafés, aux polémiques, aux petits faits), le curieux ouvrage de Jules Janin témoigne d'un certain mythe du XVIIIe siècle à la fin du XIXe. Voici un XVIIIe siècle de collectionneurs comme les Goncourt, d'érudit comme Desnoireterres, et déjà celui de Sacha Guitry. Le passage le plus saugrenu du livre (et aussi le plus bête) est cette mort époustouflante du Neveu qui pardonne.

Quand il eut chanté, il rentra dans son silence et dans ses rêves : « Le mot de l'énigme est *misère,* où l'on voit : *mi... si... ré...ère...* » Le jour venu, au petit jour, on lui fit prendre un cordial, et tout de suite il me dit : — « Un prêtre, un prêtre ! » Alors j'écrivis : « Un homme est là, qui se meurt et qui demande un confesseur ! » Je signai ce billet de mon nom : *Diderot!* tant j'étais sûr qu'à ce seul nom, le prêtre arriverait en toute hâte. Eh! quelle gloire, disons mieux, quel évêché, pour le confesseur qui eût réconcilié Voltaire avec l'Église, ou tout au moins d'Alembert! Certes, je ne valais pas mes maîtres, mais cependant j'avais ma petite importance; ma conversion valait tout au moins une abbaye.

Et de fait, je n'attendis pas longtemps ce confesseur. Mais à mon grand étonnement, ce confesseur était un jeune homme, avec un grand air de conviction. Un martyr, un vrai martyr n'eût pas porté sur son front plus d'honneur, d'énergie et d'autorité. Quel grand air de commandement, quelle foi!... Il ne s'étonna guère de trouver, non pas le Diderot qu'on lui avait annoncé, mais un mendiant vulgaire, étendu sur ce grabat fétide. Bien plus, aussitôt qu'il fut en présence d'un malheureux tout simple, il redevint un bon homme; il entoura le moribond de tendresse et de pitié. Rameau, soudainement réveillé par cette aimable et douce parole, eut comme un éclair d'espoir et de joie. Il avait la foi, il avait l'espérance, et le jeune confesseur: — « Mon fils, dit-il, ayez bon courage et chassez les tristes vapeurs qui obscurcissent encore ce malheureux cerveau plein de songes. O chanteur de carrefour! chantons en ce moment: *miséricorde et jugement!* toutes les œuvres de Dieu sont comprises entre la miséricorde et la justice. Il est écrit: *Pardonne au pauvre et pardonne à l'indigent!* Il est écrit: *Sauvons l'âme des pauvres!* Je vous sauverai, mon frère! A vos premières paroles, j'ai compris que je parle à un chrétien, élevé chrétiennement, et, loué soit Dieu! où je cherchais un esprit fort, je rencontre une âme faible et croyante. »

Alors Rameau, très simplement, raconta sa vie à ce jeune homme; il lui dit comment, dans cette nuit profonde, il n'avait sauvé que l'amour des belles choses, et de la grande musique. Ainsi, parce qu'il était resté un homme de goût, il n'était pas tout à fait un misérable, indigne de pardon. Il dit en même temps ses haines, ses amours, ses vengeances, son profond désespoir de tant de génie inutile, et de grandes idées, si misérablement perdues, parce que son oncle avait négligé de l'instruire. Ah! son oncle!... Et le confesseur eut grand-peine à lui arracher un pardon pour l'oncle Rameau. Cependant, il pardonna! Non seulement il pardonnait au grand Rameau, mais à ses ennemis subalternes. Il regrettait les injures qu'il avait dites aux beaux esprits, aux grands seigneurs, aux écrivains, aux timides, aux effrontés, à La Harpe, à Sainte-Foix, à La Morlière, à Bertin, son bienfaiteur, à tous les braves gens qu'il avait outragés dans ses démences; il n'oublia que Palissot. Le jeune vicaire, incliné sur cet agonisant, pria pour lui et le bénit de sa main charitable. En ce moment, Rameau rendit paisiblement cette âme agitée entre tant de misères; les derniers mots qu'il prononça, les voici: *Diderot!... Thérèse!...* et puis *Gluck!*

(Paris, Dentu, 1871, p. 390 à 392.)

5. BARBEY D'AUREVILLY (*Goethe et Diderot*, 1887).

Barbey d'Aurevilly a des formules génialement irrespectueuses pour un écrivain qui le fascine, « la coqueluche de ce bout de siècle». Il retient le bavardage, et la difficulté à faire trace pour ce talent qui «perdit sa lyre» dans «l'infecte tine de *L'Encyclopédie*». Il note «l'audace effrénée du détail», l'impudeur, la «vie dégingandée, déboutonnée, qui avait ses heures de bohème et même ses quarts d'heure de satire». Pour lui, Diderot se confond, sur bien des points, avec Rameau.

Romantique, précurseur des Romantiques par le ton de ses écrits et par son théâtre, Diderot fut aussi le précurseur du Bohème tel que le XIXe siècle l'a inventé et vu dans son débraillement le plus complet. Malgré ses phrases sur la modération et sur la vertu, Diderot, aussi faux que Sénèque, dont il a écrit la vie, — car l'eau va toujours à la rivière et les menteurs vont aux menteurs, — Diderot, l'auteur des *Bijoux indiscrets*, cette saloperie, était, de nature, un cynique, qui cachait parfois son cynisme sous un grand geste de père noble ou sous une ronde bonhomie. Il ne l'a pas caché toujours. *Le Neveu de Rameau* est évidemment un portrait qu'il fit de lui-même *en charge*, et qui n'est qu'une charge, au fond, «charbonnée», comme les vers de Faret dont parle Boileau quelque part, «sur les murs d'un cabaret», seulement, convenons-en, avec un charbon qui flambait! [...]

Mais Diderot était, lui, un talent essentiellement extérieur. Au lieu de se concentrer, il se répandait. Il n'aurait pas attendu, comme Richardson, cinquante ans, derrière un comptoir, avant de lancer une *Clarisse*. Il ne serait pas resté, pendant des heures, silencieusement et pensivement assis à la taverne, comme Fielding, pour y observer des filous et des filles. Il était du siècle le plus superficiel. Comme un bourgeois qu'il était, — comme un parvenu et un Turcaret de lettres, — il raffolait des salons où les grands seigneurs ennuyés l'écoutaient comme un oracle. Sa vanité s'étalait là. Il s'y dépensait effroyablement. Il se dépensait au café, au foyer des théâtres, partout où les hommes étaient rassemblés et où il pouvait ruisseler de paroles. Jamais bavarderie ne fut plus robuste, plus impétueuse et plus continue que la sienne. Il ressemblait à ces fontaines qui dégorgent incessamment et puissamment une eau violente par la bouche de quelque figure de lion rugissante, et toute oreille était pour lui une vasque qu'il inondait et qu'il remplissait, ce déclamateur, improvisateur, prédicateur, — car, chose étrange ! il était, de nature, prédicateur. Ce singulier homme, qui, un jour de faim, avait fait dix-huit sermons pour dix-huit louis, avec sa facilité bouillonnante aurait pu être un magnifique prédicateur si le diable ne l'avait pas pris à Dieu de bonne heure et ne l'avait pas confisqué.

(Paris, 1887, p. 121, 164, 165.)

6. ARAGON (*Le Neveu de M. Duval,* 1953).

Louis Aragon fait une réécriture systématique de l'œuvre de Diderot, en reprenant les données logiques de son jeu. Ce texte de 1953 écrit par le directeur des *Lettres françaises,* en pleine période stalinienne, mériterait d'être relu à la lumière des travaux récents de Philippe Robrieux sur le parti communiste. L'actualité du temps est passée en revue dans un style qui mêle le ragot privé et le potin politicien. Voici Cocteau, Guy Mollet, Geneviève Tabouis, Pinay, Pleven. On se demande qui est la petite amie de Paul Reynaud et si André Marie restera à l'Éducation nationale. On parle de l'Indochine, des Rosenberg et surtout d'André Stil. Ici le Neveu est plutôt un « défenseur des libertés démocratiques » et Moi plutôt un stalinien décidé. Le cynique n'est plus celui qu'on pense. Comme dans toutes les réécritures du *Neveu de Rameau,* c'est l'imitation de l'ouverture qui semble avoir le plus intéressé l'écrivain. Aragon excelle à situer poétiquement ce décor de café qui lui est si cher.

I

IL Y A DES LIEUX OÙ SOUFFLE L'ESPRIT

C'est une étrange chose qu'un homme qui a des habitudes. Ou tout au moins cela me semble ainsi aujourd'hui que ma vie n'en a plus qu'une, et dévorante. Qui ne me laisse aucune possibilité de me complaire à un lieu, à une heure du jour, à une lumière de Paris, ainsi qu'il m'arrivait, étant jeune, et m'imaginant libre. Je vais d'un bureau à l'autre, d'une rédaction à une réunion, et c'est à peine si je vois la rue, où j'aimais tant errer, en proie au hasard. J'en éprouve parfois comme un serrement de cœur. Le besoin me prend de ressentir une fois encore ce sentiment du temps gâché, qu'on a, flânant, ou mieux, assis dans un de ces lieux appelés cafés, où l'on va moins pour la bière ou l'eau de Seltz, que pour se bercer du va-et-vient des gens, de l'admirable indifférence avec laquelle on entre et sort ; et, bien qu'ayant passé l'âge des rencontres, je m'y sens encore cette disponibilité de l'aventure qui ne répond plus à rien, qu'à l'illusion de la jeunesse retrouvée.

Il faut tout un concours de circonstances, un rendez-vous décommandé, un article à écrire et brusquement chez moi quelqu'un qui vient voir Elsa — or, nous n'avons que deux pièces et l'on entend de l'une tout ce qui se dit dans l'autre, enfin ce vague à l'âme qui me ramène au Café de la Régence, parce que c'est à deux pas de chez moi, que j'y ai des souvenirs, et moins par attrait de cette table où Bonaparte jouait aux échecs (on ne la voit plus d'ailleurs comme il y a trente ans, dans la verrière du fond), que pour y rencontrer l'ombre, ici flottante, de Denis Diderot, intéressé par la partie de Philidor, le grand Philidor, combinant l'attaque du cavalier et du fou. C'est là qu'il rencontra ce personnage bizarre, Rameau, le neveu du fameux musicien. Je m'assieds assez au fond, au-dessous de ce tableau de genre qui montre un bistrot de quartier, probablement vers 1890, où entre, avec les légumes dans son cabas, une ménagère, son marché fait, et un boucher de La Villette ou des Halles, dans son tablier blanc, la regarde admiratif, tandis que le patron essuie derrière le comptoir un verre juste rincé. Aujourd'hui, comme aux jours de Philidor, il ne manque pas d'originaux pour passer la porte. Suivant l'heure, ce sont des comédiens du Théâtre Français, ou de simples spectateurs, des gens qui se sentent de l'importance à se trouver ici, sans penser plus à Diderot qu'à Napoléon, mais à cause qu'ils risquent de rencontrer à une table M. Jacques Charon ou Mme Béatrice Bretty ; on dirait que, sans le savoir, ils veulent tous rivaliser avec le neveu de Rameau.

J'étais récemment, à *ma* table, d'assez mauvaise humeur, parce que l'on avait construit une cloison blanche au fond de la pièce, que des travaux commencés nous promettaient assurément une de ces « transformations », comme on les appelle, de nos jours la manie des propriétaires de café. Ces esprits spéculatifs semblent en attendre une croissance magique des affaires, et, depuis quelques années, pris d'émulation, ils donnent à des décorateurs modernes licence de défigurer un peu de ce Paris traditionnel à quoi ceux qui y ont longuement vécu sont attachés. Si bien que l'on abat comme à plaisir ce qui fait le charme de ces lieux de glaces à biseaux, on supprime les pâtisseries des plafonds, les délicieux non-sens d'un style démodé, on enlève les tableaux ou panneaux peints que nos rêves ont tant d'années enfumés... Vous nous lèveriez le cœur de dire, ce qui est pourtant, qu'ils relèvent du goût le plus fâcheux. Dans ce domaine, moi du moins, je suis férocement conservateur. Aussi en voulais-je ce jour-là au patron de la Régence comme à un iconoclaste. J'ai dit *conservateur ?* Non, dans ce domaine-là, je suis réactionnaire : rien ne m'y déplaît comme l'art moderne, m'entendez-vous bien...

(Paris, Les Éditeurs français réunis,
1953, p. 7 à 9.)

7. Michel FOUCAULT (*Histoire de la folie à l'âge classique*).

Dans la troisième partie de son ouvrage, Michel Foucault fait un sort particulier au Neveu qui occupe selon lui une place ambiguë à égale distance de la nef des fous et d'Antonin Artaud. C'est un personnage de transition qui fait l'épreuve de la déraison sans être voué à la folie. Voici, après Hegel, une autre grande lecture philosophique de ce texte inépuisable.

J'étais pour eux les Petites-Maisons tout entières.

« Un après-midi, j'étais là, regardant beaucoup, parlant peu, écoutant le moins que je pouvais, lorsque je fus abordé par un des plus bizarres personnages de ce pays où Dieu n'en a pas laissé manquer. C'est un composé de hauteur, de bassesse, de bon sens et de déraison. »

Dans le moment où le doute abordait ses périls majeurs, Descartes prenait conscience qu'il ne pouvait pas être fou — quitte à reconnaître longtemps encore et jusqu'au malin génie que toutes les puissances de la déraison veillaient autour de sa pensée ; mais en tant que philosophe, entreprenant de douter, de propos résolu, il ne pouvait être « l'un de ces insensés ». Le Neveu de Rameau, lui, sait bien — et c'est ce qu'il y a de plus obstiné dans ses fuyantes certitudes — qu'il est fou. « Avant que de commencer, il pousse un profond soupir, et porte ses deux mains à son front ; ensuite, il reprend un air tranquille, et me dit : vous savez que je suis un ignorant, un fou, un impertinent et un paresseux [1]. »

Cette conscience d'être fou, elle est bien fragile encore. Ce n'est pas la conscience close, secrète et souveraine, de communiquer avec les profonds pouvoirs de la déraison ; le Neveu de Rameau est une conscience serve, ouverte à tous les vents et transparente au regard des autres. Il est fou parce qu'on le lui a dit et qu'on l'a traité comme tel : « On m'a voulu ridicule et je me le suis fait [2]. » La déraison en lui est toute de surface, sans autre profondeur que celle de l'opinion, soumise à ce qu'il y a de moins libre, et dénoncée par ce qu'il y a de plus précaire dans la raison. La déraison est tout entière au niveau de la futile folie des hommes. Elle n'est rien d'autre peut-être que ce mirage.

Quelle est donc la signification de cette existence déraisonnable que figure le Neveu de Rameau, d'une manière qui est secrète encore pour ses contemporains, mais qui est décisive pour notre regard rétrospectif ?

C'est une existence qui s'enfonce très loin dans le temps — recueillant de très anciennes figures et, entre autres, un

1. *Le Neveu de Rameau*, Diderot, *Œuvres*, Pléiade, p. 435.
2. *Ibid.*, p. 468.

profil de bouffonnerie qui rappelle le Moyen Age, annonçant aussi les formes les plus modernes de la déraison, celles qui sont contemporaines de Nerval, de Nietzsche et d'Antonin Artaud. Interroger le Neveu de Rameau dans le paradoxe de son existence si voyante et pourtant inaperçue au XVIIIe siècle, c'est se placer légèrement en retrait par rapport à la chronique de l'évolution; mais c'est en même temps se permettre d'apercevoir, dans leur forme générale, les grandes structures de la déraison — celles qui sommeillent dans la culture occidentale, un peu au-dessous du temps des historiens. Et peut-être *Le Neveu de Rameau* nous apprendra-t-il hâtivement par les figures bousculées de ses contradictions, ce qu'il y a eu de plus essentiel, dans les bouleversements qui ont renouvelé l'expérience de la déraison à l'âge classique. Il faut l'interroger comme un paradigme raccourci de l'histoire. Et puisque, pendant l'éclair d'un instant, il dessine la grande ligne brisée qui va de la Nef des fous aux dernières paroles de Nietzsche et peut-être jusqu'aux vociférations d'Artaud, tâchons de savoir ce que cache ce personnage, comment se sont affrontées dans le texte de Diderot la raison, la folie et la déraison, quels nouveaux rapports se sont noués entre elles. L'histoire que nous aurons à écrire dans cette dernière partie se loge à l'intérieur de l'espace ouvert par la parole du Neveu; mais elle sera loin, évidemment, de le couvrir en son entier. Dernier personnage en qui folie et déraison se réunissent, le Neveu de Rameau est celui en qui le moment de la séparation est également préfiguré. Dans les chapitres qui suivent nous tâcherons de retracer le mouvement de cette séparation, dans ses premiers phénomènes anthropologiques. Mais c'est seulement dans les derniers textes de Nietzsche ou chez Artaud qu'elle prendra, pour la culture occidentale, ses significations philosophiques et tragiques.

Donc, le personnage du fou fait sa réapparition dans le Neveu de Rameau. Une réapparition en forme de bouffonnerie. Comme le bouffon du Moyen Age, il vit au milieu des formes de la raison, un peu en marge sans doute puisqu'il n'est point comme les autres, mais intégré pourtant puisqu'il est là comme une chose, à la disposition des gens raisonnables, propriété qu'on se montre et qu'on se transmet. On le possède comme un objet. Mais aussitôt lui-même dénonce l'équivoque de cette possession. Car s'il est pour la raison objet d'appropriation, c'est qu'il est pour elle objet de besoin. Besoin qui touche au contenu même et au sens de son existence ; sans le fou, la raison serait privée de sa réalité, elle serait monotonie vide, ennui d'elle-même, désert animal qui lui rendrait présente sa propre contradiction : « Maintenant qu'ils ne m'ont plus, que font-ils ? ils s'ennuient comme des chiens [1]... » Mais une raison qui n'est elle-même que dans la possession de la folie, cesse de pouvoir se définir par l'immédiate identité avec soi, et s'aliène dans cette appartenance : « Celui qui serait sage n'aurait point de fou ; celui donc qui a un fou n'est pas sage ; s'il n'est pas sage, il est fou ; et peut-être, fût-il roi, le fou de son fou [2]. » La déraison devient la raison de la raison, — dans la mesure même où la raison ne la reconnaît que sur le mode de l'avoir.

Ce qui n'était que bouffonnerie dans le personnage *dérisoire* de l'hôte importun, révèle, au bout du compte, un imminent *pouvoir de dérision*. L'aventure du Neveu de Rameau raconte la nécessaire instabilité et le retournement ironique de toute forme de jugement qui dénonce la déraison comme lui étant extérieure et inessentielle. La déraison remonte peu à peu vers ce qui la condamne, lui imposant une sorte de servitude rétrograde ; car une sagesse qui croit instaurer avec la folie un pur rapport de jugement et de définition — « celui-là est *un* fou » — a d'emblée posé un rapport de possession et d'obscure appartenance : « Celui-là est *mon* fou », dans la mesure où je suis assez raisonnable pour reconnaître sa folie, et où cette reconnaissance est la marque, le signe, comme l'emblème de ma raison. La raison ne peut pas dresser constat de folie, sans se compromettre elle-même dans les relations de l'avoir. La déraison n'est pas *hors* de la raison, mais justement *en* elle, investie, possédée par elle, et chosifiée ; c'est, pour la raison, ce qu'il y a de plus intérieur et aussi de plus transparent, de plus offert. Tandis que la sagesse et la vérité sont toujours indéfiniment reculées pour la raison, la folie n'est jamais que ce que la raison peut posséder d'elle-même. « Longtemps il y a eu le fou du roi... en aucun, il n'y a eu, en titre, le sage du roi [3]. »

Alors, le triomphe de la folie s'annonce à nouveau dans un double retour : reflux de la déraison vers la raison qui n'assure sa certitude que dans la possession de la folie ;

1. Diderot, *op. cit.*, p. 437.
2. *Ibid.*, p. 468.
3. *Le Neveu de Rameau*, p. 468.

remontée vers une expérience où l'une et l'autre s'impliquent indéfiniment « ce serait être fou par un autre tour de folie de n'être pas fou... ». Et pourtant cette implication est d'un style tout différent de celle qui menaçait la raison occidentale à la fin du Moyen Age et tout au long de la Renaissance. Elle ne désigne plus ces régions obscures et inaccessibles qui se transcrivaient pour l'imaginaire dans le mélange fantastique des mondes au point ultime du temps ; elle révèle l'irréparable fragilité des relations d'appartenance, la chute immédiate de la raison dans l'avoir où elle cherche son être : *la raison s'aliène dans le mouvement même où elle prend possession de la déraison.*

Dans ces quelques pages de Diderot, les rapports de la raison et de la déraison prennent un visage tout nouveau. Le destin de la folie dans le monde moderne s'y trouve étrangement préfiguré, et déjà presque engagé. A partir de là, une ligne droite trace cet improbable chemin qui d'une traite va jusqu'à Antonin Artaud.

★

A première vue, on aimerait situer le Neveu de Rameau dans la vieille parenté des fous et des bouffons, et lui restituer tous les pouvoirs d'ironie dont ils avaient été chargés. Ne joue-t-il pas dans la mise à jour de la vérité le rôle d'inattentif opérateur, qui avait été si longtemps le sien au théâtre, et que le classicisme avait profondément oublié ? N'arrive-t-il pas souvent à la vérité de scintiller dans le sillage de son impertinence ? Ces fous « rompent cette fastidieuse uniformité que notre éducation, nos conventions de société, nos bienséances d'usage et de conduite ont introduite. S'il en paraît un dans une compagnie, c'est un grain de levain qui fermente, et qui restitue à chacun une portion de son individualité naturelle. Il secoue, il agite, il fait approuver ou blâmer, il fait sortir la vérité, il fait connaître les gens de bien, il démasque les coquins [1] ».

Mais si la folie se charge ainsi de faire cheminer la vérité à travers le monde, ce n'est plus parce que son aveuglement communique avec l'essentiel par d'étranges savoirs, mais par ceci seulement qu'elle est aveugle ; son pouvoir n'est fait que d'erreur : « Si nous disons quelque chose de bien, c'est, comme des fous ou des philosophes, au hasard [2]. » Ce qui veut dire sans doute que le hasard est le seul

1. *Le Neveu de Rameau*, pp. 426-427.
2. *Ibid.*, p. 431.

lien nécessaire entre la vérité et l'erreur, le seul chemin de paradoxale certitude ; et dans cette mesure la folie, comme exaltation de ce hasard — hasard ni voulu ni cherché, mais livré à lui-même —, apparaît comme la vérité de la vérité, et tout aussi bien comme erreur manifestée ; car l'erreur manifestée, ce sont, portés en pleine lumière du jour, et cet être qu'elle est, et ce non-être qui la fait erreur. Et c'est là que la folie prend, pour le monde moderne, un sens nouveau.

D'un côté la déraison est ce qu'il y a de plus immédiatement proche de l'être, de plus enraciné en lui : tout ce qu'elle peut sacrifier ou abolir de sagesse, de vérité, et de raison, rend pur et plus pressant l'être qu'elle manifeste. Tout retard, tout retrait de cet être, toute médiation même lui sont insupportables : « J'aime mieux être et même être impertinent raisonneur que de n'être pas [1]. »

Le Neveu de Rameau a faim et le dit. Ce qu'il y a de vorace et d'éhonté chez le Neveu de Rameau, tout ce qui peut renaître en lui de cynisme, ce n'est pas une hypocrisie qui se décide à livrer ses secrets ; car son secret justement est de ne pouvoir pas être hypocrite ; le Neveu de Rameau n'est pas l'autre côté de Tartuffe ; il manifeste seulement cette immédiate pression de l'être dans la déraison, l'impossibilité de la médiation [2]. Mais dans le même temps, la déraison est livrée au non-être de l'illusion, et elle s'épuise dans la nuit. Si elle se réduit, par l'intérêt, à ce qu'il y a de plus immédiat dans l'être, elle mime également ce qu'il y a de plus lointain, de plus fragile, de moins consistant dans l'apparence. Elle est à la fois l'urgence de l'être et la pantomime du non-être, l'immédiate nécessité, et l'indéfinie réflexion du miroir. « Le pis, c'est la posture contrainte où nous tient le besoin. L'homme nécessiteux ne marche pas comme un autre ; il saute, il rampe, il se tortille, il se traîne ; il passe sa vie à prendre et à exécuter des positions [3]. » Rigueur du besoin et singerie de l'inutile, la déraison est d'un seul mouvement cet égoïsme sans recours ni partage et cette fascination par ce qu'il y a de plus extérieur dans l'inessentiel. Le Neveu de Rameau, c'est

1. *Le Neveu de Rameau*, p. 433.

2. L'intérêt, dans le Neveu de Rameau, indique justement cette pression de l'être et cette absence de médiation. On retrouve le même mouvement de pensée chez Sade ; sous une apparente proximité, c'est l'inverse de la philosophie de « l'intérêt » (médiation vers la vérité et la raison), qu'on rencontre couramment au XVIIIe siècle.

3. *Le Neveu de Rameau*, p. 500.

cette simultanéité même, cette extravagance poussée, dans une volonté systématique de délire, jusqu'au point de s'effectuer en pleine conscience, et comme expérience totale du monde : « Ma foi, ce que vous appelez la pantomime des gueux est le grand branle de la terre [1]. » Être soi-même ce bruit, cette musique, ce spectacle, cette comédie, se réaliser comme chose et comme chose illusoire, être par là non seulement chose, mais vide et néant, être le vide absolu de cette absolue plénitude par laquelle on est fasciné de l'extérieur, être finalement le vertige de ce rien et de cet être dans leur cercle volubile, et l'être à la fois jusqu'à l'anéantissement total d'une conscience esclave et jusqu'à la suprême glorification d'une conscience souveraine — tel est sans doute le sens du Neveu de Rameau, qui profère au milieu du XVIIIe siècle, et bien avant que ne soit totalement entendue la parole de Descartes, une leçon bien plus anticartésienne que tout Locke, tout Voltaire ou tout Hume.

Le Neveu de Rameau, dans sa réalité humaine, dans cette frêle vie qui n'échappe à l'anonymat que par un nom qui n'est pas même le sien — ombre d'une ombre — c'est, au-delà et en deçà de toute vérité, le délire, réalisé comme existence, de l'être et du non-être du réel. Quand on songe, en revanche, que le projet de Descartes était de supporter le doute de manière provisoire jusqu'à l'apparition du vrai dans la réalité de l'idée évidente, on voit bien que le non-cartésianisme de la pensée moderne, dans ce qu'il peut avoir de décisif, ne commence pas avec une discusion sur les idées innées, ou l'incrimination de l'argument ontologique, mais bien à ce texte du *Neveu de Rameau,* à cette existence qu'il désigne dans un renversement qui ne pouvait être entendu qu'à l'époque de Hölderlin et de Hegel. Ce qui s'y trouve mis en question, c'est bien encore ce dont il s'agit dans le *Paradoxe sur le comédien;* mais c'en est aussi l'autre versant : non plus ce qui, de la réalité, doit être promu dans le non-être de la comédie par un cœur froid et une intelligence lucide ; mais ce qui du non-être de l'existence peut s'effectuer dans la vaine plénitude de l'apparence et ceci par l'intermédiaire du délire parvenu à la pointe extrême de la conscience. Il n'est plus nécessaire de traverser courageusement, après Descartes, toutes les incertitudes du délire, du rêve, des illusions, il n'est plus nécessaire de surmonter pour une fois les périls de la

1. *Le Neveu de Rameau,* p. 501.

déraison ; c'est du fond même de la déraison qu'on peut s'interroger sur la raison ; et la possibilité se trouve à nouveau ouverte de ressaisir l'essence du monde dans le tournoiement d'un délire qui totalise, en une illusion équivalant à la vérité, l'être et le non-être du réel.

★

Au cœur de la folie, le délire prend un sens nouveau. Jusqu'alors, il se définissait entièrement dans l'espace de l'erreur : illusion, fausse croyance, opinion mal fondée, mais obstinément poursuivie, il enveloppait tout ce qu'une pensée peut produire quand elle n'est plus placée dans le domaine de la vérité. Maintenant le délire est le lieu d'un affrontement perpétuel et instantané, celui du besoin et de la fascination, de la solitude de l'être et du scintillement de l'apparence, de la plénitude immédiate et du non-être de l'illusion. Rien n'est dénoué de sa vieille parenté avec le rêve ; mais le visage de leur ressemblance est changé ; le délire n'est plus la manifestation de ce qu'il y a de plus subjectif dans le rêve ; il n'est plus le glissement vers ce qu'Héraclite appelait déjà l'ĭdiow k?osmow. S'il s'apparente encore au rêve, c'est par tout ce qui, dans le rêve, est jeu de l'apparence lumineuse et de la sourde réalité, insistance des besoins et servitude des fascinations, par tout ce qui en lui est dialogue sans langage du jour et de la lumière. Rêve et délire ne communiquent plus dans la nuit de l'aveuglement, mais dans cette clarté où ce qu'il y a de plus immédiat en l'être affronte ce qu'il y a de plus indéfiniment réfléchi dans les mirages de l'apparence. C'est ce tragique que délire et rêve recouvrent et manifestent en même temps dans la rhétorique ininterrompue de leur ironie.

Confrontation tragique du besoin et de l'illusion sur un mode onirique, qui annonce Freud et Nietzsche, le délire du Neveu de Rameau est en même temps la répétition ironique du monde, sa reconstitution destructrice sur le théâtre de l'illusion : « ...criant, chantant, se démenant comme un forcené, faisant lui seul les danseurs, les danseuses, les chanteurs, les chanteuses, tout un orchestre, tout un théâtre lyrique, se divisant en vingt rôles divers, courant, s'arrêtant avec l'air d'un énergumène, étincelant des yeux, écumant de la bouche,... il pleurait, il criait, il soupirait, il regardait ou attendri ou tranquille ou furieux ; c'était une femme qui se pâme de douleur, c'était un malheureux livré à tout son désespoir, un temple qui s'élève, des oiseaux qui se taisent au soleil couchant... C'était la nuit avec ses ténèbres, c'était l'ombre et le silence [1] ».

La déraison ne se retrouve pas comme présence furtive de l'autre monde, mais ici même, dans la transcendance naissante de toute acte d'expression, dès la source du langage, à ce moment tout à la fois initial et terminal où l'homme devient extérieur à lui-même, en accueillant dans son ivresse ce qu'il y a de plus intérieur au monde. La déraison ne porte plus ces visages étranges où le Moyen Age aimait à la reconnaître, mais le masque imperceptible du familier et de l'identique. La déraison, c'est à la fois le monde lui-même et le même monde, séparé de soi seulement par la mince surface de la pantomime; ses pouvoirs ne sont plus de dépaysement; il ne lui appartient plus de faire surgir ce qui est radicalement autre, mais de faire tournoyer le monde dans le cercle du même.

Mais dans ce vertige, où la vérité du monde ne se maintient qu'à l'intérieur d'un vide absolu, l'homme rencontre aussi l'ironique perversion de sa propre vérité, au moment où elle passe des songes de l'intériorité aux formes de l'échange. La déraison figure alors un autre malin génie — non plus celui qui exile l'homme de la vérité du monde, mais celui qui à la fois mystifie et démystifie, enchante jusqu'à l'extrême désenchantement cette vérité de lui-même que l'homme a confiée à ses mains, à son visage, à sa parole; un malin génie qui opère non plus quand l'homme veut accéder à la vérité, mais quand il veut restituer au monde une vérité qui est la sienne propre, et que, projeté dans l'ivresse de sensible où il se perd, il reste finalement « immobile, stupide, étonné [2] ». Ce n'est plus dans la *perception* qu'est logée la possibilité du malin génie, c'est dans l'*expression;* et c'est bien là le comble de l'ironie que l'homme livré à la dérision de l'immédiat et du sensible, aliéné en eux, par cette médiation qu'il est lui-même.

Le rire du Neveu de Rameau préfigure à l'avance et réduit tout le mouvement de l'anthropologie du XIXe siècle; dans toute la pensée post-hégélienne, l'homme ira de la certitude à la vérité par le travail de l'esprit et de la raison; mais depuis bien longtemps déjà, Diderot avait fait

1. *Le Neveu de Rameau,* pp. 485-486.
2. *Ibid.,* p. 486.

entendre que l'homme est incessamment renvoyé de la raison à la vérité non vraie de l'immédiat, et ceci par une médiation sans travail, une médiation toujours déjà opérée du fond du temps. Cette médiation sans patience et qui est à la fois distance extrême et absolue promiscuité, entièrement négative parce qu'elle n'a de force que subversive, mais totalement positive, parce qu'elle est fascinée dans ce qu'elle supprime, c'est le délire de la déraison — l'énigmatique figure dans laquelle nous reconnaissons la folie. Dans son entreprise pour restituer, par l'expression, l'ivresse sensible du monde, le jeu pressant du besoin et de l'apparence, le délire reste ironiquement seul : la souffrance de la faim reste insondable douleur.

*

Restée à demi dans l'ombre, cette expérience de la déraison s'est maintenue sourdement depuis le Neveu de Rameau jusqu'à Raymond Roussel et Antonin Artaud. Mais s'il s'agit de manifester sa continuité, il faut l'affranchir des notions pathologiques dont on l'a recouverte. Le retour à l'immédiat dans les dernières poésies de Hölderlin, la sacralisation du sensible chez Nerval ne peuvent offrir qu'un sens altéré et superficiel si on tâche de les comprendre à partir d'une conception positiviste de la folie : leur sens véritable, il faut le demander à ce moment de la déraison dans lequel ils sont placés. Car c'est du centre même de cette expérience de la déraison qui est leur condition concrète de possibilité, qu'on peut comprendre les deux mouvements de conversion poétique et d'évolution psychologique : ils ne sont pas liés l'un à l'autre par une relation de cause à effet ; ils ne se développent pas sur le mode complémentaire ni inverse. Ils reposent tous deux sur le même fond, celui d'une déraison engloutie et dont l'expérience du Neveu de Rameau nous a déjà montré qu'elle comportait à la fois l'ivresse du sensible, la fascination dans l'immédiat, et la douloureuse ironie où s'annonce la solitude du délire. Cela ne relève pas de la nature de la folie, mais de l'essence de la déraison. Si cette essence a pu passer inaperçue, ce n'est pas seulement qu'elle est cachée, c'est qu'elle se perd dans tout ce qui peut la faire venir à jour. Car — et c'est peut-être un des traits fondamentaux de notre culture — il n'est pas possible de se maintenir d'une façon décisive et indéfiniment résolue, dans cette distance de la déraison. Elle doit être oubliée et abolie, tout aussitôt que mesurée dans le vertige du sensible et la réclusion de la folie. A leur tour Van Gogh et Nietzsche en ont témoigné : fascinés par le délire du réel, de l'apparence scintillante, du temps aboli et absolument retrouvé dans la justice de la lumière, confisqués par l'immuable solidité de la plus frêle apparence, ils ont été par là même rigoureusement exclus, et reclus à l'intérieur d'une douleur qui était sans échange, et qui figurait, non seulement pour les autres, mais pour eux-mêmes, dans leur vérité redevenue immédiate certitude, la folie. Le moment du *Ja-sagen* à l'éclat du sensible, c'est le retrait même dans l'ombre de la folie.

Mais pour nous, ces deux moments sont distincts et distants comme la poésie et le silence, le jour et la nuit, l'accomplissement du langage dans la manifestation, et sa perte dans l'infini du délire. Pour nous, encore, l'affrontement de la déraison dans sa redoutable unité est devenu impossible. Cet impartageable domaine que désignait l'ironie du *Neveu de Rameau,* il a fallu que le XIXe siècle, dans son esprit de sérieux, le déchire et trace entre ce qui était inséparable la frontière abstraite du pathologique. Au milieu du XVIIIe siècle cette unité avait été illuminée brusquement d'un éclair ; mais il a fallu plus d'un demi-siècle pour que quelqu'un ose à nouveau y fixer ses regards : à la suite de Hölderlin, Nerval, Nietzsche, Van Gogh, Raymond Roussel, Artaud s'y sont risqués, jusqu'à la tragédie — c'est-à-dire jusqu'à l'aliénation de cette expérience de la déraison dans le renoncement de la folie. Et chacune de ces existences, chacune de ces paroles que sont ces existences, répète, dans l'insistance du temps, cette même question, qui concerne sans doute l'essence même du monde moderne : Pourquoi n'est-il pas possible de se maintenir dans la différence de la déraison ? Pourquoi faut-il toujours qu'elle se sépare d'elle-même, fascinée dans le délire du sensible, et recluse dans la retraite de la folie ? Comment a-t-il pu se faire qu'elle soit à ce point privée de langage ? Quel est donc ce pouvoir qui pétrifie ceux qui l'ont une fois regardé en face, et qui condamne à la *folie* tous ceux qui ont tenté l'épreuve de la *Déraison ?*

(*Histoire de la folie à l'âge classique :*
Troisième partie, introduction.
Seconde édition, Gallimard 1972, p. 363 à 372.)

NOTES

1. Dialogue entre Horace et Trebatius, à propos du genre satirique : « Aux yeux de certains, j'ai trop d'âpreté dans la satire et je force le genre au-delà de ses lois. » Par cet exergue, Diderot reprend le débat engagé avec l'article *Encyclopédie* et *Cinqmars et Derville*.

2. Compagnon de bohème de Diderot, auteur de *Margot la Ravaudeuse* et du *Cosmopolite*.

3. Abbé mort en 1748 et personnage de *Margot la Ravaudeuse*.

4. Antoine Ferreire (1693-1769), anatomiste, professeur au Collège de France.

5. Il est mal fait, il a de mauvaises proportions.

6. Rémond de Saint-Mard (1682-1755) disciple de Fontenelle fréquentant les salons.

7. Diderot rapporte le fait dans une lettre du 31 octobre 1762 à Sophie Volland.

8. Charles XII de Suède.

9. Marc-Antoine Muret (1526-1585), latiniste de la Renaissance.

10. « Faisons l'essai sur une âme vile. »

11. « Comme si elle était vile, cette âme pour laquelle le Christ n'a pas dédaigné de mourir. »

12. Antoine Thomas (1732-1785) orateur et poète, grand spécialiste de l'éloge.

13. Héroïne d'un conte de Diderot, *Mystification ou histoire des portraits*.

14. Le voyage de Diderot en Russie.

15. Allusion à un ouvrage de Rulhière dont Catherine II voulait empêcher la parution.

16. Lévesque de Burigny (1692-1785) érudit de l'Académie des Inscriptions, ami des Philosophes.

17. Lucilius (180-102) a précédé Horace dans le genre de la satire.

18. « Je ne sais pas trop. »

19. Ce passage ne peut avoir aucun sens pour le public ; mais il était très clair pour Diderot et pour moi : et cela suffisait dans une lettre qui pouvait être interceptée et compromettre celui à qui elle était écrite. Comme il n'y a plus aujourd'hui aucun danger à donner le mot de cette énigme, qui peut d'ailleurs exciter la curiosité de quelques lecteurs, je dirais donc que Diderot, souvent témoin de la colère et de l'indignation avec lesquelles je parlais des maux sans nombre que les prêtres, les religions et les dieux de toutes les nations avaient faits à l'espèce humaine, et des crimes de toutes espèces dont ils avaient été le prétexte et la cause, disait des vœux ardents que je formais, *pectore ab imo,* pour l'entière destruction des idées religieuses, quel qu'en fût l'objet, que c'était mon tic, comme celui de Voltaire était d'*écraser l'infâme*. Il savait de plus que j'étais alors occupé d'un Dialogue entre un déiste, un sceptique et un athée ; et c'est à ce travail, dont mes principes philosophiques lui faisaient pressentir le résultat, qu'il fait ici allusion ; mais en termes si obscurs et si généraux, qu'un autre que moi n'y pouvait rien comprendre ; et c'est précisément ce qu'il voulait. (Note de Naigeon.)

20. La société du baron d'Holbach.

21. « L'homme juste et ferme dans ses desseins. »

22. « L'or enfoui et mieux à sa place ainsi. »

23. « L'argent amassé est notre tyran ou notre esclave, mais ce qui lui revient, c'est de suivre la corde de chanvre tordu, non de la tirer. »

24. On presserait jusqu'à la dernière goutte tous les commentaires et les commentateurs passés et présents, qu'on n'en tirerait pas de quoi composer, sur quelque passage que ce soit, une explication aussi naturelle, aussi ingénieuse, aussi vraie, et d'un goût aussi délicat, aussi exquis. Ces deux vers m'avaient toujours arrêté ; et le sens que j'y trouvais ne me satisfaisait nullement. Les interprètes et les traducteurs d'Horace n'ont pas même soupçonné la difficulté de ce passage : et leurs notes le prouvent assez. Il fallait, pour l'entendre, avoir la

sagacité de Diderot, et surtout connaître comme lui la manœuvre des différents arts mécaniques, particulièrement de celui auquel le poète fait ici allusion : et j'avoue, à ma honte, que la plupart de ces arts, dont je sens d'ailleurs toute l'importance et toute l'utilité, n'ont jamais été l'objet de mes études. Je suis bien ignorant sur ce point ; mais il n'est plus temps aujourd'hui de réparer à cet égard le vice de mon éducation, et, je crois aussi, celui de beaucoup d'autres. Ces différentes connaissances, dont on a si souvent occasion de faire usage dans le cours de sa vie, ne sont pas du genre de celles qu'on peut acquérir par la méditation, par des études faites à l'ombre et dans le silence du cabinet. Ici il faut agir, se déplacer ; il faut visiter toutes les sortes d'ateliers ; faire, comme Diderot, travailler devant soi les artistes ; travailler soi-même sous leurs yeux, les interroger, et, ce qui est encore plus difficile, savoir entendre leurs réponses souvent obscures parce qu'ils ne veulent pas se rendre plus clairs ; et quelquefois aussi parce qu'ils n'en ont pas le talent. (Note de Naigeon.)

BIBLIOGRAPHIE

I. LES BIBLIOGRAPHIES.

On pourra consulter pour une information plus complète :

— Jean FABRE : bibliographie de Diderot dans l'édition du *Neveu de Rameau* (Droz 1950 et 1977).

— Jacques CHOUILLET : « État présent des études sur Diderot (1954-1978) dans *L'Information littéraire* de mai-juin 1979 et « État actuel des recherches sur Diderot » dans *Dix-huitième siècle* (nº 12,1980).

Pour *Le Neveu de Rameau* en particulier, on consultera :

— Yoichi SUMI, bibliographie, dans *Le Neveu de Rameau, caprices et logiques du jeu* (France Tosho, Tokyo, 1975).

II. ÉDITIONS DU *NEVEU DE RAMEAU*.

Liste des éditions jusqu'à celle du manuscrit autographe par G. Monval :

— *Rameaus Neffe. Ein Dialog von Diderot,* Goethe (Leipzig, G. J. Göschen, 1805).

— *Le Neveu de Rameau. Dialogue,* édition par de Saur et Saint-Geniès (Paris, Delanney, 1821).

— *Le Neveu de Rameau,* dans *Œuvres de Diderot,* J. L. J. Brière (Paris, 1823).

— *Le Neveu de Rameau,* dans *Œuvres choisies de Diderot,* par Génin, Paris, 1847.

— *Le Neveu de Rameau,* Nouvelle édition revue et corrigée sur les différents textes avec une introduction de Charles Asselineau, Paris, Poulet-Malassis, 1862.

— *Le Neveu de Rameau* de Diderot, suivi de *La Fin d'un monde et du Neveu de Rameau* de M. Jules Janin, Paris, Dubuisson et Cie, 1863.

— *Le Neveu de Rameau*, par Diderot, publié par A. Storck, Lyon-Genève-Bâle, 1875.
— *Le Neveu de Rameau*, publié et précédé d'une introduction par H. Motheau, Paris, Librairie des bibliophiles, 1875.
— *Le Neveu de Rameau*, dans *Œuvres complètes de Diderot* par Assézat et Tourneux, Paris, Garnier, 1875.
— *Le Neveu de Rameau*. Préface et notes de Gustave Isambert. Paris, Librairie illustrée, 1876.
— *Le Neveu de Rameau* dans *Œuvres de Diderot*, Paris, Delarue, 1878.
— *Le Neveu de Rameau*. Texte revu d'après les manuscrits. Notice, notes, bibliographie par Gustave Isambert, Paris, Quantin, 1883.
— *Le Neveu de Rameau, Satire*. Édition revue sur les textes originaux et annotée par Maurice Tourneux. Paris, Rouquette, 1884.
— *Le Neveu de Rameau*. *Satire*, publiée pour la première fois sur le manuscrit original autographe, avec une introduction et des notes de Georges Monval. Accompagnée d'une notice sur les premières éditions de l'ouvrage et de la vie de Jean-François Rameau, par E. Thoinan, Paris, Plon-Nourrit, 1891. Bibliothèque elzévirienne.

Parmi les éditions récentes et disponibles on retiendra :
— *Le Neveu de Rameau*, édition critique avec notes et lexique par Jean Fabre (1950, revue en 1977, Genève, Droz).
— *Le Neveu de Rameau ou Satire* 2e accompagnée de la *Satire première*, édition de Roland Desné, Paris, Club des Amis du Livre progressiste, 1963.
— *Le Neveu de Rameau*, dans *Œuvres complètes de Diderot*, édition de Roger Lewinter, Paris, Le Club français du livre, 1971.
— *Le Neveu de Rameau et autres textes*, postface de Jacques Proust, Le Livre de Poche, Paris, 1972.
— *Le Neveu de Rameau et autres dialogues philosophi-*

ques, préface de Jean Varloot, collection Folio, Gallimard, 1972.
— *Le Neveu de Rameau*, Anne-Marie et Jacques Chouillet, collection de l'Imprimerie nationale, 1982.

III. LE CONTEXTE DU *NEVEU DE RAMEAU*.

Œuvres de Diderot :
— *Œuvres complètes*, édition de Roger Lewinter, Paris, C.F.L., 1971.
— *Correspondance*, par Georges Roth et Jean Varloot, les éditions de Minuit, Paris, 1970.

Presse imprimée :
— *L'Année littéraire* (1754-1776), suite des *Lettres sur quelques écrits de ce temps* (1749-1754), hebdomadaire rédigé par Fréron puis, jusqu'en 1790 par son fils Stanislas Fréron.
— *L'Avant-Coureur*, hebdomadaire rédigé par Meusnier de Querlon, La Combe et La Dixmerie (1758-1774).
— *Le Censeur hebdomadaire* d'Abraham Chaumeix (1760-1761).
— *L'Observateur littéraire*, par l'abbé de La Porte (1758-1761).

Presse manuscrite ou « secrète » :
— *Correspondance littéraire, philosophique et critique*, par Grimm, Diderot, Raynal, Meister, édition de Maurice Tourneux, Paris, Garnier, 1877-1882.
— *Mémoires secrets de Bachaumont* (1762-1771) ; poursuivis de 1771 à 1787 par Pidansat de Mairobert et Moufle d'Angerville.

Ouvrages cités par Diderot ou éclairant le contexte de l'œuvre :
— Charles BONNET, *Œuvres d'histoire naturelle et de philosophie*, Neufchâtel 1779-1783.
— François-Antoine CHEVRIER, *Le Colporteur* (1758) et *Almanach des gens d'esprit par un homme qui n'est pas un sot, calendrier pour l'année 1762*.

— Henri-Joseph DULAURENS, *Le Compère Matthieu ou les Bigarrures de l'esprit humain*, Londres 1777.
— Fougeret de MONBRON, *Le Cosmopolite ou le citoyen du monde*, Londres, 1753, et *Margot la Ravaudeuse*, Hambourg.
— Louis-Sébastien MERCIER, *Tableau de Paris*, 1783-1788, et *Les Entretiens du Palais-Royal*, Paris, 1786.
— Jean-Georges NOVERRE, *Lettres sur la danse et les ballets*, Stuttgart et Lyon, A. Delaroche, 1760.
— Charles PALISSOT de MONTENOY, *Œuvres complètes*, 2e édition, 1779, à Londres et à Paris, chez Jean-François Bastien (7 volumes).
— André Danican PHILIDOR, *L'Analyse des échecs*, Londres 1749 et 1777.
— Lawrence STERNE, *Tristram Shandy*, édition de Serge Soupel, GF Flammarion, 1982.
— François-Vincent TOUSSAINT, *Les Mœurs*, Amsterdam, 1748.

IV. OUVRAGES CONSACRÉS AU *NEVEU DE RAMEAU*.

— Michèle DUCHET et Michel LAUNAY, *Entretiens sur Le Neveu de Rameau*, Paris, Nizet, 1967.
— Yoichi SUMI, *Le Neveu de Rameau, Caprices et logiques du jeu*, France Tosho, Tokyo, 1975.

V. ARTICLES CONSACRÉS AU *NEVEU DE RAMEAU*.

— Herbert DIECKMANN, *Diderot und die Aufklärung. Aufsätze zur europäischen Literatur des 18. Jahrhunderts*, Stuttgart, Metlersche Verlag, 1872, et particulièrement le chapitre intitulé « Das Verhältnis zwischen Diderot's Satire I und Satire II. »
— Béatrice FINK, « The Banquet as a phenomenon or structure in selected eighteenth-century French novels », 1976 (Studies on Voltaire) et « A parasitic read-

ing of Diderot's Neveu de Rameau» (Forum, vol. 16, n° 2).
— Julia KRISTEVA, «La musique parlée ou remarques sur la subjectivité dans la fiction à propos du *Neveu de Rameau* », dans *Langue et langages de Leibniz à L'Encyclopédie*, sous la direction de Michèle Duchet et Michèle Jalley (10/18, 1977).
— Philippe LACOUE-LABARTHE, «Diderot, le paradoxe et la mimésis», Poétique n° 43, 1980.
— Roger LAUFER, «Structure et signification du *Neveu de Rameau* », Revue des Sciences humaines, 1960.
— Jean-Louis LEUTRAT, «Autour de la genèse du *Neveu de Rameau* », R.H.L.F., 1968.
— Roger LEWINTER, *Introduction au Neveu de Rameau*, Œuvres complètes, C.F.L.,T.X, 1971.
— Georges MAY, «L'Angoisse de l'échec et la genèse du *Neveu de Rameau* », Diderot Studies, III, 1961.
— Roland MORTIER, «Un commentaire du *Neveu de Rameau* sous le second Empire», R.H.L.F., 1960; «La Postérité illégitime du *Neveu de Rameau* », Marche Romane, Liège, 1954.
— John PAPPAS, «The Identification of Lui and Moi in Diderot's *Le Neveu de Rameau* », Studies in Burke and his time, 1974.
— Claude PICHOIS, «Diderot devant le miroir», R.H.L.F., 1957, p. 416-420.
— Jacques PROUST, «Diderot et la physiognomonie», C.A.I.E.F., n° 13, 1961, et «De l'*Encyclopédie* au *Neveu de Rameau* : l'objet et le texte», dans *Recherches nouvelles sur quelques écrivains des lumières*, Droz, 1972.
— Pierre RÉTAT, «Le défi dans le *Neveu de Rameau* » dans *Mélanges Fabre 1974*.
— Ulrich RICKEN, «La pantomime des gueux», La Nouvelle Critique, juillet 1974, et «Die französische Rückübersetzung des *Neveu de Rameau* nach der deutschen Überträgung von Goethe» (Analyse de la traduction par de Saur et Saint-Geniès), Beiträge zur Romanischen Philologie, XV, 1976.

— Jean STAROBINSKI, « Diderot et la parole des autres », Critique, janvier 1972 (et T. XIII, de l'édition Lewinter); « Le Philosophe, le géomètre et l'hybride », Poétique, n° 21, 1975; « Le dîner chez Bertin », dans *Das Komische*, Herausg. von W. Preisendanz und R. Warming, München, W. Fink, 1976; « L'Incipit du *Neveu de Rameau* », dans la Nouvelle Revue française, décembre 1981.

— Jean VARLOOT, préface à l'édition du *Neveu de Rameau* des Éditions sociales de 1972.

VI. OUVRAGES GÉNÉRAUX FAISANT RÉFÉRENCE AU *NEVEU DE RAMEAU* OU UTILES A LA COMPRÉHENSION DE L'ŒUVRE.

— Jean-Claude BONNET, *Diderot*, collection « Textes et documents », Hachette (à paraître en 1983).

— Jacques CHOUILLET, *La Formation des idées esthétiques de Diderot* (Armand Colin, 1973); *L'Esthétique des Lumières* (P.U.F., 1974); *Diderot* (S.E.D.E.S., 1977).

— Ernst Robert CURTIUS, *La Littérature européenne et le Moyen Age latin* et particulièrement le chapitre XXV de l'Excursus (« Diderot et Horace ») (traduction P.U.F., 1956).

— Herbert DIECKMANN, *Cinq leçons sur Diderot* (Droz et Minard, 1959).

— HEGEL, *La Phénoménologie de l'esprit*, traduction Jean Hyppolite, Aubier-Montaigne, 1941).

— Élisabeth de FONTENAY, *Diderot ou le matérialisme enchanté*, essai, Grasset, 1981.

— Michel FOUCAULT, *Histoire de la folie à l'âge classique*, nouvelle édition, Gallimard, 1972.

— Roger LEWINTER, *Diderot ou les mots de l'absence*, éditions Champ libre, 1976.

— Roland MORTIER, *Diderot en Allemagne (1750-1850)*, P.U.F., 1954.

— René POMEAU, *Diderot*, P.U.F., 1967.

— Jacques PROUST, *Diderot et l'Encyclopédie* (Armand Colin, 1967), et *Lectures de Diderot* (Armand Colin, 1974).
— Jacques ROGER, *Les Sciences de la vie dans la pensée française du XVIIIe siècle* (Armand Colin, 1963).
— *Michael Snow* (catalogue du Centre Pompidou de 1978) et particulièrement l'article de Pierre Théberge consacré au film tiré du *Neveu de Rameau*.

TABLE DES MATIÈRES

Diderot l'oiseleur 5

LE NEVEU DE RAMEAU 43
Notes 131

Chronologie 141

DOSSIER

I. LE CONTEXTE DU *NEVEU DE RAMEAU* .. 147

A. L'Œuvre de Diderot : 147

1. L'article *Encyclopédie* 147
2. *Cinqmars et Derville* 150
3. *Satire Première* 162
4. La correspondance 172

B. Autres œuvres :

1. Palissot 180
2. Noverre 190
3. Chevrier 198
4. Fougeret de Monbron 199

C. Jean-François Rameau :

1. Les portraits 203
2. La *Raméide* et la *Nouvelle Raméide* 206

II. RÉCEPTIONS ET RÉÉCRITURES :

1. Goethe (*Rameaus Neffe*, 1805) 211
2. Hoffmann (*Ritter Gluck*, 1809) 213
3. Balzac (*La Maison Nucingen*, 1837) 216
4. Jules Janin (*La Fin d'un monde et du Neveu de Rameau*, 1871) 219
5. Barbey d'Aurevilly (*Goethe et Diderot*, 1887) 221
6. Aragon (*Le Neveu de M. Duval*, 1953) 222
7. Michel Foucault (*L'Histoire de la folie à l'âge classique*, 1972) 224

Notes de la Satire première 235

Bibliographie 237

LORRIS (DE)/MEUN (DE) Le Roman de la Rose (texte original) (270)
LUCRÈCE De la nature (30)
MACHIAVEL Le Prince (317)
MALHERBE Œuvres poétiques (251)
MALLARMÉ Vers et prose (295)
MARC-AURÈLE Pensées pour moi-même, suivies du Manuel d'ÉPICTÈTE (16)
MARGUERITE de NAVARRE Heptaméron (355)
MARIVAUX Le Paysan parvenu (73) - La Vie de Marianne (309)
MAROT Œuvres poétiques (259)
MARX Le Capital, Livre 1 (213)
MAUPASSANT Contes de la Bécasse (272) - Une vie (274) Mademoiselle Fifi (277) - Le Rosier de Madame Husson (283) - Contes du jour et de la nuit (292) - La Main gauche (300) - La Maison Tellier. Une partie de campagne (356)
MAURIAC Un adolescent d'autrefois (387)
MELVILLE Moby Dick (236)
MÉRIMÉE Colomba (32) - Théâtre de Clara Gazul, suivi de La Famille de Carvajal (173) - Les Ames du Purgatoire - Carmen (263) - La Vénus d'Ille et autres nouvelles (368)
MICHELET La Sorcière (83)
MILL (STUART) L'Utilitarisme (183)
★★★ Mille et Une Nuits, 1 (66) - 2 (67), 3 (68)
MISTRAL (F.) Mireille (304)
MOLIÈRE Œuvres complètes, 1 (33) - 2 (41) - 3 (54) - 4 (70)
MONTAIGNE Essais : Livre 1 (210) - 2 (211) - 3 (212)
MONTESQUIEU Lettres persanes (19) - Considérations sur les causes de la grandeur des Romains et de leur décadence (186) - De l'esprit des lois, 1 (325) - 2 (326)
MORAVIA Nouvelles romaines (389)
MUSSET Théâtre, 1 (5) - 2 (14)
NERVAL Les Filles du feu - Les Chimères (44) - Promenades et souvenirs - Lettres à Jenny - Pandora - Aurélia (250) - Le voyage en Orient, 1 (332) - 2 (333)
NODIER Smarra, Trilby et autres Contes (363)
OLLIER La mise en scène (395)
OVIDE Les Métamorphoses (97)
PASCAL Lettres écrites à un provincial (151) - Pensées (266)
PENSEURS GRECS AVANT SOCRATE De Thalès de Milet à Prodicos de Céos (31)
PÉTRONE Le Satyricon (357)
PHILIPPE (Ch. L.) Bubu de Montparnasse (303)
PLATON Le Banquet - Phèdre (4) - Apologie de Socrate - Criton - Phédon (75) - La République (90) - Premiers Dialogues : Second Alcibiade - Hippias mineur - Premier Albiciade - Euthyphron - Lachès - Charmide - Lysis - Hippias majeur - Ion (129) - Protagoras - Euthydème - Gorgias - Ménexène - Ménon - Cratyle (146) - Théétète - Parménide (163) - Sophiste - Politique - Philèbe - Timée - Critias (203)
POE Histoires extraordinaire (39) - Nouvelles Histoires extraordinaires (55) - Histoires grotesques et sérieuses (114)
PRÉVOST Histoire du chevalier des Grieux et de Manon Lescaut (140)
PROUDHON Qu'est-ce que la propriété ? (91)
RABELAIS La Vie très horrificque du grand Gargantua (180) - Pantagruel roy des Dipsodes, restitué à son naturel avec ses faictz et prouesses espoventables (217) - Le Tiers livre des faicts et dicts héroiques du bon Pantagruel (225) - Le Quart livre des faicts et dicts héroiques du bon Pantagruel (240)
RACINE Théâtre complet, 1 (27) - 2 (37)
RENAN Souvenirs d'enfance et de jeunesse (265)
RENARD Poil de carotte (58) - Histoires naturelles (150)
RÉTIF DE LA BRETONNE La Paysanne pervertie (253)
RIMBAUD Œuvres poétiques (20)
★★★ Roman de Renart (Le) (Texte original) (270)
RONSARD Discours - Derniers Vers (316) - Les Amours (335)
ROUSSEAU Les Rêveries du promeneur solitaire (23) - Du Contrat social (94) - Émile ou de l'éducation (117) - Julie ou la Nouvelle Héloïse (148) - Lettre à M. d'Alembert sur les spectacles (160) - Les Confessions, 1 (181) - 2 (182) - Discours sur les sciences et les arts - Discours sur l'origine de l'inégalité (243)
SADE Les Infortunes de la vertu (214)
SAINT AUGUSTIN Les Confessions (21)
SAINTE-BEUVE Voluptés (204)
SALLUSTE Conjuration de Catalina - Guerre de Jugurtha - Histoires (174)
SAND La Mare au diable (35) - La Petite Fadette (155) - Mauprat (201) - Lettres d'un voyageur (241)
SCARRON Le Roman comique (360)
SÉVIGNÉ Lettres (282)
SHAKESPEARE Richard III - Roméo et Juliette - Hamlet (6) - Othello - Le Roi Lear - Macbeth (17) - Le Marchand de Venise - Beaucoup de bruit pour rien - Comme il vous plaira (29) - Les Deux Gentilshommes de Vérone - La Mégère apprivoisée - Peines d'amour perdues (47) - Titus Andronicus - Jules César - Antoines et Cléopâtre - Coriolan (61) - Le Songe d'une nuit d'été - Les Joyeuses Commères de Windsor - Le Soir des Rois (96)
SHELLEY (Mary) Frankenstein (320)
SOPHOCLE Théâtre complet (18)
SOREL Histoire comique de Francion (321)
SPINOZA Œuvres, 1 (34) - 2 (50) - 3 (57) - 4 (108)
STAËL De l'Allemagne, 1 (166) - 2 (167)
STENDHAL Le Rouge et le Noir (11) - La Chartreuse de Parme (26) - De l'Amour (49) - Armance ou quelques scènes d'un salon de Paris en 1827 (137) - Racine et Shakespeare (226) - Chroniques Italiennes (293) Lucien Leuwen, 1 (350) - 2 (351)
STERNE Voyage sentimental (372) - Vie et opinions de Tristram Shandy (371)
THACKERAY Le Livre des snobs (373)
THÉOPHRASTE Voir **LA BRUYÈRE** (72)
THUCYDIDE Histoire de la guerre du Péloponnèse, 1 (81) - 2 (88)
TOCQUEVILLE De la démocratie en Amérique, 1 (353), 2 (354)
TOURGUENIEV Premier amour (275)
TZARA Grains et Issues (364)
VALLÈS L'Enfant (193) - Le Bachelier (221) - L'insurgé (223)
VAUVENARGUES Introduction à la connaissance de l'esprit humain et autres œuvres (336)
VERLAINE Fêtes galantes - Romances sans paroles - La Bonne Chanson - Écrits sur Rimbaud (285) - Poèmes Saturniens - Confessions (289) - Sagesse - Parallèlement - Les Mémoires d'un veuf (291)
VERNE Voyage au centre de la terre (296) - Vingt mille lieues sous les mers (297) - Le Tour du monde en 80 jours (299) - De la terre à la lune et Autour de la Lune (305) - Cinq semaines en ballon (323)
VIGNY Chatterton - Quitte pour la peur (171) - Œuvres poétiques (306)
VILLEHARDOUIN La Conquête de Constantinople (215)
VILLIERS DE L'ISLE-ADAM Contes cruels (340)
VILLON Œuvres poétiques (52)
VIRGILE L'Énéide (51) - Les Bucoliques - Les Géorgiques (128)
VOLTAIRE Lettres philosophiques (15) - Dictionnaire philosophique (28) - Romans et Contes (111) - Le Siècle de Louis XIV, 1 (119) - 2 (120) - Histoire de Charles XII (170)
VORAGINE La Légende dorée, 1 (132), 2 (133)
XÉNOPHON Œuvres complètes, 1 (139) - 2 (142) - 3 (152)
ZOLA Germinal (191) - Nana (194) - L'Assomoir (198) - Pot-Bouille (207) - La Fortune des Rougon (216) - L'Affaire Dreyfus (La Vérité en marche) (220) - La Curée (227) - Thérèse Raquin (229) - Écrits sur l'art - Mon Salon - Manet (238) - Au Bonheur des Dames (239) - Contes à Ninon (244) - Le Roman expérimental (248) - Le Ventre de Paris (246) - La Faute de l'abbé Mouret (249) - La Conquête de Plassans (255) - La Bête humaine (258) - Une page d'amour (262) - Son Excellence Eugène Rougon (264) - La Terre (267) - L'Argent (271) - La Joie de vivre (273) - L'Œuvre (278) - Le Rêve (279) - Le Docteur Pascal (280) - La Débâcle (281)

GF — TEXTE INTÉGRAL — GF

9486-1983. — Impr.-Reliure Mame, Tours.
N° d'édition 9800. — Octobre 1983. — Printed in France.